rowohlt
BERLIN

Szczepan
TWARDOCH

# WALE und NACHTFALTER

Tagebuch
vom
Leben und
Reisen

Aus dem Polnischen
von Olaf Kühl

Rowohlt · Berlin

BOOK INSTITUTE

©POLAND

Diese Veröffentlichung wurde gefördert
durch das © POLAND Translation Program.

1. Auflage Mai 2019

Die polnische Originalausgabe erschien 2015 unter dem
Titel «Wieloryby i ćmy»
bei Wydawnictwo Literackie, Krakau

Gesetzt aus der New Century Schoolbook
bei Pinkuin Satz und Datentechnik, Berlin
Druck und Bindung
CPI books GmbH, Leck, Germany
ISBN 978 3 7371 0066 3

# WALE und NACHTFALTER

# 2007

Mein Sohn liegt da, mit weit geöffneten blauen Augen, aus denen er schaut, obwohl er angeblich nichts sieht. Mit kleinen Händchen schiebt er die Welt vor seiner Nase beiseite, schließt und öffnet die Finger, dünn wie die eines Frosches. Ich stehe über ihm, und er nimmt mich nicht wahr, und mir kommt es vor, als verberge sich in seinem ungereiften Gehirn ein Geheimnis.

Als gäbe es Platons Anamnesis aus dem *Phaidon* wirklich und als hätte Origenes recht – es kommt mir vor, als erlerne mein kleiner Sohn die neue Welt noch nicht, sondern vergesse gerade erst, was seine Seele, erschaffen am Uranfang der Zeiten, längst weiß.

Ich verstehe sogar, warum er noch nicht sprechen kann – er muss erst vergessen, was er weiß, denn diese Dinge sind zu groß für Worte. Deshalb blickt er nur blind, verschiebt die Welt mit kleinen Händen, öffnet und ballt die Fäuste, biegt die Handgelenke wie eine indische Tänzerin.

Er muss alles vergessen, bevor er das erste Wort ausspricht, bevor er die erste Initiation durchmacht, die schmerzhafteste von allen – die Schwelle zum Bewusstsein der eigenen Existenz. Danach wird er mühsam, wie wir alle, die Wahrheit neu entdecken, wird den Vorhang heben von dem, was seit jeher in seiner Seele steckt.

Aber noch weiß er dies alles. In seiner kleinen, zerbrechlichen Existenz ist er geweiht, mein kleiner Bodhi mit der Tigermütze.

Die Gnosis, selbst wenn sie nicht zur wahren Natur der Welt führt, kann uns anrühren; ob es falsch oder richtig ist, spielt keine Rolle.

# 2008

Man schläft, schlief unter freiem Himmel, und wird wach, erwacht sehr früh, weit entfernt von den Städten, im Spätsommer, im August oder Anfang September, wenn die Nächte kalt sind.

Die Sonne scheint bereits, der Tag steht schon beinah in voller Größe, doch die Luft ist noch kühl, das Licht von scharf weißer Färbung. Auf dem Schlafsack sammelt sich Tau. Aus der Asche kringelt sich ein immer dünner werdender Rauchfaden in die Luft. Es ist kalt, wir sind hoch in den Bergen.

Ich habe Kopfschmerzen, schaue auf die Uhr, es ist fünf. Vor mir geht die sibirische Taiga in die mongolische Steppe über.

Gestern war die Wasseroberfläche klar, heute furcht schwacher Wellengang den weißgrauen Teppich. Ich gehe näher hin, bin sehr neugierig, habe aber ein wenig Angst.

Auf dem Wasser schaukeln tote Nachtfalter, groß und fingerdick, sie bedecken die Wasserfläche wie ein weißer Pelz, ihre Flügel weit ausgebreitet.

Ich setze mich ans Ufer, stecke mir die erste Zigarette

an, schaue auf die schaukelnden Falter und denke an den Geschmack der eiskalten, dunkelroten Äpfel, gepflückt im Garten meines Großvaters an einem Morgen nach der ersten wirklich kühlen Oktobernacht.

*

In den Nächten gehe ich spazieren. Ein paar Kilometer, sechs, manchmal sieben, eine Stunde oder länger. Rasch, aber kein Lauf, ein Marsch, um elf gehe ich los, die leere Straße hinunter, nur am Kreuzweg lehnen einige Halbwüchsige am Kühlergrill eines alten Vectra, sie rauchen und sagen «guten Abend», leicht verlegen. Vom Asphalt komme ich auf den Schotterweg und gehe über die Felder, die sich zwischen Pilchowice und Stanica hinziehen.

Vor Mitternacht erreiche ich den Unterstand, an dem tagsüber hitzemüde Radfahrer rasten. Vor mir blinken die drei Reihen roter Lichter der gut zehn Kilometer entfernten Schornsteine des Kraftwerks von Rybnik. Unter diesen rot-weiß gestreiften Türmen habe ich Anfang der neunziger Jahre segeln gelernt.

Ich schaue nach Nordosten, am Horizont blinken schlierig orange die dichten Lichter der Stadt, ebenso weit entfernt wie die Schornsteine von Rybnik, dahinter glüht grün wie ein großer Leuchtkäfer das Neonlicht der Tankstelle am Stadtrand, kaum erkennbar, und darüber, am nächtlich hellen Himmel, wächst eine große Wolke empor, ein Cumulonimbus mit einem Fuß wie eine Muschel. Matt orange ist sie, angestrahlt vom Lichterglanz der Zweimillionen-Metropolregion, so wie der Rest der Wolken an diesem blassen, hellen Himmel – denn es ist ein städtischer Himmel, auch wenn rings um mich her nur Feld und Wald sind, wo ich mit meinen Schritten die Rehe aufgescheucht habe; nach irrem, kurzem Galopp sind sie im Gestrüpp verschwunden. Von der Wolke her kommt ein stärker werdender Wind, ich spüre ihn an den Armen und im Nacken, angekündigt vom raschelnden Laub des Zisterzienserwaldes, der sich hinter mir zwanzig Kilometer weit nach Westen erstreckt, bis nach Racibórz. Das Rascheln wird lauter, der Wald rauscht wie ein Fluss. Ich drehe mich um. Über den Bäumen kriechen die Wolken am Himmel entlang und verschlucken die Sterne. Nur über den Schornsteinen von Rybnik leuchtet noch der Sirius. Das Wehen wird heftiger.

Das Rauschen des Windes dringt durch die Kopfhörer. Der Sprecher moduliert seine beunruhigende Stimme, er spielt den Wortwechsel zwischen dem Jungen und dem Mann mehr, als dass er ihn liest, sein Englisch ist überraschend deutlich, vorzüglich artikuliert. Ich hatte Cormac McCarthys *Die Straße* zuvor in der ausgezeichneten Übersetzung von Robert Sudoł gelesen. Jetzt höre ich das englische Original, und es kommt mir stärker vor, McCarthys kurze Sätze klingen besser im Englischen mit seiner einfacheren Grammatik. Das Buch setzt natürlich auf elementarste Emotionen, vielleicht gar auf Instinkte, doch warum sollte das seinen Wert schmälern? Die Literatur muss das Wichtigste berühren, und McCarthy, der erzählt, wie ein Vater und sein Kind nach der Apokalypse durch die Welt gehen, schreibt über dieses Wichtigste: schreibt vom bedingungslosen Menschsein, vom Zweifel, von der Feigheit, von Tod und Liebe, vom Willen zum Überleben. Und zugleich ist sein Buch, was Literatur sein soll: eine Geschichte, die – wenn man sie in der Nacht hört – Angst macht. Immer wieder muss ich mich umdrehen wie ein Idiot und über meine Schulter blicken, wenn Stiefelsohlen auf dem Kies knirschen und der Sprecher von einem Keller liest, den Kannibalen in eine Speisekammer voller Menschenfleisch verwandelt haben.

Wenige Stunden zuvor war mein Sohn auf meinem Schoß eingeschlafen. Der kleine, in einen bunt gestreiften Anzug gekleidete Körper, das Köpfchen in meiner Ellbogenbeuge, die winzige Hand presst meine Finger zusammen. Ruhig liegt er da und fährt nur manchmal abrupt auf, wenn der Schmerz von den durchs Zahnfleisch dringenden Zähnen in sein noch krabbelndes Bewusstsein dringt. Dann weint er einen Augenblick, strafft sich und wird still. Er hat große Füße mit hohem Spann und kurzen Zehen, so wie ich.

*

Wie soll man reisen? Bronisław Malinowski schreibt am Anfang seiner *Argonauten des westlichen Pazifik*, es gebe zwei Möglichkeiten, fremde Welten und Kulturen kennenzulernen. Einmal, wenn der Aufenthalt in dem Land nicht allzu lange dauert, denn dann verstellt das Übermaß der Details uns nicht den Blick auf das Ganze; und dann, wenn man die Kultur endgültig durchdrungen hat und eine glaubwürdige Zusammenschau der gesammelten Beobachtungen wagen kann.

Dadurch habe ich vor einiger Zeit begriffen, dass ich trotz der nicht erlöschenden Faszination, trotz meiner Lektüren und Besuche nicht viel zum Thema Russland zu sagen habe. Es fällt mir leicht, die dümmlich-trüben, bei polnischen Journalisten verbreiteten Ammenmärchen vom «finsteren Imperium» sowie von den «ewig betrunkenen Russen mit der Ziehharmonika» zu widerlegen, und ich kann auch über den Versuch lachen, die polnischen Minderwertigkeitskomplexe damit zu heilen, sich den «russischen Kalmücken» gegenüber zivilisatorisch überlegen zu fühlen, aber wenn ich versuchen sollte, Russland zu erklären, weiß ich nichts zu sagen. Ich könnte die Essenz meiner Reisen aufschreiben, dadurch würde der Leser viel über mich erfahren, so gut wie gar nichts aber über Russland, denn ich war, mit Malinowski gesprochen, dort zu lange und gleichzeitig nicht lange genug.

Denn was weiß man von Russland, wenn man es durch die Fenster der Transsibirischen Eisenbahn erfährt?

Ein Internetcafé am Lenin-Denkmal in Irkutsk. Der Genuss der holzgeheizten Dampfsauna nach gut drei Tagen im Zug, mit sibirischem Flusswasser, das nach Birkenrauch und billiger Seife duftet. Japanische Luxusautos mit dem Lenkrad auf der rechten Seite, von denen es am Baikal mehr gibt als die dem Rechtsverkehr angepassten Ladas, Wolgas und UAZs. Kreml, Café Arbat, Puschkin-Denkmal. In Kopftücher und Jacken gehüllte Mütterchen, die an den sibirischen Bahnhöfen, wo die Transsib gerade mal ein paar Minuten hält, heiße Kartoffeln in Alufolie verkaufen, siedendes Wasser aus dem Samowar in jedem Waggon, dazu die Zugbegleiterin, die die Seriosität von Herrschaft und Staat verkörpert.

Das sind nur Klischees, das ist nur ein gespiegeltes, nicht das wahre Russland, ein Russland, wie der polnische Leser es sehen möchte; so echt wie die winzige Moskau-Reklame auf Mobiltelefonen.

Ich habe etwas anderes Russisches gefunden, weit jenseits des Polarkreises, am achtundsiebzigsten Breitengrad. Auf norwegischem Territorium, unter der durch den Pariser Vertrag festgelegten norwegischen Hoheit – in Spitzbergen also, von den Norwegern Svalbard genannt, da sie den Namen «Spitsbergen» der größten Insel des Archipels vorbehalten, was die anderen europäischen Staaten aber wundersam ignorieren.

Der in den zwanziger Jahren des vergangenen Jahrhunderts unterzeichnete Vertrag sprach diesen polaren, wenngleich vom Golfstrom erwärmten und deshalb einigermaßen eisfreien Archipel Norwegen zu, unter dem Vorbehalt, dass alle anderen Unterzeichnerstaaten das Recht haben, auf Svalbard jede beliebige Wirtschaftstätigkeit zu betreiben. Das Recht dazu nutzen im Grunde nur die Russen, die die Bergbausiedlung Barentsburg unterhalten – und es war in Barentsburg, dass ich einen Krumen Wahrheit über Russland fand.

Barentsburg war von den Amerikanern und Holländern gegründet worden, in den zwanziger Jahren kaufte der sowjetische Trust Arktikugol die Grundmauern der Siedlung, in den dreißiger Jahren wurde die Kohleförderung begonnen, dann fielen die Geschosse des Panzerkreuzers Tirpitz auf die evakuierte Siedlung, und nach dem Krieg wurde sie in der Form wiederaufgebaut, in der man sie heute sieht. Auf dem Höhepunkt der sowjetischen Präsenz auf Spitzbergen wurde in Barentsburg ein großes Treibhaus betrieben, das einerseits frisches Gemüse lieferte, andererseits den sowjetischen Bergleuten – Russen und Ukrainern aus Donetzk und dem Donbass – als Erholungsort von der kargen Tundralandschaft diente. Es gab Viehställe, Koben und Hühnerställe, eine Bäckerei, ein großes Sportzentrum mit Fußballplatz und Schwimmbecken. Wohnblöcke aus merkwürdig gelbem Ziegelstein. Dieses alte Barentsburg betrachte ich durch das Objektiv des sowjetischen Fotografen, der 1979 in Moskau ein Album mit dem Titel *Spicbergen: Das Land der spitzen Berge – strana ostrich gor* – veröffentlicht hat. Noch vor dem Ende der Glanzzeit, auf aufsteigender Welle – man sieht Neubauprojekte, die spektakulärsten Gebäude wachsen erst empor, durch die vom Schnee freigefegten kleinen Straßen gehen magere, fröhliche Männer in grellen Jacken oder grauen Mänteln, auf dem Kopf haarige Mützen aus dem Fell sibirischer Hunde. Mein Vater hatte früher genau so eine Mütze, ich erinnere mich, Fotos aus dem Album, aufgenommen noch vor meiner Geburt, aber nicht lange, vielleicht ein Jahr davor. Heute trägt er sie nicht mehr. Und die Männer auf den Fotos tragen Polarbärte oder -schnauzer, ein bisschen zu langes Haar, und die Kinder sind alle, aber wirklich alle, pausbäckig, rotwangig und gesund. Der Grund dafür wird schwerlich in propagandistischer Retusche zu suchen sein, denn von diesen Kindern gibt es auf den Fotos viele, so viele, dass der Fotograf aus der mageren Barentsburger Kinderpopulation gar nicht diese allerschönsten hätte aussuchen können. Vielleicht war es das Polarklima, das den strohblonden Jungs und Mädels mit in große schwarze Schleifen gebundenen Zöpfchen so gut bekam.

Unsere diesjährige Trasse nach Barentsburg führte

über die Hänge des Nordhallet entlang einer alten Straße, auf der vor fünfzig Jahren die Gaz-69-Autos bis zur Anlegestelle fuhren, von der man mit der Fähre über die Colesbucht zum Hafen gelangte, der das Bergwerk in Grumant bediente.

Die seit einem halben Jahrhundert unbefahrene Straße ist nur noch eine Spur in der Tundra, an die man sich besser hält, um die tiefsten, von Bächen gegrabenen Hohlwege sicher zu vermeiden – doch ist sie für Autos unbefahrbar, der ewige Frost hat sein Werk getan. Die Brücken über die zum Fjord rinnenden Flüsschen sind längst eingebrochen. Der am Uferbruch über den Strand führende Weg ist verschwunden, das Meer hat ihn weggerissen.

Wir hatten nur kleine Rucksäcke mit, darin Ersatzjacken, ein bisschen Proviant, ein kleiner Gaskocher, wasserdichte Hosen zum Durchqueren der Flüsse. Auf dem Rücken Gewehr und Fotoapparat, beides für die eventuelle Begegnung mit einem Bären, in den Taschen Patronen, Fernglas und Schokolade. Dazu Wanderstöcke, ohne die man in diesem großen Polarsumpf schwer zurechtkommt. Der Rest unseres Dreißigkilogepäcks, das wir zuvor auf dem Rücken geschleppt hatten, war im Lager geblieben, wir waren zu einem Tagesausflug aufgebrochen, gut dreißig Kilometer weit.

Es waren die letzten Augenblicke unserer von mehrtägigen Rastpausen unterbrochenen Wanderung. In zwei Tagen schon sollte uns ein halbfestes Boot der Marke Polarcirkel abholen, wir würden neben dem morschen Kai in Colesbukta an Bord gehen und über den ruhigen Fjord bis Longyear fahren, mit einer Geschwindigkeit von vierzig Knoten nach Longyearben zurückkehren, von wo wir vor zwei Wochen aufgebrochen waren.

An diesem Tag aber, als wir nach Barentsburg gingen, war schönes Wetter, unter den Sohlen gluckerte die Tundra, die bereits feucht und braun geworden war und auf den heraufziehenden Herbst hindeutete, der Himmel war blau, und am anderen Ufer des Isfjord flossen mühsam Gletscher in den Arktischen Ozean, ein ums andere Jahrhundert ihre Täler aushöhlend. Ihre Dutzende Meter hohen Stirnen waren von unserem Ufer aus nur als schmale, graublaue Striche zu erkennen. Wir gingen schnell, denn hier kommt man leicht voran, kein Vergleich mit dem mühevollen Gekraxel über die sumpfige Grundmoräne, dem Erklimmen eines bröckelnden Kliffs durch die Felsrinne oder dem Waten durchs Delta eines Flusses, der in Dutzenden von Bächen, aufgelösten Zöpfen gleich, in den Fjord mündet. Schließlich hielten wir uns an das Gedächtnis des Weges.

Und schließlich, nach sechs Stunden, kamen wir an – erst die Wirtschaftsgebäude, sowjetisches Rohr- und Kabelgewirr, dann der Hubschrauberlandeplatz mit Hangar; um diese Helikopter streiten die Russen mit den umweltbewussten Norwegern. Ein Hubschrauber war unterwegs schräg an uns vorbeigeflogen, ein großer und klobiger Mi-8. Im weiteren Verlauf war die Straße befestigt, an ihr lag ein Friedhof, aber nicht so malerisch wie das Feld weißer Kreuze im norwegischen Longyearbyen, der Hauptstadt Svalbards, auch nicht so dramatisch im Ausdruck wie der in Colesbukta, mit dem Grab eines einjährigen Mädchens, Jahrgang meiner Mutter. Sie war im Mai 1951 geboren und hatte einen tatarischen Vaters- und Nachnamen: Dora Minislawowna Farizowa. Der Vorname mag anders gelautet haben, die Buchstaben waren fast völlig verwittert, aber bestimmt fing er mit D an und war kurz. Das Mädchen hatte den arktischen Sommer überlebt, die Dunkelheit der Polarnacht, es hatte mit dem weichenden Schnee Laufen gelernt und war dann gestorben. Ihre Eltern, der tatarische Vater und die uns unbekannte Mutter, müssen untröstlich gewesen sein, als sie die Grabtafel mit dem Foto des kleinen, mit einer Haube bedeckten Kinderkopfes anfertigten, denn auf den Tod eines Kindes haben weder Allah noch der christliche Gott eine tröstende Antwort, von Marx und Lenin ganz zu schweigen. Davon bin ich überzeugt, denn mein Sohn ist jetzt genauso viele Monate alt wie diese kleine Polar-Tatarin, als sie starb, und ich weiß, dass ich keine Antwort fände, sollte passieren, was ich nicht zu schreiben wage.

Wir kamen an einem Friedhof mit serienmäßig aus Beton gegossenen Grabsteinen vorbei und erreichten am Ende eine Tafel mit dem kyrillisch geschriebenen Namen der Siedlung. Im ersten Augenblick hätte die Stadt menschenleer wirken können, wäre da nicht die feine Rauchfahne gewesen, die aus dem Schornstein des fernen Heizkraftwerks aufstieg.

Man könnte denken, auch hier sei so eine Geschichte passiert wie im hundert Kilometer entfernten Pyramiden, wo im Jahr 1998 russische und ukrainische Bergleute vergeblich nach dem Versorgungsschiff Ausschau hielten, das zu ihnen aus Murmansk kommen sollte.

Es kam keins, denn in Russland war inzwischen das Geld ausgegangen, die Beamten bekamen kein Gehalt, jemand hatte sich gesagt, wenn das neue, nicht mehr rote, sondern dreifarbige Russland ihm nichts mehr zahle, werde er auch nicht mehr am Schreibtisch sitzen. Irgendjemand hatte irgendein Papier nicht unterschrieben, jemand anders hatte mit den Schultern gezuckt, wieder jemand anders ratlos die Arme ausgebreitet. Und so gab es kein Schiff, das sich vom Hafen aus in die Polarnacht aufmachte – weder ein Versorgungsschiff noch eines, das die Bewohner der Siedlung am Pyramidenberg hätte evakuieren können. Es war der 10. Januar, drei Tage nach dem orthodoxen Weihnachtsfest, und auf Spitzbergen herrschte damals absolute Dunkelheit, vierundzwanzig Stunden am Tag. Nicht ein Hauch von Morgendämmerung erhellte den Horizont, das Essen ging zu Ende, nur Kohle war noch da, am Ende entrissen sie sie eigenhändig der gefrorenen Erde, aber Kohle kann man nicht essen. In der Bäckerei fehlte das Mehl, und in den Gewächshäusern wuchsen schon lange keine Tomaten und kein Kohl mehr. Schweine und Hühner waren aufgegessen, die Ställe standen leer. Nur Strom hatten sie noch, das Heizkraftwerk arbeitete einwandfrei, in den Baracken war es warm, Lenins schneebestäubte Büste war durch oranges Laternenlicht vor der Dunkelheit geschützt, die Fernseher empfingen über Satellitenantennen das Moskauer Programm. Die wenigen Kinder hatten großen Hunger, und alle Bewohner der Bergbausiedlung im Polarkreis verstanden sehr gut, was die alte russische Smuta, die Zeit der Wirren, bedeutet.

Und dann fuhr doch ein Schiff in den Hafen ein. Die Norweger im wenige Dutzend Kilometer entfernten Longyearbyen waren zu dem Schluss gekommen, dass sie es nicht zulassen konnten, dass am Ende des zwanzigsten

Jahrhunderts, beinahe vor ihren Augen und ganz gewiss in Reichweite ihrer Funkstation, tausend Russen in gut geheizten und beleuchteten Baracken hungers starben.

Das Schiff ließ eine Motorschaluppe hinab – alles im Licht von Scheinwerfern, die die polare Finsternis zerschnitten, im Krachen des Packeises, das gegen den gepanzerten Schiffsrumpf knirschte. Aus der Schaluppe stiegen Offizielle von Spitzbergen, vielleicht sogar die Frau Sysselmann Ann-Kristin Olsen persönlich, grauhaarig, vierzigjährig, schlank, sehr nordisch, gekleidet in eine blaue, marineartige Uniform oder doch eher in einen warmen Parka mit fellgefütterter Kapuze. Sysselmann ist ein alter nordischer Titel, so etwas wie Woiwode, Sheriff oder Bailiff, nur archaischer im Stil, ausgegraben aus einem verstaubten Wälzer während des Festivals der nationalen Wiedergeburt Norwegens.

Die Schaluppe, mit der Frau Sysselmann oder ohne sie, legte also an, die Norweger drückten den Direktoren des bankrottgehenden Arktikugol die Hände, die Sirene heulte, und die tausend Russen oder Ukrainer ließen alles stehen und liegen. Mütter hüllten ihre hungrigen Kinder in Jacken und Schals, und dann, zusammengedrängt in den Schiffskabinen, aßen sie einfaches und warmes Essen – erniedrigte, doch glückliche Diener eines einst mächtigen Imperiums.

Pyramiden wurde von den Norwegern evakuiert, tausend russische oder ukrainische Bergleute, Dienstfrauen, Ingenieure, Direktoren und Kinder wurden nach Murmansk gebracht. Dort stiegen sie am Ufer des großen Landes aus, das damals nur noch auf der Landkarte existierte, und bestimmt interessierte sich niemand für sie, denn zwei Jahre mussten noch vergehen, bis Wladimir Wladimirowitsch Putin Russland den starken Staat zurückgab – schreibt zumindest Michael Stürmer in seiner Biographie des KGB-Präsidenten. In Pyramiden blieben im Lesesaal Bücher mit eingelegten Lesezeichen auf den Tischen zurück, Gläser in der Bar, ungewaschene Socken neben dem Bett, ein unvollendeter Brief und ein Schachbrett mit einer Partie, die beim vierten Eröffnungszug zum Stillstand gekommen war.

Und das ist nun die Wahrheit – die verlassene Stadt, diese Gläser, Briefe und das Schachbrett. Der ganze Rest nicht unbedingt. Die Geschichte als solche ist interessant, so habe ich sie von einem alten Polar-Kämpen gehört, als ich das erste Mal auf Spitzbergen war, 2006 in Longyearbyen.

Alles an ihr deutet darauf hin, dass sie nicht stimmt.

Es gab vielleicht Versorgungsmängel, ja, aber keine hungrigen Kinder und wohl auch keine norwegischen Schiffe, denn die Russen haben sich – wenngleich in großer Eile – selbst evakuiert. Geblieben ist ein kleines Grüppchen, sie hatten Bulldozer, Sprengstoff und jagten in die Luft, was in die Luft zu jagen in diesem frischen Stadtleichnam ihnen gefiel.

So wie in Józef Mackiewiczs *Man darf es nicht laut sagen*, wo die Hauptfigur gerührt eine Geschichte erzählt, deren Zeuge sie war – sie hat gesehen, wie ein deutscher Panzerfahrer mit knirschenden Ketten sein Fahrzeug auf dem Pflaster zum Stehen brachte, um ein Eichhörnchen nicht zu überfahren, das auf die Straße gelaufen war. Und die Zuhörer, polnische Patrioten, wenden ein, das dürfe man so nicht erzählen, es solle lieber ein polnischer

Panzer sein, ein amerikanischer oder, wenn es gar nicht anders geht, ein sowjetischer, aber es könne doch kein deutscher Panzer sein. Die Hauptfigur wundert sich über die Gesprächspartner wie der Perser von Montesquieu – er merkt schüchtern an, er sei halt Augenzeuge des Ereignisses gewesen und könne nichts dafür, dass der Panzer ein deutscher war. Und wird gerügt: Das sei vielleicht die individuelle, subjektive Wahrheit, ein Ausschnitt; die objektive Wahrheit sei eine andere.

Und genau das ist die Wahrheit der Geschichte mit den hungernden Kindern und der norwegischen Evakuierung – sie ist objektiv im Hegel'schen Sinne und steht im Einklang mit dem Zeitgeist. Genau so eine Geschichte hätte passieren müssen in den Zeiten der Jelzin'schen Wirren, um den Zeitgeist angemessen zum Ausdruck zu bringen; nur hat das offenbar jemand vergessen, und in Wirklichkeit ist eine ebenso dramatische Geschichte passiert – Beweis dafür die unübersehbare Hast, mit der Pyramiden verlassen wurde, nur eben weniger spektakulär.

Man kann, wenn man Barentsburg betritt, gar nicht anders, als an dieses verlassene Pyramiden zu denken, besonders wenn man in den vergangenen Tagen regelmäßig an den Ruinen russischer Gebäude vorbeikam, die noch früher aufgegeben worden waren – wenn auch ohne diese Hast der Wirrezeit. Dort, in der Bucht von Coles, in Grumantbyen, haben die Russen, oder besser die Sowjets, ihre Bauwerke aus wirtschaftlichen Erwägungen aufgegeben – die leicht zugänglichen Kohlevorkommen waren erschöpft, also demontierte man, was sich demontieren ließ, jagte einen Teil der Bauten in die Luft und zog weiter, dorthin, wo die Kohle leichter zu fördern war. Zurück blieben Bäche, rot gefärbt vom Schrott, der in ihren Oberläufen lag und rostete.

Wir kamen also an der Tafel mit der Aufschrift «Баренцбург» vorbei, ich entlud mein Gewehr und öffnete den Verschluss – so wie es Sitte ist, damit jeder Einwohner sieht, dass die Waffe ungefährlich ist. Doch begegneten wir niemandem. Lange gingen wir durch etwas, das an industrielle Vororte erinnerte – zwischen offenen, verrottenden Hangars, in denen eine Hubschrauberstaffel Platz gefunden hätte, zwischen verlassenen Baracken unbekannten Verwendungszwecks und zwischen Stapeln von Müll, von klein wie verbogene Nägel bis groß wie ein halbes Haus, verrostet oder aus Beton, mit den starrenden Stäben stählerner Rüstung. Wir kamen an einem verlassenen Treibhaus vorbei. An die Tür hatte vor Jahren jemand einen Zettel in englischer Sprache geheftet, der Touristen informierte, dass *in the greenhouse* niemand Englisch oder Norwegisch spricht, falls also jemand das *greenhouse* besichtigen wolle, solle er ins Hotel gehen und nach einem Führer fragen. Heute ist diese Tür mit Brettern vernagelt, Fenster und Glasdach sind zertrümmert; durch sie sieht man, dass drinnen völlig vertrocknete Reste von Tomatenstauden sich um unversehrte Stäbe ranken und an den unter dem Glasdach aufgespannten Schnüren die erfrorenen Leichen von Kletterpflanzen wie graubraune Leinen hängen.

Dann leere Hühner- und Schweineställe. Nicht einmal die Bäckerei arbeitet mehr, alle Lebensmittel werden, so wie im norwegischen Longyearbyen, vom Kontinent hergebracht – wozu sich abmühen, wenn in Longyearbyen zweimal täglich ein Flugzeug landet? Es folgen abblätternde Wandmalereien mit einer scheckigen Kuh, andere mit Getreidefeldern irgendwo in der großrussischen Ebene, wieder andere mit den Stämmen eines Birkenwaldes. Und alles leer, verlassen – nur an einer Stelle, auf einem von Mineralwolle und Brettern ummantelten Fernwärmerohr, bemerken wir eine Katze. Die Norweger haben die Katzenhaltung auf ganz Svalbard verboten, weil die Tiere angeblich den Vögeln ihre Jungen wegfressen. Dieser Kater, grau und dick, hatte bestimmt schon viele Küken verputzt und schien sich nicht im Geringsten um das vom Sysselmann selbst erlassene Verbot zu scheren. Ohne Menschen hätte er den Winter nicht überlebt, also werden auch die Russen oder Ukrainer, die ihn pflegen, verächtlich mit den Schultern zucken beim Gedanken an den Beamten, der sich einbildet, er könne durch die Veröffentlichung eines Verbots in irgendeinem Amtsblatt die zur Polarnacht verdammten Menschen ihrer Katzengesellschaft berauben – und das wegen einer so trivialen Sache wie Vogelküken. Und für die Möwen, Seeschwalben, Eissturmvögel, Tordalke und Krabbentaucher, von denen in der Saison Hunderttausende über den Kliffen kreisen und einen Heidenlärm machen, der mit nichts auf der Welt zu vergleichen ist, haben die Spitzbergener Bergleute gewiss nicht mehr übrig als für diesen grauen Kater, der sich in polarer Nacht gern an irgendwelchen Knien wärmt.

Und endlich begegnen wir zwei Russinnen. Seltsam sehen sie aus, gehen Hand in Hand in Pumps und eleganten pelzbesetzten Jacken – wir dagegen in schweren, verschlammten Stiefeln, in Goretex und Softshells, Stöcke in der Hand und Waffe auf der Schulter. Die Damen, eine älter, die andere jünger, lachen über diese Stöcke, die wir zum Marschieren einsetzen. Wer hat euch die Skier geklaut?, fragen sie. Wir lachen mit und gehen weiter.

Im Hotel dann norwegische Preise, russische Bedienung, wir trinken Cola und Bier, essen nicht besonders schmackhafte Pelmeni, sogar ohne Borschtsch, auf dem großen Fernsehbildschirm halbnackte Mädchen, jedenfalls tragen sie mehr Schmuck als Kleider, singen und strecken ihre Popos silbernen Porsches, Ferraris und Lamborghinis entgegen, die würdevoll durch Moskaus Straßen gleiten. Es ist warm.

Unweit des Hotels steht das ehemalige sowjetische Konsulat. Auf dem Foto in meinem alten Album ist es grün, herausgeputzt, sozrealistische Klassik, in den Fenstern Gardinen; hätte es ein Fünkchen mehr Charme und würde auf dem Dach nicht die rote Flagge mit Hammer und Sichel wehen, könnte es glatt die unscheinbare Botschaft eines kleinen Staates irgendwo in einem stillen Viertel von Wien oder Warschau sein. Jetzt hat sich alles verändert – das Gebäude ist verlassen, die Treppen zu dem repräsentativen Ort zerfallen. Die leeren Fensterskelette sind beängstigend, die Läden baumeln an herausgerissenen Scharnieren, die Türen sind mit Brettern vernagelt.

Doch hinter dem verlassenen sowjetischen Konsulat steht das neue, russische. Es scheint das einzige Gebäude zu sein, das hier nach dem Zerfall der Sowjetunion neu errichtet wurde. Mit Ausnahme der orthodoxen Kirche, zu der ich gleich komme, sie steht ein Stück weiter. Ein spitzer Lattenzaun, als sollten Droschken vor dem Konsulat halten, auf dem Zaun zweiköpfige Goldadler, das Gebäude selbst modern. Meine Frau ist Architektin und behauptet, das sei, formal gesehen, ganz anständige Architektur, ebenso wie einige andere, ähnliche Gebäude mit gerundeten Ecken, die bestimmt irgendwann Ende der Achtziger, Anfang der Neunziger gebaut worden sind. Aber auf ein genutztes Gebäude kommen drei verlassene, mit abschreckend zertrümmerten Fensterscheiben – schließlich ist diese Stadt für dreitausend Menschen erbaut worden, jetzt wohnen gerade einmal noch sechshundert darin.

Das sind Dauersporen – ihre einzige Funktion besteht darin, die russische Präsenz auf Spitzbergen zu sichern. Das Bergwerk ist angeblich außer Betrieb, die ganze Arbeit der Bergleute besteht darin, die Geräte, Gebäude und Maschinen zu konservieren. Das orthodoxe Kirchlein ist achtseitig, wie die russischen Gebetstürme der Altgläubigen, die schon im siebzehnten Jahrhundert nach Grumant kamen – wie sie Svalbard damals nannten –, um Walrösser, Bären und Füchse zu jagen. Diese kleine Kirche ist aber in Wirklichkeit kein Sakralbau, sondern ein Denkmal für die Opfer der Flugzeugkatastrophe von 1996. Manchmal kommt ein orthodoxer Priester nach Barentsburg, seine Gottesdienste hält er aber nicht in dieser Scheinkirche ab, sondern woanders.

So viel dazu. Wir kommen aus dem Hotel – es ist zum Lachen, gerade mal gut zehn Tage sind vergangen, und schon hat man Sehnsucht nach zivilisatorischen Errungenschaften wie einer Klobrille, einer Dose Cola und Bier. Ich nehme ein paar Dosen für die Freunde mit, die krank im Lager geblieben sind, wir zahlen die horrende

Rechnung, die Ukrainerin an der Bar mustert uns mit berechtigter Belustigung und Verachtung: Sie wird dafür bezahlt, dass sie an diesem furchtbaren Ort lebt, wir haben dafür bezahlt hierherzukommen, haben dazu noch den ganzen Weg von Longyearbyen zu Fuß zurückgelegt, haben in Zelten gefroren, aus Angst vor dem Bären die ganze weiße Nacht lang am Lagerfeuer gewacht – all das will ihr zu Recht nicht in den Kopf, es ist ja auch tatsächlich eine Art dekadenter Perversion, und das schreibe ich hier ganz im Ernst, ohne einen Hauch von Koketterie. Askese ist es ja wohl nicht, dafür kostet das alles zu viel.

Ich ziehe keine Schlüsse. Es gibt keine Schlüsse. Die Konzeptualisierung der gesellschaftlichen oder menschlichen Wirklichkeit ist überhaupt immer die Erfindung dieser Wirklichkeit, und erfinden will ich nichts. Hinter dem, was ich gesehen habe, verbirgt sich nichts, es gibt keine Zeichen der Zeit, es gibt nur ein ausgedehntes Universum des Unerkennbaren.

Wir kehren zurück. In der Spitzbergener Zeitung «Svalbard Posten», die vor Ort geschrieben und redigiert, aber in Tromsø gedruckt und mit dem Flugzeug hergebracht wird, steht viel über die Russen in Barentsburg. Darüber, dass Helikopter für kommerzielle Vorhaben vermietet werden, was absolut verboten ist, weil es die Vögel verschreckt. Darüber, dass Sammlungen des Barentsburger Pomor-Museums nach Longyearbyen gebracht worden seien, um sie eine Zeitlang in einem norwegischen Museum auszustellen. Und zuvor hat in Barentsburg ein Filmfestival stattgefunden, gezeigt wurde *Elling* aus Norwegen, wie amüsant.

Ich denke an das russisch-tatarische Mädchen, das dreizehn Monate auf Svalbard gelebt hat und dessen kleiner, trauriger Leib jetzt im ewigen Eis ruht.

## 2009

Ich war mit meinem Sohn unterwegs nach Hause. Nach ganztägigem Schmuddelwetter hatte der Himmel aufgeklart, sogar die Sonne schien, in jenem warmen Farbton, in dem sie an späten Sommerabenden leuchtet. Also gingen wir, sahen uns das helle Blau in den Pfützen an, doch im Rücken hatten wir die Dämmerung und eine näher kommende Woge schwarzer Wolken, und als ich mich umdrehte, sah ich durchscheinende Regenvorhänge daraus hervorbrechen. Sie waren noch weit, aber von diesen dunklen Wolken her wehte ein Wind, ich kenne diese Wolken und diesen Wind gut und weiß, wie rasch sie das mit dem Backstag entfliehende Boot einholen können.

Mein zweijähriger Sohn versteht von alldem nichts. Ich zeige ihm die schreckliche Wolkenfront, er aber hebt nur den Finger und schreit auf seine Art: «Jaaaa!» Der Wind reißt das Gras und Laub des letzten Jahres vom Boden, im nackten Gezweig einer Birke pfeift eine Amsel, pfeift wie verrückt, ganz laut. Als hätte sie Angst.

Wir stehen auf der Veranda, ich öffne die Tür zum Haus. Lerne, Angst zu haben.

*

Das stille Sterben der Schiffbrüchigen in der Polarnacht: an Hunger, Skorbut oder vergiftet von der Bärenleber, die eine für den Menschen tödliche Dosis Retinol enthält. Oder das laute Sterben, in Gletscherspalten, im Maul eines Bären, im eiskalten Wasser, durch Messer oder Kugeln. Oder der Tod im Hufgedonner, wenn auf den Rücken der niedrigen, stämmigen Moris türkische, mongolische und indoeuropäische Bogenschützen die Steppe durchstreifen, Völker des Xiongnu, Mongolen, Kasachen und Kosaken, Eroberer Pekings und Moskaus, Moslems, Buddhisten, Orthodoxe und jene, die an die Seelen von Tieren und Steinen und Schamanenrituale glauben. Dschingis Khan und Ferdinand Ossendowski, Attila, Arpad und Fjodor Romanowitsch, Baron von Ungern-Sternberg, Suche-Bator und Georgi Konstantinowitsch Schukow, der den Titel «Held der Sowjetunion» zum ersten Mal dafür errang, dass er die Kwantung-Armee am Chalchin-Gol zerschlug, alle zusammen, ihr Schweiß und Urin, vermischt mit dem Urin und Schweiß der Pferde, und dem Blut, das in die trockene Erde sickert. Und selbst wenn man die völlig leere Steppe betrachtet, die reglose Wasserfläche des Chöwsgölsees, selbst dann hört man ihre Pferde, so wie man auf Spitzbergen noch das Rauschen in den Kopfhörern der deutschen Funker hört, die während des Zweiten Weltkriegs verschlüsselte Wettervorhersagen aus ihren zwischen den Gletschern versteckten meteorologischen Stationen funkten.

In der Landschaft kann man eigenartiges, geheimnisvolles Leben beobachten, eigenartig wie das Leben auf anderen Planeten: das Leben der in Svalbard überwinternden Rentiere, Schneehühner und Polarfüchse, das willfährige, stille, auf der Lauer liegende Leben der Sklaven von Winter und Nacht. Die Erniedrigung der sich in den Tälern versteckenden Rentiere, deren knochige Leiber der Wind zu Boden drückt, und der Polarfüchse, die auf zugefrorenem Meer furchtsam dem weißen König des Nordens nachhetzen, um einen elenden Rest von seinem Schmaus zu ergattern.

Bis zur ersten Sonne, bis zum Tag, wenn der Schnee vergeht und die Tafel von Gras und Flechten eröffnet.

Das Leben der über den Boden kriechenden Tundrabäume, Polarweiden und verzwergten Birken, Salix polaris und Betula nana, ebenso zu Boden gepresst, ihre Stämme, Zweige und fleischigen Blätter zwischen dem Gras ausbreitend, zugeschüttet vom Schnee und ihre schwächlichen Wurzeln in den Frost bohrend, und dennoch lebendig.

*

Am ersten November stehe ich an den Gräbern, so als läge ich selbst ein bisschen darin. Ich denke an die Knochen, über die ich laufe, wenn ich Brötchen und Zeitung holen gehe, denke an diese große Gnade des Lebens auf der von den Leibern meiner heiligen Vorfahren getränkten Erde, heilig nicht durch das Leben – was weiß ich schon von ihrem Leben, was wird mein Sohn von meinem Leben wissen? –, heilig durch ihre Anwesenheit.

Und wenn ich im November mit dem Auto durch meine Gegend fahre, denke ich: Hier ist meine Urgroßmutter zur Mühle gegangen, an deren Ruine ich mich erinnere; in ihr habe ich als Zehnjähriger den Schliff des Entdeckers und Archäologen bekommen. Dann wurde sie, weil einsturzgefährdet, abgerissen, es blieben nur das tote Altwasser und Reste des Fundaments. Dort, etwas weiter, stand das Haus, in dem mein Urgroßvater geboren ist. Die Grube, in der mein Großvater väterlicherseits, dessen Namen ich trage, tödlich verletzt wurde. Heute ist dort irgendeine Hochschule, für dies und jenes.

Die Stelle in Przyszowice, an der Soldaten des sowjetischen Innenministeriums NKWD polnische Verschwörer erschossen haben. Ein paar Deutsche gleich mit dazu, ein Aufwasch. Und ein paar unschuldige Zivilisten. Beiderlei Geschlechts. Unterschiedlichen Alters. Einen seltsamen Tod mussten sie sterben, Feinde, vereint von den Mördern und im Grab.

Mein Großvater mütterlicherseits, der vor der Einziehung zum Volkssturm geflohen war, hat diese Morde von weitem mit angesehen. Der Verwalter des Przyszowicer Gutes, von Raczków, war nicht mit den übrigen Herrschaften geflohen, für ihn war es undenkbar, alles dem Raub der Bolschewiken zu überlassen, all das aufzugeben, dem er sein ganzes Leben gewidmet hatte: Maschinen, Saatgetreide, Pferde, Brennereien mit Spiritusvorräten, alles, deshalb beschloss er, zu bleiben und den Hof zu bewachen. Die Sowjets brachten ihn sofort um, noch am ersten Tag, gar nicht einmal Marodeure, sondern disziplinierte Fronttruppen, bestimmt aus Gier nach dem Spiritus. Also Leichen überall. Leichen in solcher Zahl, dass keine Moral daraus zu ziehen wäre. Keine Lehre für die Zukunft und kein Begreifen der Vergangenheit. Und sie fallen unter kein Dekret, kein Gesetz, keine Eigentumsurkunde, diese Leichen, die Schlesien düngen.

Ich entzünde ebenfalls Kerzlein auf dem Sammelgrab der Gleiwitzer, die im Januar 1945 ermordet wurden. Auf dem alten Grabschildchen ist zu lesen «verstorben im Januar 1945». Woran man im Januar 1945 starb, wusste ohnehin jeder. Obwohl mancher womöglich tatsächlich verhungert ist, an Typhus oder Ähnlichem starb. Die Kugel oder das Bajonett der Sowjets bekamen jedenfalls ganze Familien ab, Greise, Kinder, auch sogar ein Franzose, bestimmt ein Zwangsarbeiter. Und ein paar Namenlose.

Na und? Ich zünde ihnen eine Kerze an, denn das sind meine Leute. Atome meiner Welt. Diese Kinder, wenig älter als mein Vater. Der siebenjährige Helmut und der dreijährige Erwin. Ihre Mutter, im Alter meines Großvaters – bestimmt sind sie sich in den Gleiwitzer Geschäften über den Weg gelaufen, wo man von polnischer Seite hinfuhr, um Stoffe und fertige Anzüge zu kaufen. Oder in den polnischen Geschäften, wo man von deutscher Seite hinfuhr, um Wurst und Fleisch zu kaufen. Neben ihren Namen – Anna Kneifel – hatte jemand in kleiner Schrift dazugeschrieben «geb. Cielenga», damit es alle wussten. Als könnte dieser schlesische Name ihren Tod irgendwie aufwerten. So liegen dort zusammen der Schwiegervater (eben auch ein Kneifel) mit der Schwiegertochter, Greiner, Roderberg und Bergner, und das Ehepaar Doktor Hoffmann und ihr Sohn zusammen mit Rollik, Kraczke, Szendzielorz und Kożuszek. Vielleicht hat zwanzig Jahre zuvor Szendzielorz auf Bergner geschossen, und Bergner auf Szendzielorz? Oder haben sie womöglich gemeinsam in der kommunistischen Kampfgruppe «Der Blitz» auf den reichen Hoffmann geschossen? Ebenso gut hat auch niemand auf niemanden schießen können. Oder vielleicht hat irgendjemand wenigstens jemandem etwas gestohlen, hat jemand jemanden betrogen, verraten, verführt? Alle offenen Rechnungen hat das gemeinsame Grab beglichen.

Ich entzünde diese Kerze ohne Hass auf die Russen, die sie umgebracht haben, auf die Russen oder die Kalmücken, Mordwinen, Ukrainer, Burjaten, aus welcher Filzjurte, Lärchenholzhütte oder welchem Betonplattenbau derjenige auch gekommen sein mag, der das sowjetische Gewehr hielt. Andere – oder vielleicht dieselben? – sowjetischen Soldaten fütterten den 1944 geborenen Säugling, dessen Vater in deutscher Uniform gegen die Amerikaner in den Ardennen kämpfte, sie halfen somit meiner Großmutter in einer ganz ähnlichen Situation wie der, die ich mit größter Verwunderung bei Márai fand: Bei ihm im Haus, zu exakt derselben Zeit, war auch eine Feldwerkstatt, wo Panzer repariert wurden, so wie auf dem Hof meiner Großmutter. Ich stelle mir vor, dass sie ähnlich ausgesehen haben müssen, übrigens kenne ich beide durch Berichte aus erster Hand.

Und wieder folgt daraus nichts. Ein Postulat kann und will ich aus all diesen Getöteten und Gestorbenen, aus diesen guten, bösen, schuldigen, unschuldigen und gewöhnlichen – das heißt ein bisschen guten und ein bisschen bösen – Menschen nicht ableiten, Menschen, die irgendeine Schuld tragen, aber keine so groß, dass sie den Tod verdient hätten. Ich kann aus diesen Leichen nicht nur kein politisches Postulat folgern, nicht einmal ein moralisches Postulat will mir über die Lippen. Denn das schlichte «Du sollst nicht töten» wurde bereits vor langer

Zeit gesagt, dem ist nicht viel hinzuzufügen. Eine Moral mag die Geschichte von einem Mord haben, so wie in Thorwalds *Jahrhundert der Detektive*. Tausend Leichen sind einfach nur eine anthropologische Beobachtung, nicht mehr. Tausend, eine Million, hundert Millionen Leichen, das ist der Mensch.

# 2010

Heute habe ich ein achtzig Jahre altes Foto gesehen. Von denen, die darauf verewigt sind, leben nur noch zwei Personen, die vom Licht gebrannte Emulsion dagegen hält noch, so als hätten ihre Seelen es nicht geschafft, sich ganz und gar zu verflüchtigen. Das Foto wurde auf der Hochzeit irgendeines Onkels gemacht: Vor einer Ziegelmauer stehen Männer mit Krawatten und Fliegen, in Fracks, schließlich war es eine Hochzeit. Sie stehen da wie die Schlesier auf alten Fotografien: den Blick gebannt ins Objektiv, wie erstarrt, als posierten sie für ein Denkmal. Manche tragen Schnauzer, buschig oder nach oben gezwirbelt, die gewachsten Spitzen reichen bis zu den Augen, und zusammen mit den hochgestellten, steifen Krägen sind diese Schnauzer ein Zeichen dafür, dass ihre Träger altmodische Menschen waren, denn die Aufnahme wurde 1929 gemacht, als solche Schnurrbärte und Krägen schon seit gut zweihundert Jahren nicht mehr getragen wurden. Manchen spielt die Spur eines Lächelns um die Mundwinkel, aber sie pressen die Lippen fest zusammen, sodass man es fast nicht sieht.

Die Frauen sind schon «herrschaftlich» gekleidet, das heißt nach städtischer Art, nur eine ältere trägt eine seriöse, dunkle, traditionelle schlesische Frauentracht, streng in ihrer puritanischen Ästhetik, nach den strengen Sitten dieses strengen Stückchens Welt. Da sitzt sie also in ihrer Zierschürze, mit dem auf ganz spezielle Weise gebundenen Kopftuch. Ihr Gesicht ist auch streng, ernsthaft, gleichwohl selbstsicher und voller Kraft. Ich weiß nicht, ob sie ernsthaft ist, weil sie meint, beim Fotografieren ernsthaft sein zu müssen, oder ob es darum geht, dass das Leben den Frauen Ernsthaftigkeit abverlangt.

Zu Füßen dieser ernsthaften Frau sitzt mein Großvater, er sieht nicht besonders zufrieden aus, vielleicht haben sie ihn von irgendeinem Spiel weggeholt: Er ist neun Jahre alt, und einen Augenblick später ist er schon neunzig und küsst seine Urenkel.

Und daneben, auf dem Foto, Cousin R.: Vierzehn oder fünfzehn Jahre später wird eine ernsthafte Frau mit Zierschürze von diesem R. träumen, der auf dem Foto schon ganz erwachsen aussieht. Sie wird träumen, R. sei etwas Böses passiert. Und dann, drei Wochen später, wird die Frau in der Zierschürze einen Brief bekommen, und der Brief wird ihr sagen, dass ein Loch in R. ist: Das Loch hat ihn letztlich nicht das Leben gekostet, es hat ihm dafür ein Verwundetenabzeichen, vielleicht sogar das Eiserne Kreuz und Sturmabzeichen eingebracht, ich habe nicht gefragt, wofür er das Lametta im Einzelnen bekommen hat, das seine Uniform auf einer anderen Fotografie ziert, ich habe auch nicht nach dem Unteroffiziersrang oder der Schulterschnur gefragt, deren Bedeutung ich nicht kenne, aber mir scheint, es ist die Schützenschnur der Unteroffiziere. Mit einem Loch kam R. in das Lazarett in Neiße, von Neiße kam er nach Cieszyn, zur Versehrten-Kompanie: Die Kompanie führen junge, gutgewachsene Kerle an.

Und sie sind es, die entscheiden, wer von den Rekonvaleszenten schon zurück an die Front kann. Wenn ich mich recht erinnere, erzählt R. niemals irgendjemandem vom Krieg, und dem Vater meiner Mutter, der mit ihm auf diesem Foto von 1929 sitzt, soll er nur einmal gesagt haben: «In diesem Krieg geht's nur darum, bis zum Ende des Krieges zu überleben.» Dieser R., der zweifellos nichts für den Krieg übrighat und sich zweifellos gut im Krieg auskennt, denn ohne Grund bekommt man kein Lametta an die Uniform, dieser R. fragt den jungen Scheißkerl: «Also warum schickst du uns an die Front, Arschloch? Mistkerl – uns Durchlöcherte? Geh selbst.» Eine offene Konfrontation beginnt, schon sind die Waffen zur Hand, doch niemand drückt den Abzug, die Hinterlandsgendarmen fürchten diese mageren Jungs, von denen sie ja wissen, dass sie das Töten gewohnt sind, und danach tauchen bestimmt Soldaten mit glänzenden Plaketten an den Blusen auf, doch es ist keine Feldgendarmerie. Die Feldgendarmen haben mehr als ein Band am Eisernen Kreuz durchlöchert. Diese hier fürchten die Frontkämpfer, sie haben Gewissensbisse, Respekt vor dem Lametta an den abgetragenen Uniformen.

Also verläuft sich die Sache irgendwie, niemand wird die Offiziere informiert haben, und R. kommt an die Front zurück, und an der Front macht eine sowjetische Kugel ein neues Loch in ihn, das genau zur rechten Zeit kommt, denn dank dieses Lochs gelangt R. in ein französisches Lazarett und gerät in westliche Kriegsgefangenschaft:

Nur deshalb bin ich ihm später begegnet, als stummer und tauber Zeuge der Gespräche, die er und seine Frau mit meinem Großvater führten, in einem halb erstickten, mit schlesischen Wörtern durchmischten Deutsch. Mit gedämpfter Stimme erzählten sie von der Vergangenheit, die man nicht haben durfte, von der illegalen Vergangenheit. Auch wenn man damals, als ich dort war – zweimal vielleicht? –, schon laut darüber sprechen konnte, doch sie hatten sich daran gewöhnt, an dieses Leben hinter sorgfältig verschlossenen Türen, an das Leben von Rehen, von Kindheit an in der Grube und mit Staublunge und an ein Alter so still wie das ganze Leben.

*

Ich habe das *Ewige Tannenberg* abgeschlossen, und mir ist klargeworden, dass kein Buch mich bislang so viel gekostet hat; als hätte ich mich auf den Seiten ausgewrungen. Als wäre ich durch die Tastatur in die Datei gesickert und als wären in mir schreckliche, leere Löcher geblieben.

Ich bin zu Ende gekommen, in einem für mich furchtbaren, mörderischen Tempo, und bin plötzlich mit diesem löchrigen Selbst zurückgeblieben, einem durchlöcherten Gehirn, einem euphorischen Gefühl, als stünde ich neben mir. Ich kann mich in Gedanken nicht von diesem Buch lösen, habe nachts Albträume: die, die ich selbst aufgeschrieben habe. Vielleicht ist das gerecht, die kleine Hölle, in die ich den Leser hineinziehe, erst einmal selbst zu durchleben. Und bestimmt konnte dieses Buch anders, weniger intensiv nicht geschrieben werden, ich hätte diesen Roman nicht im bedächtigen Rhythmus des alten Literaten schreiben können, der von acht bis zehn arbeitet und dann Tennis spielt, ich musste es ausspucken, ausschütten. Und Löcher mussten bleiben. Wären sie nicht geblieben, hieße das, dass ich nicht alles gegeben hätte, was sich in diesem Buch, einem schrecklichen Buch über eine schreckliche Welt, finden musste; das, was ihm von mir zustand. Die Löcher werden gewiss bald zuwachsen.

Ich behaupte gern, das Schreiben sei ein Beruf wie jeder andere, aber vielleicht stimmt das nicht. Ich weiß gar nicht, ich kenne mich mit anderen Berufen nicht aus – andere Dinge, mit denen ich mich im Leben für Geld beschäftigt habe, haben mich zwar auf diverse Art ganz schön frustriert, aber nichts davon hat verhindert, dass ich mich selbst besser kennenlerne.

So versuche ich, diese psychosomatische Zittrigkeit irgendwie zu betäuben: Schlafe nicht in der Nacht, bin tagsüber, weil unausgeschlafen, nicht richtig wach, marschiere deshalb bis zum Umfallen, arbeite mit den Hanteln, bis mir die Arme lahm werden, schreibe euphorisch andere Sachen von vermutlich fragwürdiger Qualität und brauche zum Einschlafen den Rausch vom Wein, und der Wein wirkt anders auf mich als sonst, es kann auch der Rausch von zehn Kilometern sein, zurückgelegt so schnell wie möglich, mit Rammstein in den Kopfhörern, bis zum Umfallen; ich synchronisiere den Schritt mit dem Rhythmus von *Rosenrot*, und der Rhythmus hypnotisiert mich, ich komme schweißnass und betäubt nach Hause und kann endlich schlafen.

Oder ich stehe da, werde nass und betrachte mit perverser, perfider Neugier den Fluss, der sich aus seinem Bett befreit hat, so wie mein Buch sich aus meinen Händen losgerissen hat – der Fluss hat die Brücke umrundet, sich über die Straße ergossen, und jetzt fließen stahlgraues Wasser, bleiblauer Asphalt und bleiblauer Himmel zu einem Weg, zu einer opalisierenden Schale zusammen.

Ich drehe mich ständig um, gucke hinter mich, wer steht hinter mir, wer geht mir nach?

Doch auch in dieser Zittrigkeit, in diesem schrecklichen Zustand, finde ich eine einfache, grundsätzliche Freude: Ich habe meinen Roman beendet, habe ihn wirklich beendet, nicht einfach nur «ENDE» daruntergeschrieben, sondern von mir so viel gegeben, wie er brauchte, so viel, wie ich ihm geben konnte. Das ist dieser kleine Wahn wert, er wird seine Spuren hinterlassen, aber vergehen, das Buch aber wird bleiben.

*

Ich fahre langsam durch die Stadt, in die plötzlich Leben gekommen ist; der erste richtig sommerliche Tag nach dem Winter, der einem das Leben vermiest hatte, nach einem trüben Frühling und dem Hochwasser.

Ich halte an der Ampel. Neben mir auf dem Bürgersteig hält ein schönes Mädchen auf dem Rad, sie hat sehr helle Haut, zusammengestecktes rotes Haar und trägt eine rote Brille. Sie ist erhitzt von der Fahrt, Schweiß glänzt auf ihrer Stirn, und auch sie ist empört. Sie steht da und sagt etwas mit erhobener Stimme, gestikulierend, spricht zu einer alten Frau, ebenfalls auf dem Rad: Sie fahren zusammen. Ich höre die Worte nicht, denn in meinem Auto läuft sehr laut Jamiroquai. Diese andere Frau: Ist es ihre Mutter oder eine Arbeitskollegin?

Die rothaarige Radfahrerin wendet sich plötzlich um, als spürte sie meinen Blick, sieht mich an, mir ist peinlich, dass ich so glotze, also wende ich meinen Blick ab, schaue aber gleich wieder zu ihr hin. Sie spricht nicht mehr mit erhobener Stimme, sie schaut auf den Asphalt zu ihren Füßen, gleichsam beschämt, dass ich im Panzer des Autos Zeuge von etwas geworden bin, ich weiß selbst nicht, wovon – einem Streit?

Und dann: ein sehr dicker Mann mit nacktem Oberkörper, bebendem blassen Bauch und großem, rundem Kopf. Er steht auf dem Hof seines Hauses, im hohen Gras, und schärft die Sense, fährt mit dem Wetzstein hin und her, als spielte er Geige. Er hat einen feisten Nacken und sehr dünne Beine in engen Trainingshosen.

Und dann: Eine alte Frau in einem festlichen Sommerkleid versucht, auf dem Bürgersteig zu gehen, behilft sich mit einem Rollator, setzt den Rollator vor sich auf, aber entweder ist der Bürgersteig schief, oder die alte Dame verliert das Gleichgewicht, denn der Rollator schwankt, doch noch einmal, der nächste Schritt, wieder scheinbar schwankend, doch sie geht, und geht, und geht.

Ich würde in diesem Trio gern eine Ordnung erkennen, irgendeinen Sinn, einen Kosmos. Ich sehe ihn nicht. An den Zufall glaube ich auch nicht. Denn diese Menschen, Mädchen, dicker Mann, Alte, das ist ganz einfach Leben und Literatur, da gibt es weder System, Sinn noch Zufall, denn Leben und Literatur sind größer als jeglicher Sinn und jeglicher Zufall.

*

Ich habe von einem Rundfunksender geträumt: kein gebetsmühlenartig ratternder Moderator, keine Politiker, keine polnischen Bühnenkünstlerinnen, keine Hits, nur der Wind durch eingeschlagene Scheiben und ausgebrannte Computer, wertlose Banknoten, die in unaufgebrochenen Safes verrotten.

## 2011

Ich versuche, eine Bilanz des letzten Jahres zu ziehen, doch kann ich es nicht. Denn schließlich geht es in Bilanzen nicht darum, was passiert ist, es geht nicht um eine Chronik, dafür habe ich Notizbücher mit einem Gummi, schwarze und rote, in denen Taten und Worte in unterschiedlicher Tintenfarbe niedergeschrieben werden.

Es gab also ein paar Niederlagen, ein paar Siege, im Grunde ging es voran, das war genau so ein Jahr wie jedes andere nach 2006, dem Jahr also, seit dem ich vom Schreiben lebe, oder genauer seit 2007, als mir endlich klarwurde, dass ich vom Schreiben leben kann und eine feste Stelle ausschließlich dafür bräuchte, ein «normales Leben» zu führen und ungefähr zu kapieren, was es mit dem «Arbeitengehen» und dem damit verbundenen Ozean unserer Kultur, mit dem ganzen Bürofrust, Freud und Leid dabei auf sich hat. Schreiben werde ich darüber nicht, diese Welt ist mir fremd, aber wissen muss ich es.

Schließlich wurde mir klar, dass dafür meine knapp zwei Jahre im Verlag, in der Abteilung für Auslandsrechte, ausreichten. Diese Jahre hatten mir einige angenehme Reisen auf Firmenkosten eingebracht, dazu eintausend gelesene und gründlich vergessene Bücher über Business und sonstigen Schmu, allgemeine Frustration, permanenten Trübsinn und die große Erleichterung, als mein zweijähriger Vertrag nicht verlängert wurde – erst aus heutiger Sicht erkenne ich, wie gut diese Entscheidung, die ich damals als unverständlich und ungerecht empfand, für mich gewesen ist. Besagtem Verlag hat unsere Trennung zweifellos ebenso wenig geschadet, denn ehrlich gesagt, eigne ich mich für eine normale Arbeit noch weniger als fürs Ballett.

Was mich darauf bringt, dass das Leben seine eigene Bahn nimmt, die wir nicht wahrnehmen. Eine kleine Ungerechtigkeit als Teil der größeren Gerechtigkeit. Ich glaube, man kann das eigene Dharma nicht entziffern, kann es nicht bewusst erkennen, darin unterscheidet es sich womöglich von der christlichen Berufung. Man soll sich dem Dharma nicht widersetzen, sondern sich vom Leben tragen lassen. Alles durch das umgedrehte Fernglas betrachten: Liebe im Bewusstsein sehen, dass sie enttäuschen kann und irgendwann stirbt, wenn nicht zu unseren Lebzeiten, so doch gewiss am Ende mit uns selbst, denn im Eschaton wird jeder von uns ganz allein sein, ganz gleich, wie es aussehen wird – ich kann mir keine andere Konfrontation mit dem Absoluten vorstellen als in absoluter Einsamkeit. Ähnlich wie mit dem Nichtsein. Es sei denn – wahrscheinlicher – in der Annihilation, und Annihilation ist Einsamkeit sogar vor dem eigenen Selbst.

So will ich auch die Freundschaft sehen: will sie genießen und mich an ihr sättigen im Wissen, dass eine

Freundschaft, die nicht endet, oft nur deshalb andauert, weil sie nie mehr gewesen ist als fade Kumpelei.

Man sollte viel, sollte häufig an den Tod denken, im Grunde ohne Unterbrechung, und zwar nicht irgendwie abstrakt; ich halte es für eine nützliche Geistesübung, sich unaufhörlich den eigenen Tod und den Tod der Angehörigen, aller Angehörigen, vor Augen zu führen, diesen möglichst kühlen Blick auf den Tod zu finden, den Gleichmut in sich selbst zu finden, einen Gleichmut, der sich von der Fülle der Phänomene und subtilen Komplexität des Lebens nährt, ohne sich an irgendetwas zu binden.

Ein guter Segler sieht den Wind nicht, er schaut weder auf Wimpel noch auf Trimmfäden, die ohnehin nur das Zusammenspiel von tatsächlichem und Eigenwind anzeigen, nichts als Verwirbelungen, denn die Böen überdecken den Wind. Ein geübter Segler spürt den Wind im Gesicht, spürt den Wind unter der Jacke, spürt ihn an der Ruderpinne, in den Segeln, spürt ihn durch den Bootsrumpf und daran, wie der Steven das Wasser schneidet – genauso bekommen wir das Dharma nicht zu sehen, können es nicht entziffern, aber das Dharma ist es, das uns mitreißt und treibt. Die angelsächsische Propädeutik des Segelns lautet: *Let the boat sail.* Lass das Boot segeln. Lass dich vom Dharma leiten.

Etwas aber ist im Jahr 2010 in mir passiert, das ich heute noch nicht resümieren kann. Ich hatte damals das *Ewige Tannenberg* geschrieben. Ich habe noch nicht genug Abstand von mir selbst gewonnen, um sagen zu können, ob es der Umbruch war, der dieses Buch hervorgebracht hat, oder ob die erstaunte, dem Schreiben nacheilende Lektüre des eigenen Buches den Umbruch zur Folge hatte oder ob diese Dinge einfach gleichzeitig geschahen – jedenfalls war etwas passiert. Ich fand den Mut in mir, endlich die diversen Masken und Selbstidentifikationen abzuwerfen, die mich seit langem anwiderten, aber mich immer noch festhielten, mir die Illusion eingaben, ich könnte in ihnen am Ende irgendeinen Wert finden, was weiß ich für einen, feige hing ich daran, so wie manche an Gegenständen hängen, die sie nicht wirklich brauchen.

Als ich also das *Ewige Tannenberg* abgeschlossen hatte, da stand ich, wie man im Kirchenjargon sagt, mit der Wahrheit über mich da. Diese Wahrheit gefiel mir nicht besonders, noch weniger aber gefiel mir die Selbstlüge, also ließ ich es sein, ließ mich mit mir sein, ohne alle Adjektive, hatte verstanden, dass ich ich-als-ich sein kann, hatte verstanden, dass für mich im Grunde einzig und allein dieser von vornherein zum Scheitern verurteilte Versuch zählt, das Leben zu verstehen, oder eher im Plural, die Versuche und ihre literarische Dokumentierung. Außerdem habe ich Aronofskys *Black Swan*, Tom Fords *A Single Man* und *Walhalla Rising* gesehen, dazu viele Serien. Außerdem trinke ich mit Freunden, mit denen ich Lust habe zu trinken – Dank an euch, Freunde, für die Abende und Nächte, für die bis in den Abend dauernden Frühstücke und Kaffees, für den Wein in Georgien und Krakau, in der Saska Kępa, in Grochów, für die saftigen Steaks in Grüner-Pfeffer-Sauce im Kattowitzer Spencer und für das Tatar und das Tucher Hefeweizen ebendort, für die Tintenfischsuppe in dem gastlichen Haus in Krakau-Opatkowice, für die Ente in der Pikanteria, für den Chianti, den Vranac, Carménère, Pinot Noir, für den schweren, ungefilterten, honigfarbenen Rktasiteli und den trüben kachetischen Saperavi, für alle schweren oder leichten Gespräche an meinem Küchentisch und auf der Fahrt ans andere Ende Polens und sonst wohin, dafür danke ich euch – und schaue zu, wie mein Sohn heranwächst, spiele mit ihm Lego und lese ihm Pu der Bär vor, sehe ihm zu, wie er meinem Papa bei der Gartenarbeit Gesellschaft leistet, gemeinsam räumen wir den Schnee an der Garagenzufahrt, und ich gucke mit A. nachts Filme, verliere regelmäßig im Squash gegen Krzysiek, höre die neuen Platten von Swans und Waits und Beth Gibbons, lese viel – das Übliche, aber auch viel Kundera und andere, verplempere viel Zeit, lasse sie verrinnen, stecke meine Nase ins Weinglas und in die Dose mit dem frisch gemahlenen Kaffee, denn es gibt keinen besseren Geruch auf der Welt, außer vielleicht der Hauch von schwerem Parfüm im Haar einer vom Tanz erhitzten Frau. Und ich schreibe. Und das möge so bleiben, wünsche ich mir ganz fromm, die trüben Gedanken, der Streit, der Ärger, es möge bleiben so lange wie möglich, und dann soll es aufhören, und etwas Neues soll beginnen.

Let the boat sail.

*

Der Wind packt die Schädel in Frost, dass es knirscht, auf dem Schnee schwarze Uniformen, über den Tschakos flattern rote Vögel mit verstümmelten Flügeln, weißer, toter Hintergrund. Stahlhimmel, so viele Himmel, wie es Wolken gibt, so viel unterschiedliches Grau. Die großen Sonnen der Basstuben, Posaunen, Trompeten und Waldhörner und die kleinen Sonnen der Uniformknöpfe.

Ein guter Mensch wird begraben, ein Schlesier, und die Frau und die Töchter weinen schlesisch: in sich hinein. Als die Tragebalken unter dem Sarg herausgezogen werden, schüttelt dieses Weinen, das auf den Gesichtern kaum zu sehen ist, die kleinen Körper fürchterlich, und der Sarg, vom Sand der Witwe befleckt, fährt an Seilen nach unten.

Tränen und Sehnsüchte werden ihnen nicht ausgehen.

Und meine Sünde steht immer vor mir, und all unsere guten Taten, wie ein blutiger Lappen.

Mir fällt Ruth Benedicts *Chrysantheme und Schwert* ein: das auf jedem Japaner lastende Gefühl der untilgbaren Schuld gegenüber Familie und Kaiser, einer Schuld, die das Fundament einer der zahlreichen japanischen «Ehren» ist und bewirkt, dass in japanischen Romanzen – anders als in europäischen – der Mann im tragischen Widerstreit zwischen der Loyalität zur Familie und der Liebe zur Auserwählten sich am Ende immer für die Familie entscheidet.

«Teufel, er war noch so jung», flüstert hinter mir eine sehr alte Frau.

Ich stehe zwischen den Gräbern von Kindern, die älter sind als ich, in grauen Sandstein geritzte Diminutive.

Ich bin sehr klein, zurechtgestutzt von zurückhaltender schlesischer Trauer, ferner Trauer.

Ich latsche über den nassen Asphalt in einem sehr langen Trauerzug, Kränze und Schwarz halten den Verkehr auf der Republikstraße 44 lange auf, vergeblich wechseln die Ampellichter, warten traurige Gesichter geduldig hinter nassen Fensterscheiben, ratschen die

Scheibenwischer zur Marschtrommel des Orchesters. Ich lege die Handschuhe ab, flüstere Beileidsbekundungen, drücke kleine, kalte Hände, es ist wichtig, nicht mehr zu sagen, zu viel darf man nicht sagen, und schon gar nicht «im eigenen Namen», das ist nicht der Zeitpunkt, «im eigenen Namen» zu sprechen, was könnte man sagen «im eigenen Namen»?

Danach gehe ich mit meiner Schwester ans Grab unserer Großmutter, ganz in der Nähe, schwarz und kaltgefroren gehen wir über den weißen Schnee, unsere Nasen laufen. Großmutter unter der Erde, unter Steinen und unter Blumen und unter dem Schnee, löst sich auf in dieser Erde, daneben ihr Mann, mein Großvater, schon ein halbes Jahrhundert länger dort unten, und wenige Gräber weiter ihre Schwester und der Schwager. Ich sage meine Gebete auf, verstehe die Worte nicht, zerknülle sie zwischen eisig tauben Lippen und schaue auf den Lehm und frage den Lehm: Wirst du auch mich so gern aufnehmen?

*

Ich lese *Sindbad geht heim* – und weiß nicht mehr, von wem das Buch ist. Von Krúdy oder von Márai? Geschrieben hat Márai es als wohlwollende Persiflage auf seinen Meister Krúdy. Manche sagen sogar, Márai habe mit *Sindbad geht heim* Krúdys besten Roman geschrieben. Krúdy ist auch die Hauptfigur, versteckt hinter dem Spitznamen, den er sich selbst in der Serie seiner Feuilletons über Sindbad gegeben hat.

Dieser Sindbad ist also ein lokaler Weiser, Segler über

Trottoirs, Alleen und Boulevards, Kommandeur der Bäder von Buda und der Cafés von Pest, Kapitän der Kutschen und Admiral der städtischen Straßenbahnen, der morgens den Hafen der kleinbürgerlichen Wohnung verlässt, um Geld für die Schuluniform seiner Tochter aufzutreiben.

Und Sindbad weiß alles vom Leben. Allan Bloom hat einmal über Shakespeare geschrieben: Shakespeare wusste alles. Das ist zweifelsohne wahr, Shakespeare hat alles gesagt, was über die Conditio humana zu sagen wäre: Über Verrat und Eifersucht erfahren wir nirgendwo mehr als im *Othello*. Und so weiter – für jede Zuckung des Menschseins, jeden Laut der menschlichen Seele gibt es von Shakespeare ein Stück oder ein Sonett.

Doch hat Shakespeare nichts darüber geschrieben, dass jegliches Unglück damit beginnt, dass allen anständigen Menschen vierhundertfünfzig Pengő im Monat fehlen. Er hat das vielleicht gewusst, aber nichts davon gesagt, jedenfalls nicht so, wie Márais Sindbad davon spricht, als er ins Badewasser eintaucht, ob nun mit Krúdys Verstand oder Márais, das weiß ich nicht: «Vierhundertfünfzig extra, über alles obendrein, das ist das Zauberwort und dies die Herkulesarbeit, die zu verwirklichen der Ungar außerstande ist. Ich habe bärtige Menschen auf dem Fass gesehen, wie sie mit voller Kehle vom Heil des Vaterlands heulten, und ich habe indessen geschwiegen und geknurrt, weil ich wusste, dass ihnen die vierhundertfünfzig fehlten, die man am Ersten irgendwie über das Einkommen hinaus vorausbeschaffen muss, um es der verlassenen Gattin, die in der Kaplonystraße 3 eine Handvordruckerei hat, zu geben, oder der

Geliebten, die sich in Borsod mit der Landmiete abplagt. Ich habe Schriftsteller gesehen, die ihre Feder in die widerlichen Gifte des Hasses und Klatsches statt in Tinte eintauchten, und ihre Seele und Ehre verkauften, um auf den Ersten die vierhundertfünfzig zusammenzukratzen, womit sie den Mietzins ihrer in vorgerücktem Alter über sie gekommenen Liebe bezahlen konnten und die Rate des fürs Damenzimmer gekauften Klaviers.»

Diese vierhundertfünfzig Pengő entsprechen nach meiner Schätzung ungefähr achttausend heutigen Złoty. Das ist der Betrag, der allen anständigen Leuten fehlt, nicht wahr? Manchen fehlt natürlich viel weniger. Tausend Złoty oder wenigstens fünfhundert, um die Miete zu bezahlen. Aber so viel fehlt jedenfalls zum Leben – jedoch sprechen wir hier nicht vom Überleben, sondern von der Befriedigung. Wenn man also noch diese achttausend verfluchten, heiligen Złoty hätte!

Gar nicht dumm sagt Abradab: «Wir haben Könige auf den Banknoten.» Also achtzig Jagiełłos im Monat, ganz getrennt und unabhängig von allem anderen, und wie viel heller, sauberer, unschuldiger wäre unsere Welt: unsere Hauptstadt, die voll ist von solchen, die für vierhundertfünfzig Pengő ihren Anstand vergessen und die Klauen schärfen, um sie dem Nächsten in die Kehle zu schlagen. Genauso wie in den Wojewodschafts- und Kreisstädten, wo man sich ebenso eifrig ans Blut geht, nur dass in der Provinz der Anstand viel billiger zu haben ist. Ich will nicht ausschließen, dass der Preis des Anstands mit dem der Immobilien korreliert.

Am einfachsten hält man sich an die Beobachtung: Jeder hat seinen Preis. Oder: Es gibt keine käuflichen

Menschen, nur schlecht bezahlte. Doch geht es hier nicht um Menschen. Wichtiger ist Sindbads Beobachtung, dass die Menschen für achttausend Złoty sogar zu den edelsten Taten bereit sind. Bereit zur Entsagung, bereit, Meisterwerke zu schaffen, bereit zu größter Weisheit und aufrichtiger Freundschaft. Weil ihnen vierhundertfünfzig Pengő im Monat fehlen. Denn nur Dummköpfe mögen glauben, die wahre Kunst entstehe gleichsam nebenbei, unabhängig vom Geld: Sie glauben, der Künstler schaffe um irgendwelcher geheimnisvoller, höherer Werte willen und nehme das Honorar schamhaft, gleichsam beiläufig an, für das Werk zwar, aber nur nebenbei, um zu überleben. Diese Dummköpfe sind es, die gern mit dem verächtlichen Wort «Kommerz» operieren – was für ein Glück, dass Rembrandt noch nichts von den Gefahren des Kommerzes wusste. Die wahre, große Kunst, diejenige, die an das Geheimnis des Lebens rührt, diese Kunst entsteht für Geld. Für diese achttausend Złoty monatlich unabhängig von allem sein, für vierhundertfünfzig Pengő, doch die kommen nie.

Denn Sindbads große Weisheit besteht darin, dass diese vierhundertfünfzig Pengő monatlich allen fehlen werden. Wider die Ökonomie, denn das ist keine Sache der Ökonomie. Die Ökonomie wird uns sagen, dass das Geld nicht für alle reichen wird, doch Sindbad sagt: Es reicht für niemanden. Jedermann fehlen sie. Das ist anthropologische Weisheit. Vielleicht sogar metaphysische: Jedem werden achttausend Złoty im Monat fehlen, immer und unabhängig von allem. Das ist eine Art geheime, grausame Wahrheit über den Menschen, über seine ewige Unbefriedigtheit. Die ganze Sache mit dem Leben läuft, glaube ich, darauf hinaus, wohin wir uns von dieser Unbefriedigtheit führen lassen.

*

Ich wollte mit meinem Sohn Brötchen holen, denn ein kurzer Spaziergang fördert das abstrakte, vom Bühnenbild gelöste Gespräch, ohne Spielzeug und die verfluchte Serie *Lightning McQueen*, dafür mit den dummen Kinderfragen «Warum?» und den dummen Erwachsenenantworten «weil»; mein Sohn und ich brauchen diese dummen Fragen und Antworten sehr, sie machen uns nicht klüger, vermitteln uns aber die sichere Wärme des «Verstehens», selbst wenn es falsch ist: besser falsches Verstehen als gar keins.

Der goldgelockte Bube (Weißgold) hatte jedoch keine Lust auf einen Spaziergang, war beschäftigt mit dem Bau eines Raumschiffs, das schießen, fahren und fliegen kann und mit dessen Hilfe er sich für den Rest des Morgens um Mama kümmern wollte. Bestechungsversuche blieben fruchtlos, der Bube war für eitle Versprechen, ihm «etwas Schönes» zu kaufen, nicht empfänglich, also zog ich allein los.

Aber eigentlich nicht allein, denn wenn ich schon ohne meinen Sohn losziehe, dann nehme ich mir wenigstens Miles Davis mit; und stecke mir eine Zigarette à la Konwicki an (das heißt vor dem Frühstück, angeblich die beste, weil lebensverkürzendste), gehe denselben Weg, den ich mit dem Kind gegangen wäre, nur einen völlig anderen.

Ich höre *Nuit Sur Les Champs-Élysées* aus *Fahrstuhl*

*zum Schafott*, rauche die Zigarette, wundere mich freudig darüber, dass es wieder so warm ist. Und wie ich so Brötchen holen gehe, bin ich doch ganz woanders und gar nicht der, der ich wäre, wenn neben mir mein Erstgeborener die Böschungen hochgelaufen, in Pfützen geplatscht wäre, den «Drachenstil» nachgemacht und herumgeplappert hätte.

Jetzt bin ich kein Vater, und zwar so, als wäre ich nie einer gewesen. Ich bin ein qualmender Passant, der Brötchen holen geht, bin ein Mensch, der auf seine Füße und vor sich hin schaut, und in den Himmel, und sich kaum noch an die klebrigen, dunklen Albträume erinnert, die er kürzlich gehabt hat, sie glimmen noch, schwarz glühend. Ich bin ein Mann, der in Pfützen platscht, weil er eigens zu diesem Zweck wasserdichte Bergstiefel angezogen hat, ich bin jemand, der an nichts denkt, nichts plant, nicht einmal daran, was er im Laden kaufen will, der weder an sich noch an andere denkt, nicht liebt, nicht geliebt wird, weder mit jemandem zusammen noch allein ist, fast so, als wäre er verschwunden. Und der Schnee verschwindet, und die Musik verschönert das ansonsten abscheuliche Pilchowice: so, wie selbst noch die größte Scheußlichkeit auf grobkörnigem, schwarz-weißem Fotopapier zu sublimem Ausdruck finden kann. Der löchrige Asphalt und die Pfützen wirken einen Augenblick lang wie eine Textur, der blauende Himmel wird Hintergrund, und der allgemeine Tauwetterschmutz ist bemüht, gesellschaftlich engagierten Realismus vorzugeben. Dazu ein leichter Rausch, vom Nikotin und der Hyperventilation des Rauchens, schon bin ich weg, nur Schritte bleiben, Häuser, Bäume, Himmel, Pfützen, ich in den Pfützen und doch nicht ich, kalte Hände, der Asphalt wie schwarze Drachenhaut, die darin eingeschmolzenen Steinchen wie Schuppen, wie die Seepocken in der Haut des Leviathans, ein klarer Morgen, nichts tut mir weh, beinahe so, als hätte ich keinen Körper, und ohne Körper existiere ich gar nicht. Ich betrachte die Welt mal mit den Augen einer Kuh, mal mit Gottes Augen: Ich sehe, ohne verstehen zu wollen, oder verstehe, ohne auch nur einen Blick zu verschwenden; die zwei getrennten Wahrheiten des Sehens und Verstehens, Wahrheiten, die sich nicht zusammenführen lassen.

Dann kaufe ich Brötchen und gehe nach Hause.

*

Schlesien kann auf ganz unterschiedliche Art schön sein: im roten Ziegelbau des deutschen Expressionismus von Hindenburg, im rohen Putz des polnischen Modernismus von Kattowitz. Wenn die schreckliche Zerrissenheit der zwanziger Jahre überhaupt etwas Gutes für Schlesien hatte, dann diesen Wettlauf zweier Modernismen.

Ich freue mich, dass dem oberschlesischen Ballungsraum das Schicksal einer muffigen, vom Firnis des kleinbürgerlichen Konservatismus übertünchten Mumienstadt erspart geblieben ist. Erhaben ist die Landschaft der demobilisierten totalen Mobilmachung, die Landschaft abgestorbener Fabriken, Hütten und Bergwerke wirken wie Skelette uralter Leviathane, die Stahldrähte in den Betonschollen wie die ewigen Rippen des Blauwals, die den nördlichen Göttern der Strände von Spitzbergen drohen.

Schlesien hat also einiges an Schönheit, doch in letzter Zeit war es nicht schön. Lange bin ich die Strecke Gleiwitz-Kattowitz nicht mit mehr dem Zug gefahren, denn über die Autobahn bin ich in dreißig Minuten im Zentrum von Kattowitz, der Zug macht also überhaupt keinen Sinn, doch gestern fuhr ich mit einem Zug voller winterlicher, trister und hässlicher Menschen, denn ich gedachte, den Abend in unserem fröhlichen Männerbund zu verbringen, zu essen, sehr viel zu trinken, zu scherzen und noch mehr zu trinken, hoch die Krüge mit dem Tucher Weizen.

Ich fahre also zu Freunden, und Schlesien ist der hässlichste Ort auf der Welt: Da zeigt es sich unter dem weichenden Schnee wie ein Katzenaas vom Herbst, aufgetaut und jetzt plötzlich stinkend, das Gras von Ruß getränkt, die zu warm angezogenen Menschen im überhitzten Zug schwitzen intensiv unter ihren Daunenjacken.

Ich steige aus. Gehe weiter, das modernistische Kattowitz, das heißt, zuerst kommt der großartige Schlesische Sejm, an dem Szukalskis Basreliefs fehlen, dann der einfache, funktionale Modernismus, dann, ein wenig scheußlich, ein historisierender Jugendstil, Stuckelemente aus der Fabrik für architektonisches Zubehör, und eine grausige Groteske von einem Mietshaus, zu dessen beiden Seiten die Straßenfront abgestorben ist oder nie geboren worden war (ich hab's nicht nachgeprüft), und dieses groteske Mietshaus steht im braunen Gras, umgeben von einem rostigen Zaun. Nichts, was dieser Zaun auswiese, er hütet nichts, steht einfach da, und auf beiden Seiten ist «dort», auf keiner Seite «hier». Das Mietshaus steht da mit seinen Gesimsen, Voluten, Stürzen und seinem absurden Bossenwerk, auch wenn Putz und Ziegel vom Atem des Leviathan angegraut sind. Es steht da, als wäre es in irgendeiner Hansestadt errichtet worden, als wären Hamburger und Lübecker Kaufleute in Verfolgung ihrer dunklen Geschäfte seine Treppen hochgestiegen, als wäre es aus einem viktorianischen Roman zum Thema, wie der Mensch gut sein soll, herausgerissen und von einem Flugzeug auf den Leib des schlesischen Drachen abgeworfen worden, wo es sich idiotisch zwischen Schuppen und Rippen verhakt hat und dasteht; der Drache ist verreckt, die Herzen der Hütten pumpen kein Drachenblut mehr, keine kleinen, unterirdischen Sklaven purzeln mehr aus den Häuschen der Patronatssiedlungen von Nikiszowiec oder Borsig, einmal im Jahr von einem verfluchten Orchester mit Tubas und Posaunen geweckt wie von einer kleinen Sonne.

Das Mietshaus steht da, es sitzt fest zwischen Schuppen und Rippen, und ich habe den Eindruck, es könnte leicht kippen, da sitze ich aber schon am Tisch, Schlesien ist draußen geblieben, Weizenbier trinken wir, rot schwitzen die dicken Steaks, wenn wir sie mit gezackten Messern schneiden, und dann in der Nacht torkeln wir hinaus, ungemein fröhlich, weg vom gewohnten Ort unserer Symposien, Bankette, Trinkgelage, es geht immer um das Gleiche, um die hoffnungslose, aber amüsante Suche nach einer Tür, die aus der Einsamkeit führt. Fröhlich schreiten wir aus, wir haben es nicht weit in die Mariacka, fröhlich, schneidig und es ist, als wären wir von unserer Bierhochzeit zu einem Wodka-Totenmahl gekommen, junge lebende Leichen schwanken auf den Bänken, zwischen toten Beeten und vollen Schuttcontainern, in der düsteren Meduza darf man wenigstens rauchen, die lebenden Leichen rauchen, trinken und suchen nach einem, wenn auch schwachen, Beweis dafür, dass sie immer noch am Leben sind, doch wo findet man so einen Beweis, wo, wenn man doch schon lange tot ist? Tote Mädchen mit Glasaugen fragen, ob wir in den Club Lemoniada gehen, nein, gehen wir nicht, wir gehen nirgendwo hin, fast schweigend trinken wir das letzte Bier aus, im Stehen, und dann gute Nacht, Freunde, gute Nacht, wir fliehen von einem Tod zum anderen.

Der Himmel der Winternacht wie Drachenflügel, in mir Drachenblut, der Drachenleib bebt unter unseren Schritten.

*

Womit soll man heute die positivistisch-konservativ-sozialistisch-liberalen, dümmlich zufriedenen Mikrobourgeois aus den Einkaufszentren epatieren, die sowohl zur Kirche gehen als auch, falls notwendig, ihren Embryo auskratzen, um sich nachher über diese Ausschabung zu grämen, und sogar zur Psychotherapie gehen? Man kann Märsche und Gegenmärsche veranstalten, mit Fackeln und mit Arafat-Tüchern, sie werden sich erschrecken, nur habe ich keine Lust dazu. Man kann aus den Überresten eines Flugzeugs lesen wie der Priester aus den ins Feuer geworfenen Knochen, aber auch dazu habe ich keine Lust, denn an Wahrsagungen glaube ich nur, wenn sie mir Erfolg in jeglicher Hinsicht prophezeien. Der Mikrobourgeois, scheint mir, hat es nicht verdient, epatiert zu werden, epatieren konnte und sollte man die früheren, furchtbaren Kleinbürger, die heutigen Mikrobourgeois sind die Kleinbürger von früher nur mit serienmäßig eingebauter Epatierung, sie haben nichts mehr, was man epatieren könnte, die Schalen sind vertrocknet. Da epatiere ich schon lieber die toughen rechtsradikalen Jungs, die toughen Linksradikalen könnte und wollte ich auch epatieren, aber die rote Walküre Ulrike Meinhof lebt ja nicht mehr. Aber auch die toughen rechtsradikalen und linksradikalen Jungs sind nur noch wandelnde Leichname, fixiert auf ihre Konzeptualisierungen wie die Thomisten auf ihre Summa, oder eher wie der Zombie darauf, den Menschen das Gehirn auszulöffeln, und wenn eine Leiche einen Stromschlag kriegt, dann zuckt sie vielleicht noch kurz, wie Galvanis Froschbeine, doch zum Leben lässt sie sich nicht mehr erwecken. Verbrennen allenfalls, doch diese Kraft habe ich nicht mehr.

Da schreibe ich lieber einfach: für Leserinnen, wenn es in dieser Zombieapokalypse noch irgendwelche lebendigen Leserinnen gibt, und dafür stehe ich manchmal um fünf Uhr morgens auf, im ersten Morgengrauen, um ihren Ehemännern, Verlobten und Liebhabern die Abende zu rauben, um mich in ihre Schlafzimmer zu stehlen und auf ihren Nachttischchen zu liegen.

*

Palinka, Palinka, du wirst mich doch, wie du in meinen leeren Bauch rinnst, nicht zu jemandem machen, der ich nicht bin! Schließlich bin ich nicht Sindbad, will nicht Sindbad sein, der ungarische Schriftsteller interessiert mich insofern, als er Schriftsteller auf sehr interessante Weise ist, sie alle, gleichzeitig simpel und raffiniert, einfältig und dandyhaft, äußerst klug und äußerst naiv, anders als die polnischen Schriftsteller, fröhlicher als die polnischen Schriftsteller und trauriger zugleich. Sie pfeifen auf alles und sind doch rasch beim Duell, denn jemand hat die fürchterliche Verleumdung ausgesprochen, dass Jókais Figuren keine starke Psychologie haben.

Łukasz Orbitowski nimmt meine Neigung auf die Schippe, richtig so, dafür sind Freunde da, für solche und fünfhundert Mal härtere Witze und für die Wahrheit, deshalb nennt Łukasz mich, wenn er mich ärgern will, den kleinen Sándor, und jetzt fragt er: «Na, wie geht's dir da im Waldesdickicht, kleiner Sándor?» Er spottet zu Recht, man sollte nicht zu viel von einem Autor lesen, das verdirbt den literarischen Geschmack.

Aber das stimmt dann doch nicht, ich will ja gar nicht so tun, als würde meine Welt in irgendeiner Weise an jene Welt der triumphierenden Bourgeoisie erinnern, von der ungarischen mal ganz abgesehen, allerdings an die Welt der Bourgeoisie an sich, aber im Grunde sehne ich mich nicht mal nach dieser Welt, denn, bei Gott, ich würde mich aus der unterirdischen Gefangenschaft herausreißen, so wie sich Korfanty und ein paar andere aus dem Zwang der Generationen herausgerissen haben, aber würde ich nicht so eine Art Ociepka werden, nur ohne den Wahnsinn Ociepkas? Wenn überhaupt, wenn die bourgeoise Welt mich nicht mit eiserner Hand dort festhalten würde, wo ich geboren werden sollte, in sauberen Küchen und Fluren von roten Ziegelhäusern, mit dem Blau gestickter Teppiche an den Wänden, dort sollte ich leben, in der stolzen Gefangenschaft von Schicht und Scholle, und der

Knappschaft der Hauer, und dort sterben, im schwarzen Erdgedärm.

Deshalb nein, keine Sehnsucht. Und ich versuche nicht, einen vorzugeben, der ich nicht bin. Ich mag all diese toten Ungarn sehr, sie bilden eine kleine Ausnahme in meiner gerechten, allgemeinen, von schlesischem Ressentiment übergossenen Misanthropie, bei der ich heldenhaft verharre, so wie naive Frauen bei ihren bösen Männern bleiben und im Zank über die Suppe weitere Zähne verlieren.

Und jetzt habe ich guten Palinka getrunken, auf leeren und durstigen Magen, er ist hinabgeflossen und hat Feuer in meinem Inneren gemacht, und ich habe eine Gulaschsuppe gegessen, die glücklicherweise keinerlei Ähnlichkeit mit dem grauen Brei aus schlechtem Rindfleisch hat, das an polnischen Kartoffeln klebt und sie erstickt. Und ich warte auf den zweiten Gang, warte geduldig beim zweiten Bier, der zweite Palinka wartet auf mich, heute habe ich keine Lust auf Wein. Zur Gulaschsuppe habe ich einen halben Laib Brot gegessen, zum Teufel mit den guten Vorsätzen, so aufopferungsvoll erarbeitet und verstetigt, der Teufel soll sie holen, wenigstens heute.

Der Teufel soll alles holen, denn ich bin nicht Sindbad, doch heute habe ich den Tag allein verbracht, als wäre ich unsichtbar auf seinen Spuren gewandelt, das heißt natürlich nicht Krúdys selbst, auch nicht auf Márais, sondern auf den Spuren der ungarischen Schriftsteller überhaupt, als hätte ich ihnen nachgestellt mit meinem ungesunden Interesse, das heißt morgens mit Herzschmerz zu schreiben versucht, vergebens, also habe ich das Hotelfrühstück eingenommen, woraufhin ich sofort zur Rezeption gerannt bin und das Frühstück für die nächsten Tage abbestellt habe, und dann bin ich ins winterliche Budapest hinausgegangen, das ich noch nicht kannte, ein leeres, kaltes und armes Budapest, und hin zum Centrál Kávéház, das jenes Centrál zu sein vorgibt, in dem sich die Schriftsteller der Nyugat-Generation versammelten, die Meister Márais und seine Lehrer.

Das gelingt dem Centrál, meine ich, ganz gut: billiger Jugendstil, Tischchen aus Marmorimitat, braun-, bordeaux- und goldfarben, guter Kaffee, eher nach Wiener Art, also selbstverständlich kein Latte, nur Kapuziner. Ich sitze in der Ecke, trinke Kaffee und rufe mir diese Ungarn vor Augen, deren Ungarisches mich im Grunde überhaupt nicht interessiert, mich interessiert eher ihr Europäisches, ein spezielles, ganz eigenes Europäertum. Warum es mich interessiert? Ich weiß nicht.

Dann die Arbeit, schließlich bin ich zum Arbeiten hier, ein bisschen Selbstmitleid, denn ganz habe ich mich selbst schließlich auch nicht zu Hause gelassen, und dann nehme ich *Die Eifersüchtigen* von Márai, gehe ins Hotel Gellért und dort, aber gewiss doch, in die Thermen.

In den Thermen hänge ich im körperwarmen Wasser, gehe dann ins Dampfbad, dann wieder sechsunddreißig Grad, dann noch mal Dampf, und ich lese, wie Péter Garren sich von seiner La trennt, der Geliebten mit dem reinen Herzen.

Für einen Márai ist das alles sehr sinnlich, wirklich und traurig, so traurig ist Péter Garren, hilflos hin- und hergerissen zwischen der Geliebten, die in den Flammen umkommt, und der Ehefrau, die lebt und die Garren liebt, aber verlässt, um zu seinem Vater zu fahren, der gestorben ist.

Doch klang das anders, als man hätte erwarten können, anders, weil ich es im Kreise nackter Greise las, die ihren Schoß mit Schürzchen bedeckten, die nackten, greisenhaften Gesäßbacken jedoch frei ließen, oder auch ganz ohne Schürzchen waren. Und es waren hinfällige Greise, die ihre Beine nur mit Mühe vorwärtsschleppen konnten, Greise mit weißen Leibern, denen bei der Erinnerung an all die überflüssigen Tätigkeiten, denen wir uns im Leben widmen, die Hände zitterten. Langsam, vorsichtig stiegen sie ins warme Wasser, was für eine Labsal, wenn das Wasser ihre ältlichen Leiber stützt und ihnen schließlich das Gewicht abnimmt, Leiber, die sich allein nicht mehr tragen wollen; Greise, eingetaucht bis zu den bebenden Kiefern, das grüne Wasser zieht Kreise um dieses Beben.

Dort waren auch Greise, die noch gar nicht so alt waren, denen aber der Krebs alle Haare ausgerissen hatte, ohne Brauen, ohne Schamhaar, knittrige, traurige Säuglinge, die furchtsam Gesundheit im warmen Wasser suchten – finden würden sie sie nicht, in diesen Leibern ist kein Ort mehr für Gesundheit.

Dort waren auch Jünglinge, Männer mittleren Alters, ältliche Männer, schließlich Männer ohne ein am Körper ablesbares Alter, die ebenso gut dreißig wie fünfzig Jahre alt hätten sein können. So gab es dort Männer mit schönen Kriegerleibern, gewölbte Brustkörbe mit mächtigen Rippen, naturgewachsenen Muskeln, dort waren Sportler mit künstlichen Sportlerleibern, es waren dort Jünglinge mit Spinnengliedern und eingefallener Brust, es waren dort Dickliche und Fette und Übergewichtige, es gab solche mit einem Abglanz ihrer vergangenen Schönheit und andere, die über die egalitäre Hässlichkeit des Alters froh waren. Sie alle ruhig, nackt, still, auf sich selbst konzentriert, auch wenn sie in Gesellschaft waren; alle trieben im warmen Wasser wie feierliche Medusen, den Blick auf die Zehen der eigenen Füße gerichtet.

Und schließlich war dort ein großartiger Masseur, ein gargantuesker Dickwanst mit den hängenden Augen des Bassets und Mundwinkeln, die von der Schwerkraft ebenso herabgezogen wurden wie von stiller Verachtung für Leute meines Schlages: Wozu sprichst du mich auf Englisch an, ausländischer Idiot, was ist das überhaupt für eine Idee? Was hat dich hierher verschlagen, du unechter Mensch, was suchst du hier in deinem Mäntelchen, mit Schal und Tasche und der dümmlichen Fresse eines selbstzufriedenen Kretins? Und ich Idiot lächle ein Lächeln für Kassiererinnen und plappere blöd etwas von Handtüchern und Bademänteln, und dieser großartige Zweihundertkilo-Mann, kahlköpfig, sonst aber überall behaart, guckt mich an, unter dem großen Bauch hat er ein Handtuch gewickelt, die lockige Körperbehaarung ist nass, die Wangen ziehen ihm die Augenlider tief nach unten, er guckt mich an, wartet mit feister Geduld, bis ich fertig bin, und zeigt mit der Hand nach oben, rote Halbmonde unter den Augäpfeln, zeigt mit der Hand nach oben, wo die Umkleideräume sind, und sagt etwas auf Ungarisch. Ich kann mir vorstellen, was er zu mir sagt, ich weiß ja, dass er recht hat, wozu bin ich überhaupt hergekommen, sind die Thermen etwa für mich, bilde ich mir vielleicht ein, für viertausend Forint könnte ich mir hier ein Daseinsrecht erkaufen, so wie ich mir den Eintritt erkauft habe? Eintreten kann ich, soll ruhig reinkommen, aber da sein? Ich weiß, er hat recht; ich stimme seiner Abneigung zu, teile seine Abneigung gegen solche wie mich. Ich würde ihn für mein Kommen um Verzeihung bitten, wenn ich nur könnte, kann es aber nicht, also gehe ich gehorsam nach oben, ziehe mich aus und folge weiter den Hinweisen und Weisungen der mürrischen und fürsorgenden Bademeister, mache mich nass im Wasser und schwitze im Bad. Später kann ich die Kabine nicht finden, in der ich meine Anziehsachen gelassen habe, klar, Idiot, die Nummer, die ich an der Hand trage, entspricht keineswegs der Nummer der Kabine, die hätte ich mir selbst merken müssen, die Nummer an meiner Hand ist nur ein Beweis, dass ich nicht nackt hier angekommen bin. Der Bademeister, ein anderer, kleiner, mit Bart, mümmelt mir geduldig und still etwas ins Ohr, öffnet der Reihe nach die Schränke, sind das deine Sachen? Nein. Und das? Auch nicht.

Aber vielleicht hätte ich ja sagen sollen, hätte eine andere Hose, eine andere Jacke anziehen, eine andere Brieftasche öffnen sollen, alles zu eng oder zu weit, und mit einem anderen Leben davonziehen sollen, die Adresse in der Brieftasche prüfen und in das Haus von Gyula, Attila oder sonst einem István zurückkehren sollen. Hätte mich in Gyulas Jacke seiner Frau und seinen Kindern oder der alten Mutter offenbaren und warten sollen, bis sie mich aufs Kommissariat bringen. Der tobende Gyula ruft schon zu Hause an, sie wissen bereits, dass ich ihn nicht umgebracht, nur seine Sachen gestohlen habe, vom Kommissariat also wohin, gleich ins Irrenhaus? Und ich, ich verstehe doch kein Wort, könnte nur endlos eine einfache Zahlenfolge herunterrasseln, meine PIN vielleicht oder meine Personalausweisnummer? Oder besser herzlich und geduldig lächeln, wie ein Idiot, seinen Schergen zugetan. Am Ende würden sie meine Anziehsachen und Papiere finden, und was sollten sie mit so einem heiligen, blöden Irren anfangen? Sie werden mich ja nicht in der Donau ertränken.

Aber wäre Gyulas Mutter kurzsichtig, dann würde sie mich an den Tisch setzen, was bist du so wortkarg, Gyula, hier dein Tee, Gyula, bist männlicher geworden, Gyula, oder hast abgenommen, sag doch ein Wort, Gyula, hier dein Brot, iss, Gyula, mit Schmalz und Paprika und Zwiebeln, so wie du's magst, Gyula, hab ich immer für dich im Haus, Gyula, schau, was aus deiner alten Mutter geworden ist, Gyula, du besuchst sie nicht mehr, wie geht's deiner – wie heißt sie noch? Und die Kinder? Und hier auf dem Foto, siehst du, Gyula, mit dem Papa auf der Margareteninsel? Siehst du? So einer warst du, so ein Kleiner, und jetzt, Gyula, und jetzt? Ich verstehe kein Wort, denn sie spricht Ungarisch, und verstehe doch alles, denn Mütter sagen doch immer das Gleiche.

Und sind das deine Sachen?, fragt der Bademeister. Oder er fragt gar nicht, sondern legt mir nahe, mir das sonst wohin zu schieben, oder wie die Ungarn noch fluchen mögen. Aber es sind wirklich meine. Dann zieh dich an, du trister Idiot im Handtuch, von wo auch immer die Pest dich hergeweht hat, und geh, geh, erzähl deinen Leuten, wie es war in den Bädern des Hotels Gellért, denn verstanden hast du sowieso nichts, hast sowieso nichts in Anspruch genommen, nur dagesessen, Kretin, im warmen Wasser, und?

Nichts.

Und doch etwas. Denn ebendiese Greise und Péter Garrens Geliebte, ihr Körper und ihre Körper, sagen mir einstimmig etwas über den Menschen, was ich vorher nicht wusste. Ich zwischen ihnen, mein Kopf über dem Wasser und die Hände, mein Kopf, und im Kopf das unaufhörliche Tosen von Tausenden Werkzeugmaschinen, es hört nicht auf, dafür muss ich mich schon stocksteif besaufen, aber nüchtern und im leichten Rausch, sogar in einem etwas stärkeren, ist es wie in einer Fabrikhalle, tausend Drehbänke, tausend Fräsen, Dampfhämmer und Wörter, und Fäden zwischen den Wörtern, Sätze, Gesichter, Fragen, und alles gleichzeitig, mein Kopf pulsiert, seit ich denken kann. Und die Ruhe ist nur scheinbar, die Ruhe ist illusorisch. Wenn ich schweige, schwillt mir der Kopf.

Und jetzt schweige ich und sogar das Getöse in meinem Kopf verstummt für einen Augenblick, und die Körper sagen mir etwas, von dem ich vorher nichts wusste, die Greise und dieses schöne, sinnliche Mädchen aus Papier, das überhaupt nicht weniger real ist als die Greise aus Fleisch und Blut, ihre Verbindung, sie zusammen mit ihnen, sie zusammen mit ihr, sie vor deren Hintergrund und die Greise vor ihrem, flüstern mir Unsichtbarem, der ich unter dem Wasser verborgen bin und hinter dem Buch, flüstern mir: So viel zum Menschen.

So viel zum Menschen.

*

Sich den Körper bewusst zu machen, ist wie eine Reise. Für mich wenigstens; ich weiß nicht, wie es bei anderen

Männern ist, bin aber sicher, dass die Frauen sich den eigenen Körper auf völlig andere Art bewusst machen, wie es eben der fernen und seltsamen Welt angemessen ist, in der sie leben. Ich würde diese weibliche Körpererfahrung gern verstehen, sie interessiert mich, schon aus literarischen Gründen, aber ich weiß nicht, ob das überhaupt mitteilbar ist. Übersetzbar in Worte wohl schon, doch diese bezeichnen in unseren Männerköpfen vielleicht ganz andere Dinge.

Márai schreibt, der Mensch hinke dem eigenen Körper auf seltsame Weise hinterher. Und das ist es: Kinder in Körpern von Jugendlichen, Jungs in Männerkörpern und Männer in den Körpern von Greisen. Sowie die persönliche Kategorie: Leichen in lebenden Körpern, aber über Leichen zu schreiben lohnt nicht, es sind Leichen, dazu meist eingefroren, sogar ohne die Dynamik der Zersetzung.

Einmal war ich nur Körper, wie jeder Säugling, doch daran erinnere ich mich nicht, kann mich nicht erinnern, und die frühesten Erinnerungen, die ich jetzt irgendwie mit diesem weißhaarigen, sehr hageren Jungen von den Fotos verbinde, der meinem Sohn ähnelt wie ein Wassertropfen dem anderen, sind körperlos. Kinder tragen ihre Körper, wie man eine Hose trägt.

Der Körper des Kindes ist ein Medium: Es trägt ihn, das Kind zeigt Interesse für diesen Körper (mein Sohn entdeckt begeistert, dass man mit dem Harnstrahl Muster im Schnee zeichnen kann!), aber genauso, wie es sich für die Welt ringsum interessiert: für einen Stein, eine tote Katze oder Legosteine. Seinen Körper nimmt das Kind wie die nächste Umgebung wahr, aber er gehört nicht zu ihm. Mein Sohn sagt immer: Mir tut MEINE Hand weh, ich habe den Schuh über MEINEN Fuß gezogen, kratz mich an MEINEN Schultern. So wie er sagt: Reparier mir MEIN Auto. Und dieses besitzanzeigende Pronomen unterstreicht paradoxerweise, dass er seinen kleinen Körper als etwas von ihm selbst Unterschiedenes wahrnimmt, da er pronominal unterstreichen muss, um welche Hand und welches Bein es ihm geht. Etwas, das meins ist, bin nicht ich.

Welche Bedeutung hat es denn auch, dass die Fürwörter, die im Polnischen «Pachtfürwörter» heißen, in allen anderen Sprachen als «Possessive» bezeichnet werden, vom lateinischen pronomina possessiva? Kann das überhaupt irgendeine Bedeutung haben? Sollten wir auf Polnisch die Wörter nur pachten, statt sie zu besitzen?

Bestimmt hat das keinerlei Bedeutung, vielleicht ist irgendeinem in der Dunkelheit der Geschichte verborgenen Heros der Verpolnischung der grammatischen Bezeichnungen dieses Besitzhafte zu vulgär vorgekommen, durch die Assoziation mit dem Sitzen, also den Gesäßbacken, eine unanständige Assoziation, ohne die Erhabenheit des Lateinischen, also setzte er das Wort «Pacht» ein, das feierlich klingt wie «Pracht». Ich ergebe mich ein bisschen diesem Wahn, nach Zeichen in der Welt zu suchen, nach der Sprache der Bäume, dem geheimnisvollen Code der Risse im Asphalt und der Epen, die die Zirruswolken an den Himmel schreiben.

Und natürlich kann die Frage, wie mein Sohn das Possessivpronomen benutzt, auch ganz bedeutungslos sein, schließlich weiß ich überhaupt nichts über Kinder, und die Geheimnisse der fast glücklich vergessenen Kindheit interessieren mich im Grunde gar nicht. Ein Kind ist für mich Warten und Potenzialität, und wenn etwas mich am Kindsein interessiert, dann ist es gerade diese Potenzialität, dieser Fächer von Möglichkeiten, der in dem winzigen Sein gebündelt ist, das vollständige Spektrum künftiger Niederlagen, Misserfolge und Enttäuschungen – wie es auch kommt, aber die Kindheit als solche interessiert mich nicht.

Die erste Haltestelle auf dem Weg zur Bewusstwerdung des eigenen Körpers war die Geburt der Begierde. Keine Ahnung, wie alt ich damals war, bestimmt noch ein Kind, und mit der Begierde kam ihre Sublimierung auf die Welt, die Neigung, jene fernen, wundersamen Wesen aus einer anderen Welt zu betrachten. Ihnen begannen damals die Brüste zu sprießen, vielleicht unter der Last unserer damals noch verständnislosen Blicke, vielleicht haben sie sich von diesen Blicken genährt?

Nichts habe ich verstanden von meinem Körper, und noch weniger von den Körpern der Frauen, viel Zeit haben meine damaligen Freunde und ich darauf verwendet zu erforschen, wie sie gebaut sind. Es waren die Zeiten vor dem Internet, als ein Pornoheftchen ein seltenes Gut war, eifersüchtig gehütet von älteren Jungs, von denen man leicht eins auf die Nase bekommen konnte, daher war der Körper der Frau nicht nur eine Erwartung, sondern auch ein großes Geheimnis. Generationenprägend für uns, für mich und meine Altersgenossen, war wohl die heimliche Lektüre von Michalina Wisłockas *Kunst des Liebens*, dessen mit schwarzem Strich und medizinischer Wörtlichkeit gezeichnete Illustrationen allerdings nichts erklärten, uns schon gar keine Antwort auf die Fragen nach dem Quell der geheimnisvollen Faszination gaben.

Die Körper der Mädchen waren für uns also Geheimnis auf mehreren Ebenen, wir stritten über die Architektur diverser Einzelheiten der fraulichen Anatomie, schließlich verstanden wir selbst unser Interesse an diesen Körpern nicht und wunderten uns darüber.

Ein Geheimnis war es für uns ja nicht nur, wie es genau zu diesem besonderen Akt kommt, von dem wir eine eher nebelhafte Vorstellung hatten, sondern vor allem, wieso diese hehren, fernen Geschöpfe solche wie uns, oder fast wie wir, nur ohne diese hölzernen Finger und sommersprossigen Gesichter, alle diese Sachen mit sich machen lassen. Sie lassen das jemanden machen, zu dem wahrscheinlich – so nahmen wir an – jeder von uns auch werden würde; selbst wenn man damals dreizehn war, schien das ganz unglaublich, dieser Wandel, zu dem es irgendwann kommen würde, angeblich. Wie man sagte.

Heute sind die Körper der Frauen selbst für Zehnjährige kein Geheimnis mehr, denn das Angebot an Pornographie bewirkt, dass sie nichts mehr sind als Erwartung – und zwar Erwartung einer Weiblichkeit, die es jenseits der Drehorte von Pornofilmen nicht gibt. In diesem Sinne finde ich die Aktion einer amerikanischen Feministin gut, die «aufgrund eigener Erfahrungen bei den Begegnungen mit Zwanzigjährigen» die Seite «Make Love Not Porn» angelegt hat, wo sie den pickligen Onanisten mit der Geduld eines Sisyphus erklärt, was es «damit» tatsächlich auf sich hat. Die Pornographie hat ja mit dem Sexualleben so viel zu tun wie die ganze Popkultur mit dem Leben überhaupt, also einerseits sehr viel, denn dort spielt sich die Mythologie unseres Lebens ab, anderer- und in diesem Fall wichtigererseits, so gut wie nichts – nicht mehr jedenfalls als der Joker aus Batman mit echten Banditen.

Aber noch einmal – die Welt der heutigen Zwölfjährigen ist mir so fremd, dass ich vermutlich mehr über die Kwakiutl zu sagen hätte, obwohl ich über die auch nicht viel zu sagen weiß. Dies aber also nur als hingetupfte Vermutung. Später dann, in all diesen unerhörten Wunderdingen des Jugendalters, klärte die Zeit die Geheimnisse auf, dämpfte die Frustrationen, beendete das Warten, und die Libido, obgleich zweifellos mächtiger als in der ausgehenden Kindheit und weitaus dominanter im Leben, büßte ihre zentrale Bedeutung für das körperliche Bewusstsein ein.

Und ich vergaß den Körper für zehn Jahre. Und hatte vermutlich wieder keinen Körper, lebte ruhig, so wie Stasiuk sagte, «etwas dicklich», bis der Körper erneut auf sich aufmerksam machte, auf völlig andere Weise – zum Beispiel durch einen Bänderriss am Knie, beim Absteigen vom Pferd, und besonders durch den Anblick dieses Knies, das zur falschen Seite umknickte. Später die ersten Rendezvous mit dem Asthma. Dann die peinliche Feststellung, dass ein paar Stockwerke ein Problem sind. Kein großes Problem, aber dennoch eines, und der Schweiß rann den Rücken hinunter.

Deshalb, ohne mich im Geringsten auf eine «gesunde Lebensweise» umzustellen, ohne mit allen möglichen Genussmitteln aufzuhören, sogar ihren Gebrauch verstärkend, um die sonstigen Unannehmlichkeiten zu kompensieren, entdeckte ich mit dreißig die körperliche Aktivität, die ich seit jeher geringgeschätzt hatte, denn wie sagt der Kellner zu Sindbad: «Die Jungen treiben Sport, sie gehen Ski fahren und schwimmen und pflegen andere, angeblich gesunde, verdächtige Dinge. Aber wir zwei, Herr Sindbad (…), wir beide wissen noch, dass für die jungen Dichter das einzig Gesunde die Literatur und das Café sind.»

Und jetzt entdecke ich mit nicht geringem Erstaunen den Körper neu: Ich kann zum Beispiel fünf, danach sieben und später zehn Kilometer laufen, was mir früher völlig unglaublich vorgekommen wäre, denn wenn ich sagen würde, dass ich nie zuvor gelaufen bin, wäre das gelogen: Gut zehn Jahre lang habe ich mich nie auch nur zu einer rascheren Bewegung aufgerafft.

Und jetzt diese wütend fröhliche Ekstase des Körpers, der nach diesen fünf Kilometern in sehr gemäßigtem Tempo, ich brauche dafür eine halbe Stunde, heiß ist wie ein Automotor, aber heiß auf völlig neue Art, fremd, zauberhaft, und dann die fröhliche Verwunderung, dass mir Muskeln weh tun können, von deren Existenz ich nicht einmal eine Ahnung hatte.

Diese Abschirmung von der Welt hat etwas ungewöhnlich Anziehendes: In schwarzer Nacht, über schwarze Felder, auf feuchtem, unbefestigtem Weg, isoliert mich Dunkelheit von der Welt, nur dort unten blinken die hellen Laufschuhe, also Dunkelheit und sehr laute Musik, ein mit dem Rhythmus meiner Schritte synchronisierter Rhythmus, Puls, Atem und Muskelschmerzen isolieren mich von Gedanken und vom eigenen Gehirn, deshalb keine Gedanken, nur das Bewusstsein des Körpers, des Atems, des Pulsschlags, Wadenkrampf, Seitenstechen, Zwerchfellkrampf, nichts darüber hinaus, es gibt mich nicht; ich könnte mich freuen, dass ich für einen Moment verschwunden bin, aber ich freue mich nicht, denn ich bin verschwunden und es gibt mich nicht, wer sollte sich da freuen?

Das sind natürlich völlig anachronistische Entdeckungen und Enthusiasmen, normale Menschen entdecken solche Dinge mit fünfzehn Jahren, auf dem Fußballplatz, was kann ich dafür, dass ich in dieser Hinsicht zurückgeblieben bin, spät entwickelt, weil ich als Fünfzehnjähriger Bücher gelesen und mich dem gesellig-emotionalen Leben gewidmet habe?

Gestern habe ich beim Laufen doch ein bisschen gedacht, bevor die Drüsen ihren Mist ins Blut absondern konnten. Ich hörte *Killing in the Name of* von Rage Against the Machine, und das ist natürlich ein alter Hut, aber so einer, der einem Lust macht, Komitees abzufackeln, statt eigene zu gründen. Und dieser alte linke Klassiker mit dem grandiosen Bass in Verbindung mit dem vom Lauf erhitzten Körper machte mir bewusst, dass ich mich fast jeder Revolution anschließen könnte, wenn sie nur die Schönheit von Feuer und Barrikaden hat, aber in keiner mich auflösen könnte, in keiner mich verlieren, in keiner mich wiederfinden.

Und wie geht es weiter mit dem Körper und meiner Reise? Ich weiß nicht, vermute aber, es kommt die körperliche Bewusstwerdung der eigenen Sterblichkeit. Denn es ist wohl ein Unterschied, ob man vom eigenen Tod weiß, ohne große Angst davor, oder ob man ihm in die Augen schaut.

*

Was hat das rothaarige, sinnliche Mädchen verdient, das am Nebentisch mit einem Mann im teuren Anzug flirtet und ab und zu den Blick von ihm abwendet, um mich, hinter Computer und Kaffee verschanzt, zu taxieren? Hat sie es verdient, dass die Männer ihr gewogen sind und die Welt schön machen, oder eher, dass der Dichter seine Erniedrigung für sie herausheult, dass der Maler ihr seine Farben im Spiritus verdünnt? Oder verdient sie es, dass immer neue Kinder ihre Sinnlichkeit zerreißen und aussaugen? Vielleicht rauben sie ihr alles, geben ihr aber das, was man in keinem Laden kaufen kann, vielleicht wird das Mädchen dann, in Leid und mütterlicher Einsamkeit, den esoterischen Sinn des eigenen Körpers begreifen, wird ihre Brüste und ihren Schoß umdeuten und in Freude sterben, oder in Traurigkeit, verliebt in die Kinder, die sie verlassen haben.

Aber vielleicht wird sie es sein, die sie verlässt. So wie meine Urgroßmutter sich nach einem in Aufopferung gelebten Leben von den an ihrem Totenbett versammelten grau gewordenen Kindern abwandte, sich von ihnen wegdrehte zur Wand und zum Tod, und alle verstanden, warum diese kleine, sehr alte Frau jetzt allein sein wollte.

Ich habe es nicht verstanden, als mir das erzählt wurde, aber ich habe es verstanden, als ich als Erwachsener zum hundertsten Mal ihr Foto betrachtete, aufgenommen im Jahr 1919 bei Volkmann in Gleiwitz, Bahnhofstraße 26. Auf diesem Hochzeitsfoto steht Valeska neben meinem gutaussehenden Urgroßvater, steht da klein, von der stillen Schönheit einer Schlesierin aus dem Volk, bar jeder Sinnlichkeit; diese hat Valeska unter ihrem dunklen Kleid versteckt, hat ihren zierlichen Leib so verhängt, dass wir ihn unter dem Kleid nur erahnen können. Und als sie starb, aufgelöst im Greisenirrsinn, als sie sich zur Wand drehte und zum Tod und in holprigem Schlesisch verlangte, man solle sie in Ruhe lassen, da fand sie für einige Minuten zu sich selbst zurück, diesem Selbst, das sie Jahrzehnte zuvor freiwillig einer rauchgrauen Welt hingegeben hatte.

Aber vielleicht fand sie auch zu gar nichts zurück, vielleicht war da gar kein Bewusstsein mehr in ihr, vielleicht sind diese Worte nie gefallen, vielleicht falsch in Erinnerung behalten worden, doch ich werde weiter daran glauben und davon ausgehen, dass sie sich abgewandt und gesagt hat, was sie sagte, und dass sie es bewusst gesagt hat, denn ich finde, wenn jemand etwas verdient hat, dann meine Urgroßmutter Valeska dieses kurze Aufflackern der Freiheit nach einem Leben im Schatten von Industrie- und Artillerierauch.

Was hatte ihr Mann verdient, hochgewachsen, sehnig, mit der Kinnlade eines Stummfilmstars? Am Heck einer weißen Yacht zu stehen, statt mit dunklen Augenringen in den warmen Leib der Erde zu steigen? Er hat es nie versucht, hat nie am Heck einer weißen Yacht gestanden, nie das Matterhorn bezwungen, nie in einem offenen Roadster auf weißen Reifen die Ziellinie beim Mille-Miglia-Rennen überquert. Stattdessen hat er den Rücken in Untertagegängen krummgemacht, hat Kohle aus dem Fels gekratzt, und hat dann den Rücken in den Gräben des ersten der großen Kriege krummgemacht, immer im Leib der Erde, immer ihren Staub und Schmutz unter den Fingernägeln, in die Augen gerieben wie Schminkkreide.

Immer in der Erde, in sie eingewachsen wie menschliches Pilzgeflecht, wie ein Regenwurm an ihr kauend, aber in der Küche hinter dem Ofen die in Lappen gewickelte Parabellum, denn der Schlesier buckelte zwar in der Schicht wie ein Sklave, doch die Sklaverei endete mit der Schicht, und in den Schützengräben hatte er gelernt, wozu diese wunderschönen Maschinchen aus gefrästem Metall und Holz dienen, die so anmutig Tod und goldglänzende Hülsen speien.

Hatte er also das schreckliche Sterben im nächsten Krieg verdient, das jammernde Sterben eines Zivilisten, an einer krebsig entarteten Brustwunde, einem Krebs, für den es kein Morphin gab, weil das Morphin an der Front gebraucht wurde?

Dieses Morphin brauchte mein Großvater, der Schwiegervater, den meine Mama nie kennengelernt hat, er versuchte damals, das Kriegsschicksal durch einen aussichtslosen Angriff in den Ardennen zu wenden. Ich kann mir denken, dass er es ohne Enthusiasmus tat, denn das war nicht sein Krieg, es ist nie unser Krieg, und am Ende geriet er in Gefangenschaft, den Tod von einer amerikanischen Kugel hatte er sich nicht verdient, stattdessen kehrte er zu den Gebeten seiner Frau zurück, zu dem Kind und den Maulwurfskorridoren und starb wenige Jahre später, als die tollwütige Kohleerde sich in seinem Leib verbiss und Wundstarrkrampf in seine Adern speichelte. Hatte er so einen Tod verdient, und haben seine beiden verwaisten Söhne seinen Tod verdient?

Ich weiß nicht, ich kann diese Fragen nicht beantworten, die Menschen verdienen alles, alles Glück und allen Schmerz der Welt, und sie verdienen nichts. Diese schlesischen Leben und Tode wollen mir zu keinem klaren Gesamtbild werden, doch spüre ich, dass sie sich zu einer Ordnung fügen, einem Kosmos, an den ich nicht rühren kann, nicht rühren darf, so als wäre das ganze Leben, die ganze menschliche Welt ein heiliges Mandala, gleichzeitig geschüttelt und gerieben in einer Ordnung, die nicht wahrnehmbar, aber doch existent ist.

Und ich frage nach dem Muster dieses Mandalas, frage die Welt und mich selbst, sitze hinter dem Kaffeehausfenster, in der Wilhelmstraße geht meine Urgroßmutter zum Fotografen und kommt an Horst Bienek vorbei, auch an Valeska, Menschenleben aus Leibern und Menschenleben aus Druckerfarbe, vermengt in meiner Mandala.

Da gehen auch Menschen, deren Urgroßmütter zu Sand zerrannen in den Lemberger und wolhynischen und noch anderen Mandalas, woher soll ich das überhaupt wissen; das rothaarige Mädchen ist schon gegangen, und am Nachbartisch rieselt Sand von erschöpften Damen, vielleicht Lehrerinnen, vielleicht Angestellte der Stadtverwaltung, in der einmal ein Hotel war und in dessen Mauern die Hochzeit aus Bieneks *Erster Polka* stattfand, und sie wandeln dort zwischen Geistern und Feuer.

Und ich, was habe ich verdient? Alles und nichts, ich will nicht hören, worüber diese tristen Damen reden, habe aufgehört zu schreiben, zahle zwei Kaffee, gehe hinaus und zerriesele selbst zu Rinnsalen von buntem, heiligem Sand.

*

Ich habe gesehen: nur einen Augenblick lang. Fragmente eines von einer Decke beschatteten kleinen Gesichts, faltig wie das einer Bulldogge, die kleine Hand und die langen Nägel und Finger des Neugeborenen weben einen unsichtbaren Teppich; gerade eben kam es auf die Welt, und ich weiß nicht einmal sein Geschlecht und werde es nicht erfahren, es kümmert mich nicht. Das schüttere schwarze Haar wird unweigerlich ausfallen und neuem Haar Platz machen, lebensnotwendigem Haar. Es wurde zur gleichen Zeit wie mein zweiter Sohn geboren, irgendwo nebenan. Und wird weggehen zu seinem eigenen Leben, so wie wir gehen und unsere kleine Menschenlarve mitnehmen werden, diesen Menschenwelpen, dieses schöne Bündel, blind und sehr klug, denn es weiß nichts von sich selbst. Und das Kindlein, das auf dem Krankenhausflur an mir vorüberfuhr, als ich die Augen vom Buch hob, vorüberfuhr in einem Wagen aus Plexiglas, wird zu einem anderen, ihm eigenen Leben gebracht werden.

Und doch mögen unsere Leben sich noch einmal kreuzen. Vielleicht wird es in zehn Jahren der Kamerad eines meiner Söhne; sein Verfolger oder sein Opfer. Vielleicht seine erste Liebe, ein paar Jahre später. Vielleicht. Vielleicht wird in vierzig Jahren eine schöne, reife Frau an mein Grab treten und dem Sarg eine Rose oder einen Fluch nachwerfen, oder beides, vielleicht wird sie sogar weinen, denn wer weiß, welche Hölle ich noch vor mir habe? Vielleicht werde ich es sein, der an ihrem oder seinem Grab steht. Und werde husten oder weinen. Vielleicht wird in fünfundzwanzig oder neunzehn Jahren ein junger Mann in mein Haus eindringen, die schwarze gesellschaftliche, historische oder sogar menschliche Gerechtigkeit in der Tasche. Oder ein gewöhnliches Verbrechen. Oder den Terror, als Emanation der Tugenden oder als Emanation der Laster. Doch sehr wahrscheinlich wird nirgends jemand eindringen wollen, totale Demobilisierung, schlaffes Sterben. Oder vielleicht wird er die Stirn der guten Schwiegertochter küssen oder mir einen meiner Söhne wegnehmen, der mir dann vor die Füße spuckt, oder er wird mir beide wegnehmen.

Vielleicht wird er mir die Augen schließen und meinen tierischen Leib waschen auf dem Stahlblech beim Bestatter oder im Institut für Gerichtsmedizin. Wird mir vielleicht den Bauch mit langer Naht vernähen, die sich windet wie ein Wurm in den Höhlen der toten oder lebenden Haut, und vielleicht wird er mir den Bauch aufschlitzen, ob leichentot oder lebendig. Vielleicht wird er mir einen Kaffee oder ein Auto verkaufen. Vielleicht meine Brieftasche stehlen. Oder ich seine. Vielleicht bitte ich ihn um ein Almosen. Um einen Gefallen, um Verzeihung, um den Tod. Oder darum, dass er mir seinen Platz in der Straßenbahn überlässt oder dass er abhauen soll, oder ich lade ihn zum Wein ein. Vielleicht grüßt er mich auf der Straße, und ich grüße zurück oder auch nicht. Vielleicht. Vielleicht.

*

Gesehen: einen sehr schönen und sehr alten Greis. Er musste um die neunzig Jahre sein, früher sehr groß, immer noch sehr schlank, doch irgendwo in der Mitte gebrochen, irgendwo zwischen Bauch und Brustkorb gebrochen und nach vorn und zur Seite gebogen, aber der Rücken gerade, scharf gebrochen nur an einer Stelle, nicht gebeugt. Er ging auf dem Bürgersteig, er ging unbeholfen, er schwankte schmerzhaft, trug zwei schwere Lidltüten –

aber wie er angezogen war! Er trug einen dunkelgrauen Anzug, unter dem schwarzen Barett lugten weiße Haarbüschel hervor, und die Greisenbrust unter dem geöffneten weißen Hemd verdeckte ein bunter Foulard. Ich sah ihn nur vom Autofenster aus vorübergehen; aber selbst als er verschwunden war, betrachtete ich sein Nachbild unter meinen Lidern mit Respekt. Mich beeindruckte die Geringschätzung, mit der er diesen Foulard um den greisen Hals gebunden hatte, Geringschätzung für die Mächtigen dieser Welt, für jene, die jung sind und schön auf andere Art, eine Geringschätzung, die es ihm verbietet, sich zum Einkaufen bei Lidl ältliche Klamotten anzuziehen, die Geringschätzung, mit der er die großen Tüten schleppte, in der Mitte gebrochen, so alt und immer noch lebendig, lebendiger als die Leute, die mit toten Augen an ihm vorbeigingen.

*

Karsamstag. Ein Dämmertag, ein Tag, an dem die unbesiegte Sonne ihr Gesicht von der Welt abwendet und nicht aufgeht, das helle Himmelsgewölbe mit Wolken zugezogen, die zu beiden Seiten undurchdringlich sind, für unsere und für die Augen Gottes, eine Dunkelheit bricht an, die älter ist als die Dunkelheit im Grabe des Josef von Arimathäa, ein Geschmack von ewiger Finsternis.

Ein Dämmertag, die Schwarzen Götter sind heute vernehmlicher, unter Flusssand und Schlick tosen sie in einer Sprache, die wie schöne und schreckliche Musik ist, sie packen uns an den Fersen, wenn die furchtsamen Füße unter der Decke heraus nach dem Boden tasten.

Karsamstag, ein Tag, der sich nicht mit dem Kalenderdatum fassen lässt, ein Tag, der weder beginnt noch endet, ein Tag wie die Kehrseite aller Sonnentage, Triumphtag des großen Nein, Tag der großen Absage, ein Tag, an dem man sich leicht verliert, um für immer darin zu bleiben, ein ganzes Leben lang zwischen Freitag und Sonntag, zwischen Tod und Leben.

Kavafis:

«Der, der Nein gesagt hat – bereut nicht. Fragte man ihn, ob er es zurücknehmen will, so nimmt er es nicht zurück. Doch genau dieses Nein – dieses berechtigte Nein – ist es, das ihn ein ganzes Leben begräbt.»

*

Bisweilen lässt mir ein einziger Satz keine Ruhe – so wie der aus Wladimir Sasubrins Novelle *Der Splitter*. Er leitet eine Hinrichtungsszene ein – es ist das Jahr 1921, fünf Verurteilte werden in den Keller der Gouvernementsabteilung der Tscheka geführt. Und Sasubrin schreibt: «Neben ihnen fünf Tschekisten. In den Händen riesige Revolver. Die Hähne – schwarze Fragezeichen – gespannt.»

Diese Metapher – schwarze Fragezeichen – enthält alles. Wenn der gespannte Hahn ein Fragezeichen ist, wie lautet dann die Frage? Ob hier den Verurteilten nur Angst eingejagt werden sollte oder ob man sie erschießen würde, wofür die dicke Schicht getrockneten Bluts auf dem Boden und an den Wänden sprach? Die Frage, welchen Sinn das Leben des Menschen hat, wenn man es so leicht beenden kann, industriell, als schraubte man eine Mutter am Fließband fest? Die Frage, welchen Sinn die Geschichte hat; ob sie ein Telos in sich birgt, das Menschen der alten Ordnung in diesen Keller geführt hat, oder ob sie eher Chaos ist und das Chaos, aber keine historische Logik, sie hierhergeführt hat? Und wenn die Geschichte einen Geist hat und dieser Geist die Menschen auf den Müllhaufen der Geschichte wirft, nicht nur im übertragenen, sondern im Wortsinne, was ist dann der Mensch angesichts der Geschichte? Wer ist Subjekt der Geschichte? Menschen, Klassen, Völker, Zivilisationen, nichts? Und wie sollte der Mensch vor das Angesicht des Todes treten, des noch mit einem Fragezeichen versehenen, gleichwohl unentrinnbaren Todes, denn das Fragezeichen steht immer hinter der Frage «Wann?», nicht hinter dem «Ob?».

Aber vielleicht sind das Fragezeichen hinter der allerwichtigsten Frage: ob wir nur ein von Fragen geplagter Mist sind und, wenn die Kugeln uns den Kopf zerschmettern, zu stillem Mist werden, der ruhig in die Erde flacher Gräber sickert, und kein Sinn darüber hinaus? Oder tun die Tschekisten ihren Opfern eher einen Gefallen, wenn sie sie auf dem glänzenden Triumphwagen des Märtyrertums ins ewige Leben befördern?

Und was geschieht, wenn die gespannten Fragezeichen zuschnappen? Wenn sie nach dem onomatopoetischen «Bum!» zu Ausrufezeichen werden? Oder eher zu Punkten nach den letzten Sätzen kurzer, banaler Biographien?

So kann man über eine einzige Metapher meditieren, doch Sasubrins ganze Novelle besteht aus solchen Sätzen. Sie beschreiben das kurze Schicksal eines intellektuellen Tschekisten, der über dem Assistieren bei den täglichen, fabrikmäßigen Exekutionen den Verstand verliert, und jeder dieser Sätze ist ein kleiner, von Bedeutungen gesättigter Vers. Es geht hier um eine Chiffre, nicht um das Verbergen von Inhalten vor der Zensur, die man anders sagen könnte: Sasubrin schreibt Versprosa, denn es sind Inhalte, die sich anders als im Gedicht nicht wiedergeben lassen, Inhalte, die sich nicht direkt sagen lassen, weil die Wörter dafür den menschlichen Sprachen nicht eigen sind, weil das Bezeichnete zu kompliziert ist, als dass ihm irgendein Begriff entsprechen könnte, es sich dem Leser aber in subtilen Verbindungen von Metaphern, Vergleichen, im Rhythmus der Sprache zu offenbaren vermag.

Auf dem Gegenpol steht Hemingway. Hemingway ist hundert Prozent Prosa in Prosa: Das Geheimnis verbirgt sich in der ganzen, lakonisch erzählten Geschichte, wir verfolgen die Narration unpoetisch, da ist nichts, was in den einfachen Sätzen unaussprechlich bliebe, denn das, was unaussprechlich ist, dieser Mehrwert der Literatur, dieser Einblick in das Geheimnis des Lebens steckt in der Handlung, nicht in der Einfachheit der Sprache.

Als Leser schätze ich sowohl die lyrische als auch die prosaische Prosa, aber wenn ich schreibe, ziehe ich Sasubrins Weg vor: Ich hasse Sätze wie «die Gräfin kam ins Zimmer und setzte sich in den Sessel», deren einzige Funktion es ist, die Handlung vorwärtszubringen. Wenn ich solche Sätze schreibe, fühle ich mich, als würde ich etwas Niedriges, Kitschiges tun, deshalb versuche ich mit jedem weiteren Text, weniger solcher leerer Sätze und mehr volle Sätze zu schreiben. Deshalb kehre ich immer wieder zu Sasubrins *Splitter* zurück.

Nur ein Detail lässt mir keine Ruhe.

Sasubrins Novelle ist faktographisch genau, was ihre poetische Stärke vorzüglich ergänzt. Es ist eine prophetische Genauigkeit: Sasubrin hat zuerst *Der Splitter* geschrieben und das Geschriebene dann erlebt, allerdings, um genau zu sein, eben nicht überlebt, denn er wurde während der großen Säuberung erschossen. Da stimmt also alles: die Methodik, das Vorgehen, der bürokratische Aspekt, das Tempo, die revolutionäre Reinheit der ersten Bürgerkriegsjahre (der Tschekist, der eine Festgenommene vergewaltigt hat, wird zusammen mit ihr erschossen), der Suff, die Uniformen, das Nowonikolajewsk des Jahres 1921.

Nur eines stimmt nicht: Der Hahn eines Revolvers sieht niemals aus wie ein Fragezeichen. Der gespannte Hahn des Nagant bildet die Gestalt eines griechischen Lambda. Das ist eine Kleinigkeit, aber eine Metapher, die nicht fest in der Wirklichkeit wurzelt, würde nicht zu Sasubrins Stil passen.

Ich betrachte also Fotos von Tschekisten und plötzlich die Erleuchtung: Es geht um eine andere Waffe. Um eine Pistole der Marke Mauser, Modell C96, die Lieblingswaffe der bolschewistischen Kommissare, die von Janek Kos aus der Serie *Vier Panzersoldaten und ein Hund* und die von Winston Churchill. Der Hahn der Mauser sieht genauso aus wie ein Fragezeichen; also hat sich vielleicht der Übersetzer geirrt, die Unterscheidung zwischen Pistole und Revolver gehört sicher nicht zum Lehrstoff der russischen Philologie.

Ich vergleiche mit dem Original: «Около – пять чекистов. В руках большие револьверы. Курки – черные знаки вопросов – взведены». Es ist also nicht die Schuld des Übersetzers, der Autor hat einfach den «Revolver» als universale Bezeichnung der Faustwaffe vorgezogen, selbst wenn er über Mauser und Brownings schrieb.

Soll man das nun für den gewöhnlichen Fehler eines mit Waffen nicht vertrauten Literaten halten?

Nein, Sasubrin hat im Bürgerkrieg gekämpft, zuerst in der Koltschak-Armee, dann in der Roten Armee. Ein Soldat kann einen Revolver von einer Pistole unterscheiden, so wie wir mit Leichtigkeit ein Fahrrad vom Motorrad unterscheiden, und die Selbstladepistole Mauser mit einem Hahn wie ein schwarzes Fragezeichen ist kein Revolver, nichts daran dreht sich, die Patronen springen eine nach der anderen aus dem länglichen Magazin in die Kammer, sie drehen sich nicht in der Trommel.

Warum also dieser Revolver statt des russischen «Pistolet»?

Vielleicht deshalb, weil Pistole ein altes Wort ist, es kommt von dem tschechischen Wort «prśfal», also «Schienbein», wie zur Zeit der Hussitenkriege die Handfeuerwaffe genannt wurde. «Revolver» ist ein technischer Ausdruck, er bezeichnet die Funktionsweise der Maschine und klingt als Element der Todesfabrik der Tscheka besser als das alte slawische Wort «Pistolet». Kleines Zugeständnis der Prosa an die Poesie: Der Revolver trägt an der ganzen Last der Industrialisierung des neunzehnten Jahrhunderts: Lokomotive, Dampfschiff, Daguerreotypie und Revolver. Die Fabrik, um Lokomotive und Revolver zu produzieren, und in der Fabrik die Revolution.

Und aus der Fabrik der Tod.

*

Ich machte mit meinem Sohn einen Abendspaziergang an die Teiche. Wir saßen dort und guckten auf das leicht gekräuselte Wasser und die Landschaft, in der ich seit jeher wohne.

Es ist weder Dorf noch Stadt, denn die Moderne trägt den Begriff des Marktfleckens nicht, der dieses mein Gemeindedorf fünfhundert Jahre lang gewesen ist, daher die Mietshäuser und Meiereien, Teiche, Felder und Zisterziensereichen. Es liegt weder in Polen noch in Schlesien, denn Schlesien gibt es nicht mehr, und Polen hat sich hier noch nicht eingerichtet. Nicht einmal in Europa liegt dieser Ort und auch nicht außerhalb Europas, ein großes Nirgendwo mitten in einer abgestorbenen Zivilisation, aus den Innereien einer Leiche herauswachsende fünfhundertjährige Bäume, gegenüber den neuen Häusern aus Porotherm ebenso gleichgültig wie gegenüber den nicht weit entfernten Serienhäuschen der Hitlerzeit aus rotem Ziegel, mit Vorgärtchen; der Traum vom Arbeiter, der durch die Bestellung seines Fleckens Erde in dieser verwachsen ist. Blut und Boden, der naive, rustikale Traum davon, man könnte den schlesischen Menschen der Fabrik, des Bergwerks und der Hütte, den Menschen der totalen Mobilisierung zum deutschen Bauern der romantischen Idyllengemälde machen, die zeigen, wie auf dem Lande, zwischen Pflug und Schwert, das Herz des Deutschtums schlägt.

In den neuen Kataloghäusern dagegen der Traum von einer Mittelklasse in der Welt der totalen Demobilisierung, keine Arbeiter mehr, nur noch Key-Accounter und Sales Reps, meine geplagten Brüder und Schwestern, die auseinanderkriechende Antistadt. Der schlesische Zweimillionen-Großraum verschlingt allmählich die Barockkirchen von Pilchowice und Stanica und die Zisterziensereichen, verschlingen wird er auch das mittelalterliche Kloster in Rudy, die Teiche und verfallenen Weiler, am Ende wird er den eigenen Schwanz verschlingen, daran ersticken und verrecken.

Geknebelte Verzweiflung in den Autos, die früh am Morgen zur Antistadt rollen, zu dieser multizentrischen Amöbe, die hervorgewuchert ist zwischen mittelalterlichen Marktplätzen und den Hütten des neunzehnten Jahrhunderts.

Die Beichtstühle hören sich kleine Sünden an und erinnern sich noch an großartige, phantastische Sünder; jetzt haben sie es zu tun mit dem Gähnen von trostlosen Sündchen, von klebriger «Untreue» gegen sich selbst, von lauwarmem Hass. Die Sünden bleiben sich seit jeher gleich, die Substanz der Menschheit ändert sich nicht, aber in einer abgestorbenen Zivilisation haben die Sünder weniger Format, genau wie die Heiligen, es gibt weniger Hass, weniger Liebe, die Herzen schlagen langsamer und matter.

Ich versuche, mir einzureden, dass es eine große Gnade sei, in einer Welt ohne Form zu leben, in einer Welt, in der es weder Juden noch Griechen gibt, auch den Christen nicht und den Sozialdemokraten, weil es darin überhaupt niemanden gibt, alle sind völlig allein und gleich, leblos und frei, und dank dessen kann man dem Himmel zulächeln, im warmen Ozean der gesellschaftlichen Formlosigkeit treibend, ohne sich selbst irgendwo zu befinden, ohne sich irgendwo zu verorten. Nichts Wertvolles wird in dieser Welt entstehen, aber auch nichts Wertvolles verlorengehen. Keine Ekstase und keine Verzweiflung, nur angenehme, angewärmte Tristesse, die einzige Alternative zur Katatonie.

Daher angeln wir, mein Sohn und ich, wir spielen Angeln, mit zottigem Schilfrohr ohne Schnur und Haken, und ziehen unseren Fang aus dem Wasser, angefangen mit Karpfen und riesigen Welsen, dann werden die Fische immer phantastischer; mein Sohn gibt ihnen Phantasienamen und beschreibt ihre Phantasiegewohnheiten: Sie tun beim Schwimmen so, als wären sie rot flammende Blätter, sagt er, und ich frage mich, auf welchen wundersamen Wegen die unbewusste, edle Poesie zu dieser vierjährigen Ouvertüre eines Menschen gefunden hat.

Ich denke an mich selbst vor zehn Jahren zurück, wie eifrig ich Philosophie und Soziologie studierte, und kriege Heiterkeitsanfälle von diesen Erinnerungen, denn was interessiert mich heute der ontologische Status Gottes, der Welt, des Menschen, wer ist und wer und was nicht ist? Was interessiert es mich heute, ob eher etwas ist als nichts, wenn bei mir und in mir Dinge geschehen, die wahrer sind als alles andere: Mein zweiter Sohn ist geboren, ich schaue ihm in die blinden Äuglein und stelle mir, so wie bei meinem ersten Kind, vor, dass dieser Neugeborene ein kleiner Bodhi sei, der alles weiß und alles erst mühsam vergessen muss, um langsam Mensch zu werden und dann, das ganze Leben lang, dieses Vergessen von sich abzukratzen in einer traurigen Anamnesis hoffnungsloser Versuche, sich und die Welt zu verstehen.

Mein Großvater ist einundneunzig, ein kluger, strenger, schlesischer Buddha, er berührt die Wangen seines neuen Urenkels. Mein anderer Großvater ist eine Handvoll vermoderter Knochen und eine Fotografie, ein koloriertes Porträt an der Wand, und berührt niemanden mehr, und ich weiß nicht, ob er in Bergarbeiteruniform oder im Anzug begraben wurde. Mein Vater schaut mich mit einem anderen Blick an, nicht wie den Jungen, der ich immer war und weiter bin, sondern so, als betrachtete er sich selbst, denn ich bin jetzt so alt, wie er war, als er mich, blind, rosig und hässlich, auf den Händen getragen hat. Die Frau, die meine Ehefrau ist, ist großartige einunddreißig Jahre alt und war gestern noch achtzehn, und seit jener Zeit bin ich stiller Zeuge der Geschichte ihres Körpers.

Ich habe Freunde, die – ich habe es getestet – mit mir gegen jede Übermacht irgendwelcher Feinde antreten würden und ein Meer von Wein austrinken können, und ich habe solche, die vor einem Feind, glaube ich, möglichst rasch fliehen würden und eher keinen Wein trinken, aber dennoch meine Freunde sind. Ich habe Feinde, mit denen ich mich an einen Tisch setzen und übers Wetter reden kann, und solche, denen ich nur die Fresse polieren möchte.

Und nur diese Muster menschlichen Lebens interessieren mich noch, Blutkörperchen in den Adern der antistädtischen Amöbe: harmlose Key-Accounter in Autos, die zu Kattowitzer Bürohochhäusern fahren, und meine Vorfahren und Verwandte in Gräbern und an den Gräbern, Liebespaare, versteckt in kleinen Provinzhotels, und verwaiste Kinder, enttäuschte Hoffnungen, zerstörte Lieben, erloschener Hass.

Ich trauere der Vergangenheit nicht nach, halte nicht

Ausschau nach fernen Utopien, ich schaue nur zu, wie die Gegenwart vergeht.

*

Am schlimmsten ist es, die eigenen Gedanken zu hören. Sie nicht zu denken – sondern zu hören, wie sie sich denken. Man braucht natürlich Distanz zu sich selbst, ohne sie rutschen wir in die Hölle der Lächerlichkeit ab, aber wenn wir uns allzu hoch über diese Hölle erheben wollen, zu absoluter Distanz, uns selbst betrachten wie den Schimpansen im Zoo, dann entfliegen wir in den Himmel des Wahnsinns.

Am lautesten höre ich meine eigenen Gedanken zwischen den Wänden einer seltsamen Wohnung am Planty-Park, in dem Mietshaus Unter dem Globus, hier werden sie zurückgeworfen, nach draußen entfliehen können sie nicht, denn von draußen drückt der ganze Lärm der Stadt gegen die hundertjährigen Fenster, der mir so ungewohnt ist: Straßenbahnen, Tauben, Passanten am Tage, Nachtigallen, grölende Passanten des Nachts und am frühen Morgen und die nächtlichen Straßenbahnen, ein geheimnisvolles Ding, voller dudelnder Musik und Menschen, die sich – ich habe es von oben gesehen! – aus den Fenstern dieser Straßenbahnen ergießen, als würde sie jemand mit furchtbarem Druck hinausquetschen.

In dieser Wohnung schreibe ich *Morphin*, mit seinem obsessiven Rhythmus und seiner Dichte und den Vorkriegsadjektiven im Instrumentalis, angeklebt an substantivische Nominative, darin vollzieht sich mein kleines Leben, und immer komme ich verändert von dort zurück, mal weniger, mal mehr, und bisweilen völlig verändert, beinahe umgekrempelt, mit schamlos entblößten Nähten, und ich gehe auseinander an diesen Nähten.

Am ersten Tag um sechs Uhr morgens versuchte ich meinen üblichen Fünfkilometerlauf, ich wollte zwischen Bäumen rund um die gefirnisste Stadt laufen, kam aber nur bis zu dem Schloss voller toter Könige und hatte genug. Mir blieb gerade noch die Kraft, mich auf den Rückweg zu machen, hinein in die üppige Wunderwelt des Stary-Kleparz-Marktes mit seinen Gemüsen und Käsen, und gestärkt in den Turm zurückzukehren mit Netzen voller maifrischem Schafskäse, Bundz genannt. Nicht meine Luft hier, deshalb geizt die Stadt damit. Laufen werde ich weiter bei mir, durch Feld und Wald, mich betäuben im Lauf. In Krakau habe ich nach diesem erfolglosen Versuch die sportliche Aktivität auf das Treppensteigen und den täglichen Spaziergang auf ein Paulaner zum Bunker begrenzt, manchmal auch auf zwei, und als Łukasz Orbitowski kam, heute ebenso wie ich zu Gast hier, wenn auch in seinem früheren Zuhause, dann wurden es manchmal auch mehr als zwei, und der Abend entwickelte sich wunderbar, aber auch so fand ich beinahe täglich an der Betonwand und im wilden Gewirr der Stimmen ein paar Stunden Stille, die anders war als die dumpf tosende Stille des Turmes.

Im Turm hingegen trank ich nachts den nach allem duftenden Ó vörös von Tamás Dúzsi, und dann trank ich nicht mehr, weil ich das einzige Glas zerbrochen hatte, wofür ich alle um Verzeihung bitte, die nach mir dort wohnen, und ich verspreche, das nächste Mal einen Satz anständiger Gläser mitzubringen, damit der literarische

Überbau der besagten Wohnung wieder eine solide Basis findet.

Aber vielleicht bringe ich es gar nicht über mich, noch einmal dort hinzufahren, vielleicht bekomme ich Angst vor diesen Mauern, davor, wie ich in ihnen hin- und herfliege wie die getrocknete Erbse in der Rassel, Angst vor den guten Geistern, die dort auf dem Fensterbrett sitzen und mich mit großen, schrecklichen Augen leerer Nächte anstarren.

Und an noch etwas erinnere ich mich: an das in fünfhundert Kopftücher gewickelte Weiblein, das sich vor dem Altar im Florianstor ausladend bekreuzigte, im Kraulstil, die ganze Zeit, wie eine lebende Gebetsmühle, und sich nur dazu unterbrach, um eine Münze in die dort befestigte Büchse zu werfen, dann wieder weite Bögen im Namen des Vaters und des Sohnes und erneut eine Münze, die sie zuvor wohl erbettelt hatte, und ich würde mich nicht an diese arme Frau erinnern, wenn ich sie im Vorbeigehen nicht deutlich weinen gehört und nicht gesehen hätte, wie ihr Schluchzen die flachen, abfallenden Schultern erschütterte, ich habe mich später lange gefragt, worüber sie weinte: über ihre eigenen Sünden oder eher so, wie der Alte bei Kavafis im Café einschläft, im Bedauern über alles, was er nicht getan hat.

Vielleicht beweint sie auch mich, der ich teilnahmslos vorübergehe.

*

Erster Traum. Mitten in Gleiwitz, zwischen den Mietshäusern, erhebt sich ein Berg, oder eher eine Anhöhe, einige hundert Meter über dem Meeresspiegel. In seiner Mitte gibt es einen Lastenfahrstuhl, mit dem man hoch auf den Gipfel fahren kann, bestanden von Eichen mit silbriger Rinde und – Buchenblättern. Doch handelt es sich zweifellos um Eichen, nicht um Buchen. Ich arbeite in einem Café im Zentrum und muss immer wieder einmal wütend die Arbeit liegen lassen, um mit dem Fahrstuhl auf den Gipfel zu fahren und dort irgendwelche undefinierten Geschäfte zu erledigen. Manchmal nutze ich für den Rückweg nicht den Fahrstuhl, sondern wage einen vorsichtigen Spaziergang über den steilen, wurzelüberwachsenen Pfad.

Zweiter Traum. Ich breche zu einem Motorradfahrertreffen auf. Weil ich – ebenso wie im Wachzustand – kein Motorrad besitze, fahre ich mit dem Auto dorthin. Ein entfernter Bekannter händigt mir als Abschiedsgeschenk ein großes Glas aus, darin schwimmt in Formalin ein seltsames Geschöpf von der Größe eines Spaniels, scheinbar anthropomorph, aber mit einem Schwanz, runzliger Reptilienhaut, Krallen und einem seltsamen Fischkopf. Ich hebe das Tier aus dem Formalin und werfe es in den Kofferraum, wo es ruhig vor sich hin trocknet, was ich auf geheimnisvolle Weise verfolgen kann, während ich durch Polen fahre. Wie es so austrocknet, kehren ihm auch die Lebensfunktionen zurück, rührt es langsam die Extremitäten und den Schwanz, wie ein Neugeborenes. Mit der Zeit wächst ihm ein fluoreszierender grüner Pelz, und als wir ankommen, sieht es aus wie ein flauschiger kleiner Seehund (nur eben grellgrün) und benimmt sich wie ein zahmer Otter, läuft, springt und tollt herum, leistet mir fröhlich Gesellschaft bei einer schwierigen, logistischen

Aufgabe – ich muss den Hinterreifen für eine wunderschöne Harley besorgen, den Hauptpreis bei diesem Treffen, für dessen Vorbereitung ich verantwortlich bin.

Dritter Traum. Ich fahre im Auto, nachts. Schlafe am Lenkrad ein, und das Auto kommt langsam, langsam auf die linke Spur ab. Ein Hupen weckt mich, ich öffne die Augen – sehe nur noch den riesigen Kühlergrill eines Lastwagens, die Scheinwerfer, das MAN-Emblem und den Löwen im Rechteck, es verdreht mir die Gedärme wie Sekundenbruchteile vor einem Unfall in der Realität. In dem Moment werde ich tatsächlich wach und ringe nach Luft.

*

In Paris. An dem ich gerade mal ein bisschen geschleckt habe, das ich nicht verstehe und nicht zu verstehen brauche, nicht meine Welt, interessiert mich nicht groß. Anders als Budapest, Wien und Warschau, die zu meiner Welt gehören. Am Boulevard Saint-Germain habe ich Weißwein getrunken, Salat gegessen und Eliot gelesen, den ich zuvor in einer kanadischen Buchhandlung gekauft hatte («kanadische Buchhandlung» klingt ja ein bisschen wie «schwedischer Weinberg», «schlesischer Scharfsinn», «russische Riviera» oder «polnischer Sommer» – das gibt es angeblich alles, jedenfalls manchmal, aber meist doch eher nicht). Wein und Essen serviert mir ohne Eile eine sehr traurige Kellnerin von levantinischer Anmutung. Traurige Schönheiten haben schon immer Eindruck auf mich gemacht, und da ich die Terrasse des Restaurants in der an Gewissheit grenzenden Überzeugung verließ, diesem dunkelhäutigen Mädchen nie wieder zu begegnen (der Flug ging am frühen Morgen des nächsten Tages), glaubte ich, mir eine Vertraulichkeit erlauben zu dürfen: Neben dem Trinkgeld hinterließ ich einen Zettel aus dem Notizblock, auf den ich ein paar nette Worte ohne Unterschrift gekritzelt hatte, in der Hoffnung, diese selbstlose Geste würde ihren Tag ein wenig aufhellen. Ende der Geschichte, eine von Millionen Begegnungen, grundlos in Erinnerung behalten, oder vielleicht aus eitler Effekthascherei.

Davor: ein interessanter, netter Abend in der Polnischen Buchhandlung, Wein und Gespräch, danach das Abendessen, ich habe wohl mehr zugehört als geredet (und wer mich kennt, weiß, dass das höchst selten vorkommt) – die geheimnisvolle, seltsame Welt der Emigranten. Ich verstand, dass ich das Gegenteil eines Emigranten bin, mein Leben, eingewachsen in die Heimat wie ein Pilzgeflecht im Boden, ist die absolute Antinomie der Emigration. Ich fließe, blind, in unterirdischen Strömen, und sie fließen in mir, ohne sie würde ich vertrocknen.

Danach ein bisschen eilige Besichtigung von Paris, ziel- und stadtplanloses Treiben, so weit die Beine trugen. Die Schlange am Louvre zu lang. Furchtbare Visite in Notre-Dame, umringt und angerempelt von Russen und Amerikanern, im Innern der toten Kirche kämpfte ich mich zwischen den Rippen des Walkadavers hindurch, wie ein verspäteter Jonas. Im Gegensatz zu der toten Kathedrale das helle, lebendige Pantheon, darin das Foucault'sche Pendel, darunter die weltliche Krypta mit den hässlichen Gräbern von Voltaire und Rousseau, und rings um das Pendel die Rhetoren und Generäle der Ersten Republik und der Restauration, napoleonische Generäle und sogar der gedankenschwere Chateaubriand in eher politischer als literarischer Rolle, und *augmented reality* – die Leute wandern mit I-Pads umher und betrachten das Pantheon durch das Auge des I-Pads, in der Hoffnung, mehr zu sehen.

*

«Papa, und wo ist die Seele?»

«Innen drin, im Menschen. Aber nicht wie das Herz oder der Magen, sondern irgendwie anders.»

«Wie anders?»

«Weiß ich nicht. Anders. Die Seele ist unsichtbar.»

«Aha.»

«Ja.»

«Und ich hab ein Buch, *Wie heilt man die Seele.*»

«Was?!»

«Na, so ein Buch habe ich.»

«Stimmt gar nicht.»

«Na jaaa … stimmt nicht, aber so ein Buch könnte es geben.»

«Ja, könnte es.»

«Denn weißt du, Papa, die Seele kann auch krank sein.»

«Weiß ich.»

«Und was ist, wenn die Seele krank ist?»

«Dann ist man ganz traurig.»

«Und weißt du, Papa, wann man noch traurig ist?»

«Wann?»

«Wenn jemand stirbt. Dann werden wir traurig.»

«Ich weiß. Dazu gibt es die Seele: dass man weniger

traurig ist, wenn jemand stirbt. Denn die Seele stirbt nicht.»

«Ja, weiß ich doch, dass sie nicht stirbt. Aber krank werden kann sie, nicht, Papa?»

«Ja. Wenn die Seele krank ist, dann ist die ganze Welt ringsherum irgendwie krank.»

«Ja. Aber weißt du, Papa, die Seele kann man nicht heilen.»

«Nicht?»

«Nein. Die Seele muss sich selbst heilen. Sie hat solches Werkzeug in sich und muss sich selbst heilen.»

«Ja, bestimmt hast du recht.»

«Jaaa … Mit diesem Werkzeug. Papa?»

«Hmm?»

«Und Jasiu – hat der eine Seele?»

«Ja.»

«Aber nur so eine winzig kleine, stimmt's?»

«Na ja, vielleicht eine kleine.»

«Papa?»

«Hm?»

«Denn sterben tun alle, stimmt's?»

«Stimmt.»

«Und wir auch?»

«Wir auch.»

«Und Mama, und Opa, und Oma, und Zuzia, und die kleine Marta, alle?»

«Na ja, alle. Irgendwann.»

«Und alle, alle Menschen auf dem ganzen, ganzen Planeten?»

«Ja.»

«Und alle auf einmal, stimmt's?»

«Was heißt auf einmal?»

«Na, eben auf einmal. In einer Sekunde. Plötzlich sterben alle, stimmt's, Papa?»

*

Bei Gumiljow, ein Roman in einem Satz: «Anfangs war Güczülük Nestorianer, doch nach seiner Machtergreifung verließ er seine Frau, eine Christin, und verliebte sich in ein Mädchen aus Kara-Kitaj, das ihn zum ‹Glauben an seltsame Götter› bekehrte.»

Und weiter, in den Anmerkungen: «Raschid ad-Din führt an, nach Ansicht der Najman habe Güczülük eine solche Macht über die Geister besessen, dass er Milch von ihnen molk und daraus Kumis machte.»

*

Als absoluter Extrovertierter bewundere ich mit ohnmächtigem Neid das Schweigen der Introvertierten, es kommt mir edler vor, immer habe ich in Konfrontation mit dem Introvertismus das Gefühl, albern und laut zu sein und mich mit jedem Wort und jeder Geste unangemessen zu entblößen, so als könnte ich nicht mit Messer und Gabel essen, während ich mich gerade zu einem erlesenen Abendmahl in eleganter Gesellschaft setze.

*

Fünf Jahre sind es jetzt, dass ich Márai kenne. Früher hatte ich etwas gelesen, aber die Intimität dieser Beziehung datiert auf das Jahr 2006, es war auf Spitzbergen, ich schleppte das *Tagebuch* im Rucksack mit, als wären die anderen dreißig Kilo noch nicht genug. Seither ist kein Monat vergangen, in dem ich nicht nach dem Buch gegriffen hätte.

Ich war damals, vor fünf Jahren, jemand völlig anderes, als ich heute bin: Ich war jünger, kinderlos, besser, dümmer, viel fröhlicher und dicker, wenn auch ebenso zur Melancholie neigend wie heute. Ich trank weniger, rauchte mehr, hatte eine Weltanschauung, eine bessere Meinung von den Menschen, weniger Geld und mehr Zeit. Ich kochte und schrieb schlechter, ich trank schlechtere Weine und glaube, ich war auch angenehmer in Gesellschaft.

Die in diesen fünf Jahren durchmessenen Räume von Dummheit machen mir bewusst, wie viel Dummheit noch zu überwinden vor mir liegt, das ganze Leben eines Idioten in einer Welt der Illusionen; wie dumm ich jetzt bin, das nehme ich natürlich heute nicht wahr, ipso facto.

Das *Tagebuch* hat mich verändert. Dabei geht es nicht um irgendwelche abrupten Umwertungen, die bei mir sehr wohl eingetreten sind, aber später und eher unabhängig von Márai. Der Wandel fand irgendwo zwischen mir und der Welt statt; meine Kümmernisse und Bitterkeiten, vorher unbenannt, fanden plötzlich ihre – und doch nicht ihre – Sprache.

*

Je mehr ich Cioran lese, desto wütender macht mich dieser aufgeblasene Komödiant. Márais Melancholie ist rau und elegant, sie ist die Melancholie eines zu Recht stolzen Menschen, eines Menschen der Niederlage und Verachtung für die Sieger. Ciorans Verzweiflungen sind von der Poesie eines Klatschblattartikels, in dem die kleine Schauspielerin davon erzählt, wie sie ihre Depressionen überwunden hat. Cioran biedert sich bei denen an, die er gern verachten würde. Er ärgert mich umso mehr, je ähnlicher er mir selbst zu sein scheint. Wahrscheinlich lese ich ihn deshalb ständig – denn was authentisch wertvoll bei ihm ist: die grausame Anthropologie, die misanthropische Vivisektion der menschlichen Natur – das hat er vollständig von La Rochefoucauld gelernt. Ich betrachte mich in den *Heften* wie in einem Zerrspiegel. Oder einem ebenen.

Márai dagegen lese ich aus der entgegengesetzten Perspektive, als würde er für mich langsam zu einem guten Beispiel dessen, was am Menschsein edel sein kann. Eine kleine Insel im Ozean der Misanthropie.

*

Sehr warmer Nachmittag. Ein armer Mensch schläft auf einer Parkbank in den Planty, zugedeckt vom Schattenmuster des Laubes. Ein bisschen noch Punk: bunte Schnürsenkel in den Boots, unter der Bank der sorgsam gepackte Rucksack auf Alugestell, zusammengefaltete Jeans mit verwaschenem Etikett. Aber doch schon mehr Clochard: schmutzige Jacke, vier Schichten Kleider trotz der Hitze, diese geheimnisvolle Weisheit der Obdachlosen. Schrecklicher Schorf im Gesicht und am Hals. Er schläft mit weit geöffnetem Mund: die oberen Eck- und

Schneidezähne fehlen, das nackte, weiche Zahnfleisch, darin vampirische Hauer. Er hat zum Schlafen beide Hände unter die Wange gelegt, in unschuldiger, müder Gebetsgeste, einer so kindlichen Geste, dass ich im Vorübergehen ein ums andere Mal schlucken muss, um nicht zu weinen – mein Sohn schläft genauso. Danach widert mich meine Rührseligkeit selbst an, die ja in Wirklichkeit ein Panzer ist, an dem das Unglück des fremden Menschen abprallt.

Dann zwei flämische Belgier, wieder mit Rucksäcken, ein Mädchen und ein Junge, sie fragen mich nach dem Weg: Ich kenne die Straße nicht, nach der sie fragen, doch das Gespräch mit ihnen bereitet mir ein seltsames Vergnügen, vielleicht deshalb, weil ich den ganzen Tag geschwiegen habe, ich habe mit niemandem über nichts gesprochen, also bin ich sehr bemüht, ihnen zu helfen, suche die Straße auf der Karte im Handy. Beide sehr ansehnlich, wenn auch keineswegs schön, sogar weit entfernt von Schönheit: gesund, wohlhabend, gut gebaut, scharfe Kiefernlinien, helle Augen und Haare. Der Junge hat etwa meine Größe, ist aber sehr schlank, das Mädchen gut gebaut, mit großen Brüsten und breiten Hüften. Sie gefallen mir so zusammen. Am Ende habe ich die Straße gefunden: Sie danken mir überschwänglich und gehen ihres Weges, die flüchtige, flache und intensive Herzlichkeit der Backpacker-Bekanntschaften. Oder vielleicht benutzt dieses Wort heute gar niemand mehr? Ich weiß nicht. Ich glaube nicht, dass ich noch irgendwann in einem Hostel mit «echter Backpacker-Atmosphäre» übernachten könnte: Ich würde dieses Modell von zwischenmenschlicher Nähe, glaube ich, keine fünf

Minuten mehr ertragen. Ich will keine Menschen mehr kennenlernen.

*

Eine ältere, beleibte Person verlässt das Restaurant. Sie geht langsam, auf einen Rollator gestützt, setzt behutsam die deformierten Füße voran, wälzt ihren Weg, Bein für Bein.

Speckmassen an den Armen erzittern unter der verdorrten Haut bei jedem Schritt. Sie ist sehr traurig und sehr erschöpft. Hinter ihr geht ein sonnengebräunter, hübscher Junge in engem T-Shirt, ein Enkel vielleicht oder ein Neffe. Er geht ihr nach und schämt sich, er schämt sich ihrer so, dass er den Blick senkt und den Schritt verlangsamt, als wollte er sagen: Ich gehöre gar nicht zu dieser dicken Dame.

Er schämt sich vor den Gästen des Restaurants, vor allem aber vor der geschniegelten Blondine mit der Aura eines wollüstigen Hamsterweibchens, die ihn begleitet. Das Dämchen trippelt grotesk auf ihren Stöckelschuhen neben ihm her, und bei ihr kann von Scham gar keine Rede sein. Sie scheint unfähig zur Scham, denn schämen kann sich, wer die trübe Dynamik zwischenmenschlicher Beziehungen auch nur annähernd versteht. Und sie versteht gar nichts.

Es juckt mich, aufzustehen und diesen herzlosen Scheißer durchzuschütteln, ich schäme mich für seine Scham, aber natürlich lenkt mich plötzlich das Essen auf meinem Teller ab und die Perlen im Mineralwasser. Und jetzt schäme ich mich auch: für mich selbst. Dafür, dass ich weggeguckt habe. Schäme mich, dass ich schlecht von diesem rosigen Mädchen gedacht habe, warum habe ich das, vielleicht weil sie der Grund für die Scham des Jungen war? Was kann sie dafür? Vielleicht hat sie sich nicht geschämt, denn sie sah in der erschöpften alten Dame einen Menschen, sah die angeborene Menschenwürde, die außer ihr niemand wahrgenommen hat, auch ich nicht, habe ich doch nur Hässlichkeit und Alter gesehen und Mitleid mit ihr empfunden.

Vielleicht wusste das rosige Mädel, dass es keinen Grund gibt, sich zu schämen?

Später, am selben Tag, setze ich mich in eine Kneipe, mit Blick auf die Planty, ich habe ein Bier und süße Nelkenzigaretten und gehe im Hintergrund auf wie ein großes, melancholisches Chamäleon. Ich bin so gut wie nicht da, ich verschwinde sogar für mich selbst. Schaue mir die Mädchen an: wie sie die Planty entlangspazieren in der träge blühenden, schwülen Weiblichkeit ihrer Beine, Hüte und Arme, ihrem lauten Gelächter, Gesten und Fahrradgeklingel. Ich lese nicht, schreibe nicht. Es wäre unpassend, am Abend den Laptop hervorzuholen. Wer stellt sich nachts im Café den Laptop auf den Tisch? Es wäre mir peinlich, nachts im Café mit dem Laptop. Meine vorübergehende, selbst gewählte Einsamkeit würde allzu offensichtlich, dumm, unpassend, ich würde mich solcher Einsamkeit schämen.

Irgendwo neben mir erzählt eine Mädchenstimme beredt und laut die Geschichte von Jessica (Vorname geändert, aber ähnlich), die ein Kind geboren hat und immer noch nicht weiß, wer der Vater ist, und das ganze Dorf forscht danach. Ich drehe mich kurz um: Die Erzählerin sieht hübsch und großstädtisch aus: asymmetrische Frisur, riesige Ohrringe und Brille und Armbänder, weite Hose mit Schritt in den Knien.

Von Jessica erzählt sie als Kennerin dörflicher Angelegenheiten und Verächterin desselben Dorflebens, wo der Pfarrer mit einem Areopag alter Weiber das Sagen hat, die Jungs sich in Wodkadämpfen aufweichen und schon die dreckigen Kinder ihr Leben vertun, eine kleine Hölle auf Erden. Die Geschichte treibt Blüten, neue Gestalten kommen hinzu, ich versuche wegzuhören, auch wenn sie hervorragend und wirklich laut erzählt – es ist mir peinlich, weiter zuzuhören.

Ich sitze drei Tische entfernt und höre alles. Die Erzählerin schämt sich dieser kleinen Hölle irgendwo in Polen – und meine Abneigung gegen sie bemerke ich in dem Moment, wo sie ihre Scham mit einem Kichern maskiert.

Ich mag dich nicht, hübsche Städterin vom Land. Vielleicht erzählst du nur deswegen: um deine Scham zu bekämpfen.

Aber warum mag ich dich nicht? Du hast doch recht, grauenhaft sind diese halb entwurzelten Gemeinschaften, in der die vormoderne Form bäuerlichen Gesellschaftslebens sich im schwersterträglichen Stadium befindet: Zwar längst tot und verfault, hat sie noch nicht ganz einstürzen können und verharrt irgendwie noch so, krumm und schief: weder polnisch noch bäuerlich, in einem Geflecht aus Katholizismus und Diskotheken für dreitausend Besucher, ländlicher Geilheit und Zwangsheuchelei, Steppencasanovas, Rosenkranzröslein und leichten Damen, zynischen alten Pfarrern und hellen jungen Vikaren, Dorfschulzen, Anschreiben im Dorfladen, Organisten und Provinz-Polonistinnen, Feldern und Subventionen der Europäischen Union, alten Golfs und neuen Traktoren und der flachen Landschaft irgendwo zwischen Radom und Łomża, trist wie ein Selbstmordversuch.

Aus so einem Dorf würde ich auch in die Stadt fliehen. Und würde mich dieser Flucht nachher schämen, auch wenn ich nicht genau weiß, warum, schließlich suchen wir uns Datum und Ort unserer Geburt nicht aus. Du könntest also stolz sein, Erzählerin der Geschichte von Jessica, die den Urheber des Kindes sucht, könntest stolz darauf sein, dass du dieser Hölle entkommen bist – dabei schämst du dich für jene Welt.

Aber vielleicht schämst du dich gerade dafür, dass du ihr entflohen bist?

Würde ich mich schämen, wenn ich meinem schlesischen Mikrokosmos entfliehen würde? Schäme ich mich dafür, dass «meine Redeweise mich verrät», sogar wenn ich Polnisch spreche, schäme ich mich für das geneigte «a», die seltsame Syntax und die lustige, ansteigende Intonation der Fragen? Vielleicht sollte ich. Als Übung in Demut, Verkleinerung meiner selbst, als Schritt zur Befreiung? Vielleicht gilt es, sich loszureißen von diesen angeborenen Fundamenten, sich wie der heilige Franziskus nackt auf die bloße Erde zu legen? Und sich dann dieser Nacktheit zu schämen, aber frei zu sein? Versuche ich, Scham in Stolz zu verwandeln, so wie dieses Mädchen, oder eher den Hochmut durch Scham zu zügeln?

Ich weiß es nicht.

Ich schäme mich für diese Zweifel. Mit ein und demselben Zweifel: dem des braun gebrannten Jungen, des Großstadt-Mädchens und meinem eigenen, schäme mich des Fundaments, das mich gleichzeitig stärkt und beengt. Und schäme mich meiner Scham.

*

So eine Nacht stumpft ab und schärft zugleich. Stumpft mich ab, schärft die Welt. Kratzendes Bettlaken, feuchte, muffige Luft, die Welt stinkt, das Licht aus dem Kühlschrank, aus dem ich nichts herausnehme, brennt mir ins Gesicht, ich stehe nur da und gucke, wie das Selleriekraut in der beschlagenen Tüte welkt. Dumpf schließe ich den Kühlschrank, streife durch das seltsame Haus, höre seltsame Geräusche.

Danach sitze ich eigentlich nur noch stumpf da, in dem spitz zulaufenden Zimmer, der Computer leuchtet mich an, drei, vier, fünf Uhr, halb sechs, draußen erwacht die Welt, röcheln eingefrorene Motoren, Leute auf dem Weg zur Arbeit. Die Schlaflosigkeit habe ich im Blut – zwanzig Jahre, denke ich, denn so lange dauert nun schon die Schlaflosigkeit der Mutter meiner Mutter, zwanzig Jahre grauer Nacht, Schneeflocken tanzen in der orangenen Kugel der Straßenlaterne und der meistverhasste Feind, die furchtbare Stimme des Teufelshundes, ein Bellen wie ein Stromschlag, wenn die Lider so langsam sinken, dass sie sich niemals ganz schließen, und sie liegt da im Nachthemd, die Augen weit, weit geöffnet, liegt unter dem Federbett, die Arme auf dem Federbett, die Hände verschraubt, und starrt an diese schreckliche Zimmerdecke, und woran denkt sie?

An den grauen Himmel über der Ostsee? Ich erinnere mich an den grauen Himmel der Ostsee, aber das waren die neunziger Jahre und ein kalter Juli, ich segelte auf einer hässlichen Yacht namens «Stenia» nach Schweden, um Bornholm herum und nach Rügen, kreuzte das Kielwasser eines Schiffes von Königsberg nach Kiel im Januar 1945, auf dem die Halbwüchsige vom Arbeitsdienst dem Netz sowjetischer Torpedos und Bomben durch die Maschen ging und jetzt vielleicht gerade daliegt und an der Decke ihres Schlafzimmers den vereisten Himmel von damals und das Meer sieht, diesen großen See am Rand der Welt. Das Meer wird durchfurcht von den Periskopen sowjetischer U-Boote und den Kielwassern der Knorren und Langschiffe der Wikinger und einer stählernen Yacht, auf der so ein kleinerer, jüngerer, dümmerer und besserer Ich nach Karlskrona unterwegs ist, auf einer Strecke, auf der das Raubgut nach oben segelte, im rechten Winkel zur Spur der erstarrten Leichen im eiskalten Wasser.

Und sie, schlaflos, denkt sie an die Ostsee oder eher an die rauen Bretter des Zuges, den sie am Ende erreicht hat nach ihrer Grand Tour mit dem Rad durch das auf die Knie gezwungene Deutschland, um schließlich zurückzukehren ins umgepflügte Schlesien, wo bereits jene herrschten, vor denen sie geflohen war, wo das graue Gespenst von Nemmersdorf regierte. Vergewaltigte schwarze Körper im Schnee, hochgerissene Röcke und zerrissene Strumpfhosen, war das Schnee oder nur die helle Erde einer Schwarz-Weiß-Fotografie?

Nemmersdorf ist heute nach einem Dichter benannt, der die Revolution liebte und der sich dann erschoss oder erschossen wurde, und die Wilhelm Gustloff, versenkt von einem sowjetischen Torpedo, war so benannt zum ewigen Gedenken an einen Schweizer Nazi, der von einer jüdischen Kugel fiel. Und vor der Gustloff oder hinter ihr her oder neben ihr huscht das Schiff mit der Mutter meiner Mutter unversenkt vorbei, deshalb lebe ich, bin ich.

Dank dir, sowjetischer Matrose, dem auf der Wacht die ferne Schornsteinspur am Horizont entgangen ist, dank dir, Funker, der du die Koordinaten verwechselt hast, dank dir, Arbeiter, der du den Torpedozünder falsch angeschraubt hast, dank euch, Schweigende, für mein Dasein und meine Schlaflosigkeit, und für ihre Schlaflosigkeit.

Vor einem Vierteljahrhundert saßen wir am Bett, ich und meine Schwester, und sie, die Mutter meiner Mutter, noch ein Vierteljahrhundert jünger, erzählt uns die Geschichte, die zum Inhalt ihres Lebens geworden ist: wie ihr Vater, polnischer Grenzer, vor den Deutschen floh, die über die nahe Grenze hereinrollten, die man fast schon aus den Fenstern ihres Hauses in Gierałtowice erkennen konnte, ganz sicher aber, wenn man aufs Dach kletterte, und wie er später zurückkam und dann abgeholt wurde, und wie eine Depesche aus Mauthausen kam, dass der Vater tot sei, und dann sie zum Arbeitsdienst musste, dann nach Ostpreußen, und dann über Ostpreußen das Gespenst von Nemmersdorf, die Körper im Schnee, die stahlgraue Ostsee.

Und dann mit der deutschen Freundin auf dem Rad – woher sie die Räder hatten, weiß ich immer noch nicht, und sie wird es mir nicht mehr erklären können –, und der nahverwandte Onkel, obgleich total deutsch, zufällig in Berlin getroffen, und dann der dichte Himmel über Dresden und sie bei Dresden, und der alte Soldat im grauen Mantel lässt sie nicht nach Dresden hinein, und sie in alledem, das wahr ist, das ausgedacht ist, erlogen ist, was heute vergessen ist, in der greisenhaften, klebrigen, von Medikamenten übergossenen Schlaflosigkeit.

Damals spricht sie schon deutsch, aber immer noch schlecht, und ihre Witwenmutter spricht hervorragend deutsch und wartet auf sie, die kleine Halbwüchsige mit dem dunklen Haar, die gerade ihr eigenes Leben lebt, auf dem Rad durch ein Deutschland in Flammen fährt, um am Ende Soldaten in einem anderen Ton von Grün zu begegnen, einer von ihnen ist sogar ein Neger, und sie sagen zu ihr: Fahr nicht dorthin, Mädchen, zu den Bolschewiken. Sie haben die Deutschen besiegt, jetzt fürchten sie Nemmersdorf, sie aber hat schon mehr Sehnsucht als Angst.

Sie kehrt zurück in das stille Leben, das danach kommt, zu dem Mann, der danach, den Töchtern, die danach, den Enkeln, die danach kommen, zum Deutschsprechen mit dem Mann, damit Kinder und Enkel nichts verstehen, zu dem Haus, das in den fünfziger Jahren des vergangenen Jahrhunderts hochwachsen wird und das nach meiner Kindheit duftet und Weihnachten mit Konopiótka-Suppe und Mohnsüßspeise, und *Geszynken* unter dem *Krisbaum* und zu all dem, was danach kommt, und zu zwanzig Jahren grauer Schlaflosigkeit, voll von jenem anderen Leben und voll von Gebeten für uns, ihre Töchter und Enkel, und für die Welt, die vielleicht nur dank dieser Gebete noch nicht in heiligem Feuer aufgegangen ist.

Und ich leide an ihrer Schlaflosigkeit, auf der unüberschreitbaren Schwelle des Einschlafens höre ich Sätze und Wörter, höre ihre frühere Stimme, auf Deutsch beruhigt sie den weißhaarigen Vater meiner Mutter, ich vermag diese Sätze nicht zu wiederholen und höre sie doch deutlich und schließe die Augen, als drückte ich mit den Lidern starke Federn zusammen; vergiss es, heute schlafe ich nicht ein, im Korb schnauft und seufzt mein Säugling, der meines Vaters Namen trägt, womit wirst du diesen Säugling heimsuchen, Schwarzer Gott, und mit welcher Geschichte mich heimsuchen, den noch davongekommenen Nachfahren einer langen Reihe von Heimgesuchten und Vergewaltigten?

Vor der Geschichte bewahre uns, Herr.

Aber das tust du nicht. Ebenso wenig wie vor der Schlaflosigkeit.

*

Vorgestern und gestern für einige Stunden in Warschau, ein Dezember wie in Mailand. Morgens machte ich von Łukasz Orbitowskis Balkon ein Foto von der Skyline, das letzte Mal, denn Łukasz will den Iwaszkiewicz geben in einem Land, das für seine hässlichen Frauen bekannt ist, bestimmt zu Unrecht, und dafür, dass Pasek dort sein Unwesen trieb, der mit Czarnecki über das Meer eilte.

Ich mag Warschau.

Davor habe ich mit einer gewissen schwarzen literarischen Figur geschlafen, die schon einen eingepflanzten Chip besitzt, und dann kam auch der Präsident, und ihre Präsenz, hauptsächlich aber das Fellhaar, gegen das ich allergisch bin, trieben mich auf den Balkon, um mir wenigstens einen Augenblick die tränenden Augen und die geschwollene Fresse vom Wind kühlen zu lassen.

Klar, die Schwellung hatte auch etwas mit dem in der Nacht zuvor getrunkenen Kräuterwodka und anderen Getränken zu tun, das bestätigten die vielsagenden Blicke der Kellnerinnen, als wir morgens Kaffee im selben Lokal tranken wie am Abend zuvor, und das war, gebe ich zu, ein bisschen unanständig.

Dann ging ich durch dieses dezemberliche Mailand und hörte Contemporary Noise Sextet so laut, dass der Flügel sogar die Straßenbahn übertönte, und dachte bei mir, dass ich der Welt nichts Weises mitzuteilen habe. Ich wäre gern weise, aber ich bin es nicht.

Ein Mädchen in rotem Kleid und hellem Mantel lächelte mich an; der Mantel war aufgeknöpft in einer sehr optimistischen Präfiguration von April, sie ging schnell und tackerte mit hohen Absätzen.

In der Straßenbahn kniete eine Zigeunerin mit einem wenige Jahre alten Kind nieder und sang ein Lied, sang bettelnd, mit kräftiger, heller Stimme. Der sitzende Mann, neben dem ich stand, wandte sich zum Fenster und weinte. Ich weinte nicht.

Auf dem Bahnhof versuchte ich, leicht zerstreut, Geld vom Automaten abzuheben, und begriff nicht, warum die Maschine mir die Ausführung dieser einfachen Aufgabe verweigerte, begriff nicht, wozu sie eine Kontonummer haben wollte. Zwei Halbwüchsige, Zeugen meiner Blamage, lachten mich aus; ich sah sie böse an, doch sie bekamen keine Angst vor mir. Zu alt, zu dick, um uns zu fangen, dachten sie, da dürfen wir ungestraft lachen.

Ich kaufte eine Zeitung, las sie aber gar nicht, wozu soll ich Zeitung lesen?

Ich kaufte eine Fahrkarte.

Stand auf dem Bahnsteig, die Leute warteten angespannt, als wäre der Eurocity Sobieski der letzte Zug aus einer belagerten Stadt, aus der sie sich selbst, ihre Familie und ihr Hab und Gut evakuieren wollten.

Ich nahm im Zug Platz. Der Zug fuhr an und ich mit ihm, das ist der Gang der Dinge, merk dir das, du Narr, du erkrankst an gesundem Menschenverstand und genest an kranker Phantasie.

Im WARS-Speisewagen wollte ich essen und ein Bier trinken, doch ein Gentleman alter Schule fragte «gestatten Sie» und setzte sich, ohne meinen Protest abzuwarten, mir gegenüber an das winzige Zweipersonentischchen. Mir verschlug es die Sprache. Und sein Anzug war grauenhaft, dreiteilig und wie aus einem Vorhang genäht. Womöglich halten Gentlemen alter Schule so was für das Decorum der Verpflegung im Speisewagen. So hätten wir ganz intim gemeinsam speisen, uns zärtlich in die Augen und auf die Teller schauen können, aber der Gentleman roch intensiv nach Old Spice und gezwirbeltem Schnauzbart, in dem er noch die Reste der vorherigen Mahlzeit trug, sodass ich mich, kaum dass ich die Körperbeherrschung wiedergewonnen hatte, erhob und wie ein begossener Pudel abzog, die Bulldogge hatte mich ohne jede Gewalt vom Futternapf vertrieben, ein kurzes Knurren genügte, Schwanz eingezogen und ab in die Hütte, das heißt an meinen Sitzplatz, wo ich hungrig und durstig zur Lektüre der Korrekturfahnen eines vorzüglichen Romans zurückkehrte, über den ich kein Wort sagen darf, also lasse ich es.

Ich schaute aus dem Fenster. Ebene.

Ich schaute aus dem Fenster. Stadt.

Ich schaute an die Decke. Lampen.

Ich ging ans Ende des Zuges, drückte das Handy an die Scheibe und nahm eine Minute lang die in die Vergangenheit enteilenden Gleise in HD-Qualität auf, das tue ich oft, weiß selbst nicht, wozu, ich habe schon viele solcher Minutenfilme, mich faszinieren die in die Vergangenheit enteilenden Gleise, Masten und Bahndämme, ihre dramatische, malerische und eschatologische sowie biographische Perspektive. Und wenn man das Handy an die Scheibe drückt, ist das Bild stabil. Später gucke ich mir das nie an, wozu soll man sich einen Minutenfilm mit in die Vergangenheit enteilenden Gleisen angucken, aber aufnehmen, ja. Um etwas vor der Vergänglichkeit zu bewahren.

Einen Augenblick lang hatte ich Lust auf eine Zigarette, doch als wir in Kattowitz einfuhren, war sie mir vergangen.

Mein Freund hat ein sehr, sehr krankes Töchterchen. In Kattowitz ist es ebenfalls warm, ich ging erneut, hörte Musik.

Ich dachte an den winzigen Leib dieses Mädchens, so klein, dass er auf zwei Handflächen passt. Ania heißt sie.

Ein Junge spielte Gitarre in den Unterführungen am Bahnhof, ich gab ihm keinen Pfennig. Weil er weit weg spielte. Wäre er näher gewesen, hätte ich ihm vielleicht etwas gegeben, obwohl, ich hatte die Kopfhörer auf, hätte den Pfennig nicht ehrlich gegeben.

Weisheit ist von mir nicht zu erwarten.

Ich ging und hasste die Banken, die die Stadt durchwachsen wie ein pastellfarbenes Pilzgeflecht rührender Billboards voller optimistischer Verheißungen, nächtlich leuchtender Reklamen, sie wuchern und machen sich breit mit den fetten Hintern babylonischer Huren, ergießen sich aus Fenstern und Schaufenstern und verdrängen alles andere aus der Stadt, überall Banken, immer nur Banken, ihre Filialen wie feindliche Banner über den eroberten Festungen. Aber auch das ist keine Weisheit.

Mein Freund hat sehr viel Weisheit, und er hat eine sehr, sehr kranke kleine Tochter, deren Körperchen auf zwei Handflächen passt.

Ich habe keine Weisheit, dafür habe ich ein paar Freunde und ein paar befreundete Bücher.

Ich lebe, durch mich und in mir und in anderen Menschen, darin, was sie in mir verändern, und darin, was ich durch mich in ihnen unwiderruflich verändere und verändert lasse, in nahen Menschen und fernen, ich lebe in diesem Mann, der in der Straßenbahn geweint hat, und in Freundschaften, und sogar in meinen Feinden lebe ich. Lebe.

Am Morgen steckte ich mir vor dem Frühstück eine Zigarette an, beim frostigen Gang zum Brötchenholen. Sie schmeckt. Ich bin nicht weise. Ich lebe.

## 2012

Stumpfe Arbeit am Schluss des Romans. Noch hundert, vielleicht hundertfünfzig Seiten, vielleicht zweihunderttausend Zeichen zu schreiben. Wer weiß. Vielleicht mehr. Aber es ist nah. Ich weiß das, weil ich endlich in dieses Stadium des totalen Eintauchens in das Buch gekommen bin. Im Grunde kann ich mich mit nichts anderem beschäftigen, an nichts anderes richtig denken. Ich werde zum Roman. Dann schließe ich ab, und alles fällt von mir, vielleicht gelingt es mir sogar, darüber nicht den Verstand zu verlieren, doch mit jedem beendeten Buch wird die Rekonvaleszenz nach dem Schreiben schwerer. Und an diesem schreibe ich schon so lange, angefangen habe ich 2010, dass Gott allein weiß, was passiert, wenn ich es fertig habe.

Ich sitze also zu Hause, gehe fast nicht raus. Es ist höllisch kalt, da habe nicht einmal ich Lust, in diesen eschatologischen Frost hinauszugehen. Meine eigene Ordnung der Zeit hat sich von der äußeren Ordnung der normalen und Feiertagszeit gelöst. Vor Weihnachten zwei Monate lang eine intensive, stürmische Periode, apokalyptische

Gelage, nächtliche Eskapaden auf den Straßen von Städten, die nicht meine waren, ganze Flaschenbatterien erobert, neue Gesichter und alte Gesichter, Orte, an denen ich nie zuvor gewesen bin und an die ich gewiss nie zurückkehren werde, neue Clubs und Kneipen, betrachtet durch den Schleier des Rausches, den man um drei oder fünf Uhr morgens hat, Wohnungen von Freunden, der Turm in Krakau, Schluss.

Und jetzt sitze ich zu Hause, spiele mit meinen Söhnen, stecke kaum einmal die Nase nach draußen. Gehe eher nicht zum Schreiben ins Café, denn selbst das lauschige und gewohnte Kafo passt mir nicht zu der asketischen Periode, außerdem habe ich beim Frost eben keine Lust rauszugehen. Wein seltener und eher wenig, selbst wenn ich einmal abends mit Freunden irgendwo hingehe, eher apollinisch, nicht bacchantisch sind diese Abendessen und Begegnungen. Die Schlaflosigkeit ist auch weg, und ich würde schlafen wie ein Kind – wären da nicht die Kinder, die einen nicht schlafen lassen, also hole ich den Schlaf lange am Morgen nach und lege mich noch nachmittags oder am frühen Abend zu einem Nickerchen hin, wie ein Herr in mittleren Jahren (bin ich das schon, dieser Herr in mittleren Jahren, oder nicht?), und schreibe sogar nachts, was mir seit fast zehn Jahren nicht passiert ist.

Und dieses Leben, das plötzlich auf langsameren Touren läuft und doch intensiver ist, bringt mich auch in die Stimmung für Lektüren, die der asketischen Periode angemessen sind; da ich aber keine große Lust auf neue Bücher habe, sind es jetzt wieder Pepys' Tagebücher, ganz bewusst langsam, ein Eintrag mit dem passenden Datum am Tag, und ich habe ganz von vorn angefangen.

Am 30. Januar 2012 lese ich, dass Pepys am 30. Januar 1660 Nägel in die Wand seines Schlafzimmers geschlagen hat, um Mantel und Hut daran aufzuhängen. Zuerst lese ich die polnische Übersetzung von Maria Dąbrowska, ihres vorzüglichen Stils wegen, aber dann fällt mir ein, dass das ja eine Auswahl ist, und irgendwie habe ich kein Vertrauen in den Querschnitt dieses «leicht schielenden Zwerges mit burschikosem Ponyschnitt», denn die Dąbrowska, zwangsläufig Kind ihrer Epoche und intellektuellen Prägung, kann es sich nicht verkneifen, den beschränkten Leser in Fußnoten zu belehren, dass Pepys ein zynischer Schweinehund war. Sie will sichergehen, dass der Leser den Diaristen gründlich verdammt. Was mich anwidert und abschreckt, wie überhaupt diese ganze sogenannte Vorkriegserziehung und das Ethos des polnischen Intellektuellen mit seiner fundamentalen Neigung zum ständigen Moralisieren und moralistischen Deuteln der Welt.

Mich ärgert auch die Unverfrorenheit, mit der Dąbrowska Pepys' Tagesablauf einfach ändert: Nehmen wir nur den Tag im Jahre 1666, als er von den Brüsten der schönen Mrs. Mercer schreibt, die ihm mehr als alle anderen gefallen, die er je gesehen hat. Dąbrowska übersetzt das so, als hätte Pepys sie nur angesehen, während der Diarist deutlich mehr durchscheinen lässt. Sei's drum, anstandshalber, aber bei Pepys endet das Entzücken an Mercers Brüsten mit dem für ihn charakteristischen Registerwechsel: *So home and to supper with beans and bacon and to bed.* Und bei Dąbrowska? Nichts, kein Wort von Bohnen und Speck. Vielleicht hielt sie das für unpassend, diesen abrupten Übergang von Mercers schönen

Brüsten zu den blähenden Speckbohnen? Dabei machen gerade diese Wechsel der Poetik – von Parlamentsabenteuern zum morgendlichen Saufen, vom morgendlichen Drink zum Sinnieren über die Außenpolitik, von der Politik zu Janes oder irgendeiner anderen Brüsten, von den Brüsten zum Abendbrot, nach dem Abendbrot wird Flöte gespielt, danach geschlafen – Pepys zu dem, was er in der europäischen Kultur bedeutet, es geht schließlich nicht nur um ein Epochenzeugnis, sondern um das Chaos, das Leben heißt und das sich in den Tagebüchern des Herrn Samuel auf geheimnisvolle Weise offenbart. Und Dąbrowska bildet sich ein, sie dürfe ihn, ich weiß nicht, wie es ausdrücken, kompositorisch korrigieren. Und nicht nur Streichungen nimmt sie vor; sie ändert auch. Weil es ihr besser in die Komposition passte, taucht der «Speck mit Erbsen» bei ihr einen Tag früher auf, am 20. Juni 1666, wo im Tagebuch keine Rede davon ist.

Dabei ist das doch wichtig, sehr wichtig, wann Pepys *beans and bacon* gegessen hat. Was wäre denn, wenn das Geheimnis des Lebens gerade darin verborgen liegt, dass er den Speck mit Bohnen am 19. Juni gegessen hat, immer noch entzückt von den Brüsten der schönen Mercer, und nicht am 20., nachdem er mit Vater und Frau im Garten gesungen hat?

*

Es gibt einen literarischen Stil, dessen innere Struktur keine Falschheit erlaubt, so wie man mit dem Pinsel nicht singen kann. Selbst wenn dem Autor der Sinn nach einer Lüge stünde. In diesem Stil geschriebene Sätze sind die mächtigsten. Das ist Ciorans Traum von einer Sprache, deren Worte, Fäusten gleich, die Kiefer zertrümmerten.

Man kann diesen Stil nicht erlernen, deshalb finde ich ihn nur bisweilen bei anderen und finde mich demütig mit seinen Verdikten ab. Wenn aber jemand von dem Fluch geschlagen wäre, nur in diesem Stil zu schreiben, müsste er sich zwangsläufig von sich selbst verabschieden.

*

Der Schriftsteller, wie ein Spitzel der Geheimpolizei, muss immer im Dienst sein. Das eigentliche Schreiben, Tippen auf der Klaviatur, Kritzeln auf dem Papier ist – so mühsam es sein mag – nur der Abschluss der literarischen Arbeit, so wie das Auftragen des Firnis auf ein Gemälde.

Der Schriftsteller sollte im Dienst sein, wenn er einen weinenden Säugling beruhigt und wenn seinetwegen eine Frau weint, wenn ihm ein Kind geboren wird und wenn er nahe Verwandte begräbt, wenn er tanzt, wenn er träumt und wenn er wach wird, wenn er liebt und wenn er verachtet. Der Schriftsteller sollte im Dienst sein, wenn er mit Freunden trinkt und wenn er sich mit der Frau trifft, die er begehrt, wenn er reist und wenn er im eigenen Haus ist, mit Fremden und mit Angehörigen. Der Schriftsteller sollte sogar dann im Dienst sein, wenn ein Freund ihm unbedacht ein Geheimnis anvertraut. Mit einem Schriftsteller befreundet zu sein, einen Schriftsteller zu lieben, ist, wie mit einer Videokamera befreundet zu sein, die besonders empfindlich ist für Augenblicke, in denen wir uns nackt zeigen. Alles wird festgehalten, alles Schmerzhafte irgendwann verwendet.

Am schwierigsten und wichtigsten ist es aber, im Dienst zu sein, wenn man selbst niederträchtig und klein ist, Neidhammel oder Feigling – und das kommt vor, jeder ist manchmal so. Die Arbeit des Schriftstellers ist dann besonders peinvoll, wenn man sich selbst in der eigenen Niedertracht und Kleinheit sehen muss. Ohne die vollendeten Lügen, mit denen man sich gemeinhin sein aktuelles Selbstporträt skizziert, um nicht vor Abscheu beim Anblick des eigenen Spiegelbilds verrückt zu werden. Und gerade dann sollte der Schriftsteller im Dienst sein, denn Niedertracht und Feigheit muss er verstehen wie alles andere, und nur die eigene Kleinheit können wir richtig verstehen, die Kleinheit anderer Menschen bleibt uns, Gott sei Dank, eher verborgen, wir sehen sie von außen, sehen ihre Symptome, kennen aber ihre innere Dynamik und Komplexität nicht. Umgekehrt ist es mit dem Edelmut – den können wir eigentlich nur bei anderen so richtig wahrnehmen und verstehen. Auch das kann schmerzhaft sein – den Edelmut bei einem Feind zu sehen –, aber wenn wir ihn in uns selbst bemerken, uns an unserer eigenen hohen Gesinnung sättigen, kommt es uns meist nur so vor, als wäre da so etwas, und begreifen können wir erst recht nichts davon.

*

Ich verstehe das Reisen nicht. Das ist fast so, als würde ich unter akuter Atemnot schreiben, ich verstehe das Atmen nicht, denn wenn ich auch nicht seltener als früher

Reisen unternehme, so doch kürzere und nähere. Anderthalb Monate nach Sibirien oder in die Mongolei fahre ich nicht mehr.

Ich weiß nur, dass ich reisen muss – jedes Mal, um wieder zurückzukehren. Das ist natürlich nicht meine Antwort, sondern die des Marquis aus der *Weise von Liebe und Tod des Cornets Christoph Rilke.* Mit dem Unterschied, dass ich zurückkomme, der Marquis nicht.

Und wenn man zurückkommt, ist man immer mehr zu Hause, als wenn man nicht weggefahren wäre. Doch das ist nicht der Sinn der Reise, das ist nur der Sinn ihrer Beendigung, und ich weiß, dass in der Reise selbst noch etwas mehr ist, und genau das verstehe ich nicht.

Ich weiß, dass es wichtig ist, nicht zu hetzen, gut auch, nicht zu viel zu besichtigen. Wichtig finde ich, viel Zeit auf ziellosen Spaziergängen zu verschwenden, in fremden Cafés und Restaurants, denn das ist edle und würdige Verschwendung. Es geht schließlich nicht darum, im Café auszuruhen, ausruhen kann man auch kostenlos im Park, mit einem Fastfood-Brötchen. Im Café sitzt man ohne Ziel, man verschwendet Geld, es dient zu nichts außer vielleicht dazu, die «Mußeklasse» vorzugeben, von der Veblen bissig spricht, und ich verstehe seine Bissigkeit nicht, denn ein wichtiger Teil des Menschentums scheint sich mir eben in diesem Müßiggang und dieser Verschwendung zu vollziehen.

Jede wahre Reise hat etwas von edlem Überfluss. Die wahre Reise hat kein Ziel. Die Reise ist eine Verschwendung von Zeit und ein Mangel an Sinn, und vor kurzem bin ich auf diese unnötige und sinnlose Weise nach Wilflingen gekommen.

Das ist ein kleines Dorf im historischen Oberschwaben, heute verwaltungsmäßig Baden-Württemberg. Auf mich wirkt es wie eine Kleinstadt, ein Dorf im polnischen Sinne habe ich dort nicht gesehen. Für einen Schlesier ist dieser Mikrostadtcharakter nichts Exotisches, Wilflingen unterscheidet sich nicht sehr von meinem Pilchowice, abgesehen von der Größe, Vorteil Pilchowice, und dem Wohlstand mit seinen Konsequenzen, Vorteil Wilflingen. Schloss, Kirche und darum herum halb Mietshäuser, halb dörfliche Häuser schauen sich auf ähnliche Weise an, ähnlich strahlenförmig streben die Straßen auseinander. Und wenn ich mir Vorkriegsfotografien von Pilchowice anschaue oder den Erinnerungen meiner Großväter zuhöre, wird diese Ähnlichkeit noch größer.

Ich bin nicht eigens nach Wilflingen gefahren, ich war auf der Rückreise von anderswoher, gleichwohl lag eine edle Absurdität in dieser Reise, denn um nach Wilflingen zu gelangen, machte ich einen Umweg von gut dreihundert Kilometern. Machten wir, sollte ich richtiger sagen, denn nachdem wir unsere aufsteigende Linie bei unserer absteigenden abgegeben hatte, widmeten wir uns diesem Wahnsinnsvorhaben einsam zu zweit, auf diese Weise sind wir das erste Mal seit wohl zwei Jahren wieder gereist.

Wir erreichten Wilflingen von Westen. Nach einem Stück durch Lothringen und das Elsass überquerten wir den Rhein und kamen in den Schwarzwald, dessen Berge tatsächlich schwarz und sehr bewaldet sind, auch neblig und romantisch nach deutscher Art. So sehr, dass ich gleich irgendwelche Lieder von Schubert eingelegt hätte, wenn ich so was im Auto mit mir führen würde, dann hätte ich Flügel und Frauen auf Deutsch über den König in Thule singen hören, vom Mädchen und vom Tod oder von der Forelle; zum Glück habe ich keinen Schubert im Auto. Eine Kuckucksuhr, die lokale Spezialität, habe ich auch nicht gekauft.

Danach kamen statt Bergen und Wäldern hauptsächlich feld- und waldbedeckte Hügel, Kleinstädte auf -ingen, die sich ähnelten wie ein Ei dem anderen, jede mit einer Herberge, fast alle *gemütlich* auf österreichische Art. Und endlich, an einer Seitenstraße, fanden wir Wilflingen, das sich in nichts von den umliegenden Städtchen unterscheidet.

Natürlich waren wir nicht zufällig dorthin geraten. Das Absurde ist kein Zufall. Wir waren nach Wilflingen gefahren, weil ich den Ort sehen wollte, an dem ein halbes Jahrhundert lang Ernst Jünger gewohnt hat, ein Autor, dessen Bücher für mich wichtig sind. Also erreichten wir Wilflingen. Dort steht ein Haus, in dem fünf Jahrzehnte lang Jünger gewohnt hat und dann gestorben ist, und darin wurde dem toten Schriftsteller ein Museum eingerichtet, und ich habe es nicht besucht, weil es geschlossen war – was ich nicht im Geringsten bereue, denn die Absurdität dieser ganzen Reise bekam sofort einen selbstlosen Anstrich.

Ich fröhlicher Idiot ging umher und fragte mich: Na, und was hast du hier erwartet, hm? Gegenüber steht das Schloss der Barone Schenk von Stauffenberg, ich warf nur einen Blick durch den Zaun, und wir gingen weiter ins Gasthaus Zum Löwen, wo wir übernachteten. Wir aßen Hirschbraten, angeblich von Baron Stauffenberg persönlich geschossen. Der Wirt des Gasthauses, der nicht verstehen konnte, dass wir in dieser Reise keinen Sinn brauchten, rief beim Schloss an und fragte, ob der Baron nicht das Museum öffnen und uns dort eine Führung geben könnte, denn auch das gehörte zu seinen Beschäftigungen, neben der Hirschjagd, und da wir eigens gekommen seien, von weit her … Doch der Herr Baron konnte nicht öffnen, weil er gerade zum Arzt musste, und so blieb uns das Museum glücklich erspart. Der Herr Baron leider auch.

Den Hirsch spülten wir mit einer großen Menge hellen schwäbischen Schussenrieder Biers hinunter und gingen satt und leicht betrunken schlafen. Am anderen Morgen fuhren wir noch zu Jüngers Grab, aber wozu? Wir hatten schließlich keine Geisterbeschwörung im Sinn. Der tote Schriftsteller liegt unter einem flachen, weißen Grabstein auf einem bescheidenen kleinen Friedhof, zusammen mit zwei Ehefrauen und zwei Söhnen. Unweit wächst eine Linde, die er selbst zwanzig Jahre vor seinem Tod gepflanzt hat. Ringsum Hügel, Wiesen und Haine. Das war's auch schon mit Jünger, wozu also hatte ich diesen Umweg von dreihundert Kilometern gemacht, wie ein klägliches Teenagermädchen, das zum Haus seines Idols pilgert in der Hoffnung, wenigstens seinen Schatten im Fenster zu erhaschen? Ich wollte doch gar nichts erfahren, nichts verstehen, suchte keine Nahrung für meine Einbildungskraft, nicht einmal am Museum war mir gelegen. Hirschbraten hätte ich in vielen Gasthäusern essen können, gutes Bier gibt es in Deutschland auch genug. Wozu also?

Einfach so. Es war toll.

*

In den Zug stieg ein Mensch mit großem Bart, großem Bauch, großer Traurigkeit und über dreißig. Er stieg im Wintermantel ein und trug auch eine schwarze Melone, die er bis über die Augen in die Stirn gezogen hatte. Jetzt sitzt er da, die Melone abgenommen, hat lange Haare, liest abwechselnd die Zeitschrift «Höchste ZEIT!» und ein Buch auf Chinesisch. In der offenen Tasche zu seinen Füßen sieht man noch ein Bändchen *Star Wars*, eine Blockflöte sowie eine Thermoskanne.

Draußen regnet es, die Flüsse schwellen an, überfluten sich über die Felder.

*

Mit K. Ł. habe ich gestern den ersten Satz seines Hochschulromans im Stil von John B. Priestley formuliert, der irgendwann zwangsläufig entstehen und großartig sein wird:

«Professor Kowalski mochte ein totaler Langeweiler sein, aber er verband das bravourös mit völliger Verblödung.»

*

Ich habe neulich Hegels *Vorlesungen über die Philosophie der Geschichte* fernbestellt, aus ziemlich exzentrischen Gründen, von denen ich schweigen werde, weil es mir ein bisschen peinlich ist. Ausgabe von 1958, mit einem Vorwort von Tadeusz Kroński, sehr schön: bescheiden, Leineneinband, elegantes Papier, Buchdruck, kein Offset, gute Schrifttype, Satz … Und riecht wie ein Buch. Heute werden solche Bücher nicht mehr gemacht. Schon gar nicht Hegel.

Und der Tiger schreibt auch keine Vorworte mehr.

Aber ich will hier nicht über Kroński schreiben, über den ja schon alles gesagt ist, was zu sagen war, sogar mehr. Ich will über etwas schreiben, was Kroński nicht ferner gelegen haben könnte, Kroński und Hegel zusammen nicht, und bin in dieser Überzeugung natürlich ungerecht, denn auch sie hatten ein Leben jenseits der Bücher, aber egal, manchmal bin ich gern ungerecht.

Ich will über die Ansichtskarte schreiben, deren Hälfte jemand in den zweiten Band der *Vorlesungen* gelegt hat, der Vorbesitzer, ein Leser. Diejenige Hälfte, auf der man früher die Nachricht geschrieben hat; der Teil mit der Anschrift fehlt. Es ist eine Weihnachtskarte aus der Volksrepublik Polen, scheußliche Farben, eine Plastikkerze vor rosa Hintergrund. Dahinter das Datum, aber abgeschnitten, möglicherweise das Jahr 1980, vielleicht auch 1989, ich weiß nicht.

Eine Frau schreibt an einen Mann, sie beginnt mit einem zärtlichen Diminutiv, im Vokativ, und fährt fort: «ich kann Dir kein Geschenk schicken, doch gibt es keinen Augenblick, in dem ich nicht in Gedanken bei Dir wäre. Hast du eine freie Minute, lies René Chars *Gemeinsame Gegenwart.* Weiterhin Deine.» Hier der Name, so manieristisch geschrieben, dass ich ihn nicht entziffern kann. Keine Nachnamen, nichts weiter.

Ich denke jetzt viel an diese für mich anonyme Ansichtskarte von vor dreißig Jahren und an das kleine Geheimnis, das sich hinter ihr verbirgt. Sie kann kein Geschenk schicken? Warum nicht? Aus Armut? Oder weil in ihrer Beziehung, zwischen ihr und dem Empfänger, die Zeit vorüber ist, in der man sich Geschenke schicken konnte? Weshalb schreibt sie auf einer offenen Postkarte? Womöglich hat sie sie im Umschlag verschickt, um den Inhalt vor jemandem zu verbergen, ihrer Mutter, dem Vater oder der Ehefrau des Empfängers, oder vielleicht ist sie selbst die Ehefrau und schickt deshalb eine offene Karte, aber warum kann sie dann kein Geschenk schicken, und warum kann sie ihm diese paar Worte nicht persönlich sagen, warum wohnen sie nicht zusammen, lesen zusammen diesen Hegel oder Char?

Warum schließlich – und dies ist mein stärkstes Warum – warum «Weiterhin Deine»? Nicht «Auf immer Dein». Nein, einfach «Deine». «Weiterhin Deine», das ist so viel wie «Immer noch Dein, trotz aller widrigen Umstände, die du gut kennst». Was für Umstände mögen das gewesen sein?

Ich könnte diese Fragen mehren, das kleine Geheimnis wächst sich zu einem Pilzgeflecht aus, vielleicht ist es gar keine Liebeskarte, sondern eine freundschaftliche, warum hat er sie aufbewahrt und warum die andere Hälfte abgeschnitten; vielleicht machte man das damals so, dass man von Postkarten nur die Hälfte mit der Nachricht aufhob, ich weiß es nicht, ich war ein oder zehn Jahre alt, als die Karte geschrieben wurde, und ich selbst schickte Postkarten nur aus dem Urlaub an meine Eltern. Und warum hat er sie im Hegel versteckt, warum ihn ans Antiquariat verkauft, ohne das Lesezeichen herauszunehmen; wenn er es übersehen hat, war sie vielleicht gar nicht wichtig, vielleicht war das nur ein höflicher Gruß, vielleicht hatte er sie und ihren Char längst vergessen, aber vielleicht auch nicht, sondern war gestorben, und die Kinder haben die Bibliothek samt seinem abgeschlossenen Leben verkauft, und vielleicht ist die Frau, die die Karte geschickt hat, auch gestorben? Vielleicht wollte er sie nicht verbrennen, wegwerfen, sondern wünschte sich, dass diese halbe Postkarte mit den drei Sätzen in die Welt hinauszieht?

Ich habe keine Meinung, ich meine nichts, frage nur, und wozu? Weiß nicht. Mich interessiert die Antwort nicht, mich interessieren nur die Fragen selbst, was hätte sein können, und nicht, was tatsächlich war. Das, was war, ist kurz und unwichtig, es war so und so, sie hat geschrieben, was sie geschrieben hat, hat es abgeschickt, er hat es gelesen, abgeschnitten, ins Buch gelegt, Schluss. All die Fragen aber, also was hätte sein können, machen das Leben aus, was immer dieses «Leben» heißen möge.

Ich halte mich daran, so wie ich mich immer an solche Geschichten klammere, an einen Gegenstand in zu Tausenden zersplitternden Möglichkeiten, gleich den Armen des Blitzes, woran sonst sollte ich mich halten?

Irgendwann einmal habe ich mir viele Wochen lang wie besessen die Dutzenden Wege und Trajektorien einer Bleikugel ausgedacht, die im harzigen Stamm einer sibirischen Lärche eingewachsen war. Bis heute habe ich das irgendwo in der Schublade. Herausgepult mit der Axt hat sie mein Freund, beim Holzhacken am Ufer der Spitzbergener Colesbucht. Es war kein Geschoss aus einem Gewehr, wie wir es mit uns trugen und wie alle es dort tragen (wegen der Bären) – es war eine alte Bleikugel, abgeschossen aus einem Berdan-Gewehr oder noch älter, dann eingeschlagen im Stamm des lebenden Baumes, denn die Holzfasern der Lärche hatten die im Aufprall plattgedrückte Kugel überwachsen, somit war sie noch in Sibirien abgeschossen worden, denn in Spitzbergen wachsen keine Bäume. Von solchen Geschichten hatte ich Dutzende, ja Hunderte im Kopf und wusste nur auf eine Frage keine Antwort: Warum und wozu interessiert mich das? Wenn ich noch mal nach Sibirien fahre, nehme ich diese Kugel mit und pfeffere sie irgendwo ins Gebüsch, vielleicht findet sie in Milliarden Jahren jemand, in Zeiten, wenn die Dinge sprechen werden, und wenn er sie findet, wird er über meinen harmlosen Scherz lächeln.

Und die Worte von der Postkarte? So viele, wie heute in eine Liebes-SMS passen würden. Vielleicht ist sie immer noch die Seine geblieben? Geblieben, ohne zu sein. Vielleicht schicken sie sich heute Liebes-SMS?

Auch wenn mir die Vorstellung lieber wäre, sie schicken sich Postkarten, immer noch, wie aus der Zeit gefallen.

Er liest Hegel, raucht Carmen und hat gelbe Finger von diesen Carmen, hat einen Bart und eine Brille der Art, wie sie heute die modische und launische Jugend in den Warschauer Cafés trägt.

Sie dagegen sieht aus wie die Janda im *Mann aus Eisen*, raucht ebenfalls Kette und schreibt mit dem Kugelschreiber Postkarten, und sie liest Char. Und schaut aus dem Fenster, überwältigt von historischer Notwendigkeit.

So sitzen sie an billigen Spanplatten-Schreibtischen, auf kunstlederbezogenen Stühlen und schreiben sich und werden sich immer so schreiben, denn sie wissen nicht, dass es sie nie gegeben hat.

*

Tomasz Gabiś hat kürzlich in einem interessanten Text über Israel, den Zionismus, den linken Antizionismus und andere Dinge geschrieben: «Ich will ganz deutlich erklären, dass ich mich weder mit der ‹palästinensischen Sache› noch mit der ‹israelischen Sache› identifiziere, denn ich identifiziere mich mit keiner ‹Sache›. Ich habe nichts als meine kleinen, eigenen Dinge zu erledigen.»

Das hat mir sehr gefallen, denn mir fasste sich der Beschluss genauso – nicht ich fasste ihn, sondern er sich mir: nur dem zu trauen, was innerlich widersprüchlich, skandalös und absurd ist, und alles Stimmige abzulehnen. Inkonsequent zu sein, und manchmal konsequent. Sich selbst zu widersprechen und sich dem Chaos zu überlassen, von der Wirklichkeit und dem Leben alle sie erklärenden Filter und Formeln wegzunehmen und so zu schauen versuchen, wie ein von Geburt an Blinder schauen würde, dem plötzlich das Sehvermögen zurückgegeben wurde. Nicht verstehen, nicht sehen, nur schauen. Das geht natürlich nicht, aber ein Versuch lohnt. Im Ergebnis identifiziere auch ich mich ausschließlich mit meinen kleinen, eigenen Angelegenheiten, die natürlich nicht die sind, mit denen Gabiś sich identifiziert, denn seine sind seine und meine meine.

Nichts Großes also besorgt mich, ein bisschen so wie Gabiœ, mehr aber noch, weil mein Herz es so will. Wider das Erbe der Bürgertugenden des griechisch-römischen Altertums, wider die republikanischen Ideale der Aufklärung, wider die fortschrittliche Sorge um die Gesellschaft, wider die konservative Verantwortung für die Gemeinschaft, wider die nationale Sorge um die Nation, wider die linke Sorge um die Ausgeschlossenen, wider die kapitalistische Sorge um das Haushaltsdefizit, die stabile Währung oder was die Wucherer, gemeinhin Banker genannt, sonst noch kümmert.

Und das ist nicht der irrationale Aufstand des kindlich naiven Künstlers gegen die Dinge dieser Welt. Ich bin weder kindlich noch naiv und nehme der Welt nichts übel, der Welt etwas übel nehmen kann man, wenn man fünfzehn ist, später nicht mehr, und ich bin schon ganz schön viel später. Es ist auch keine Haltung unsensibler Abstumpfung. Meine Empfindlichkeit ist, scheint mir, recht ausgeprägt, ich bin beruflich auf sie angewiesen wie der Basketballer auf die Körperlänge, aber es ist die Empfindlichkeit eines Thermometers; identifiziert das Thermometer sich mit denen, die unter dem Frost oder der Gluthitze leiden? Es ist auch nicht träge Gedankenlosigkeit – sondern der Versuch einer rationalen Analyse der Wirklichkeit und einer vernünftigen Einstellung zu derselben.

Und diese meine rationale Analyse ergibt Folgendes: Ich bin der Meinung, dass nichts sich ändert. Gern lassen wir uns täuschen, denn niemand betrügt uns so wie wir uns selbst, wie der Aphoristenfürst sagt, und es ist ein angenehmer Selbstbetrug zu glauben, irgendetwas würde sich ändern, es wäre heute anders als vor fünfhundert, tausend oder zweieinhalbtausend Jahren.

Ich glaube dagegen, es ist immer gleich. Ich glaube, die äußeren Unterschiede sind zufällig, das Wesen dessen aber, was zwischenmenschlich ist, ändert sich nie. Beherrschtsein und Herrschen bedeuten immer das Gleiche. Gewalt, Leidenschaft, Zorn und Gier bleiben das Gleiche, die Menschen sind gleich geblieben und alles andere auch.

Vor allem ändert sich nichts daran, dass die Menschen – sowohl die Regierenden als auch die Regierten – unverändert hilflos sind gegenüber der namenlosen, verwaschenen Gewalt, die die Dynamik gesellschaftlicher Prozesse ausübt, die Dynamik der Geopolitik und die große, schreckliche Macht der Masse – nicht jener, die Arm in Arm mit der revoltierenden Horde die Straßen entlangzieht, wie wir uns das seit Le Bon gern vorstellen, sondern der schieren Zahl, der Masse, der Dichte menschlicher Population. Ich glaube, anders als die Soziologen, dass die Anomie, die Abwesenheit von Sitten und Regeln, kein Erbe der Neuzeit ist, ich glaube, die Anomie ist ein ewiger Bestandteil des menschlichen Daseins, und bin der Meinung, dass diese anomischen Millionen von Menschen, die durch Wohnungs- und Hauswände und gesellschaftliche Konventionen voneinander getrennt sind, eine riesige, kopflose Gewalt bilden und dass ihre Gewalt menschlich und übermenschlich zugleich ist und niemand sich mit ihr messen kann, auch ich habe das nicht vor.

Ich habe also nicht vor, mich mit dieser Gewalt anzulegen, die aus dem schieren Wesen der Macht folgt, einer Macht, die immer vom Volke nach oben geht, anders als die Konservativen behaupten, immer sind es die Beherrschten, die sich beherrschen lassen, nicht jeder einzeln, sondern als unpersönliche Masse lassen sie das zu. Ich habe also nicht vor, mit dieser Gewalt zu kämpfen, aber auch nicht, mich mit ihren Anliegen zu identifizieren, egal welche es seien, habe nicht vor, mich mit dem Volk, mit einer gesellschaftlichen Klasse, den Ausgeschlossenen oder Ausschließenden, mit dem Kapital oder jenen, die dagegen kämpfen, zu identifizieren. Diese furchtbare Kraft beherrscht mich, meinen Körper, genauso wie jeden anderen – jedoch habe ich nicht vor, mein Inneres von ihr beherrschen zu lassen. Zu einem gewissen Grade sind wir alle Sklaven, wenn wir Steuern zahlen, wenn wir ein Buch lesen oder bei Rot anhalten, doch das ist äußere Sklaverei. Wenn wir uns innerlich, geistig (ich schäme mich dieses Wortes nicht, denn ich bin kein Pavian) nur mit den eigenen, kleinen Dingen identifizieren, dann bleiben wir innerlich frei, selbst wenn man uns für diese Steuer, das Buch, das Rotlicht oder das Vaterland erschlagen sollte.

Bardamu in Célines *Reise ans Ende der Nacht* verzichtet lieber auf Lolas amerikanischen Leib (bei der Gelegenheit eine Frage am Rande: Warum heißen sie immer Lola, Lala und so weiter? Welche Kraft wohnt diesem Namen inne? Wie gut, dass man ihm meist nur in Büchern begegnet …), als zuzugeben, dass ihm die Aussicht auf den Tod fürs Vaterland, und das umsonst, sehr behagt! Früher ließen sich die Soldaten wenigstens noch für Geld umbringen oder für den König, wie der weise wahnsinnige Princhard später in seiner Predigt sagen wird, und nicht im Namen von Hypostasen, die niemand je mit eigenen Augen gesehen hat. Es scheint übrigens, dass sich das heute gebessert hat (manchmal ändert sich doch hier und da etwas), und wenn jemand Soldat wird und irgendwo in Asien kämpfen geht, dann tut er das aus vernünftigen Antrieben: Er ist Soldat, also will er kämpfen, er will dafür bezahlt werden, er begehrt kriegerische Reize. Aus solchen Antrieben lohnt es sich vielleicht, in den Krieg zu ziehen, aber niemand bei gesundem Verstand wird sich «für die Demokratie» umbringen lassen, und das ist der Vorzug der Demokratie über Vaterland und Nation – ihre Lügen sind nicht so leicht zu glauben, Nation und Vaterland sind greifbarer, man lässt sich leichter einreden, dass sie existieren, die Demokratie dagegen äußert sich auf unbestimmte Art, und dazu gemeinhin so abstoßend, dass niemand gern den Kopf dafür hinhält. Obwohl ich die Macht der Dummheit meist unterschätze, vielleicht hat doch jemand dazu Lust, vielleicht glaubt jemand an dieses Geschwätz von «Krieg für Frieden und Demokratie». Wohl bekomm's.

Kaiser, Könige, Premierminister, Abgeordnete, Prominente, Richter, Polizisten und Partisanen, Soldaten und Lamas und Priester und Professoren, Funktionäre, Gewerkschaftler, Journalisten, Pornographen und Schriftsteller und Filmemacher, Revolutionäre und Konterrevolutionäre, Tyrannen und gütige Väter der Völker – sie alle können uns beherrschen, und irgendjemand wird uns immer beherrschen, wie kürzlich der kluge Sabaudczyk festgestellt hat, der Mensch wird zweifellos immer regiert, und sich darüber täuschen zu wollen heißt, in eine noch tiefere Gefangenschaft, in die Gefangenschaft der Dummheit zu geraten. Wir können nicht auf völlige Unabhängigkeit hoffen – umso mehr sollten wir innerlich autonom sein. Da sie Steuern von mir haben wollen, werde ich Steuern zahlen, aber nur deshalb, weil ich durch das Nichtzahlen Ärger kriegen würde und Ärger eine noch größere Gefangenschaft bedeutet als die Steuern selbst, jedoch werde ich sie nicht im Gefühl der «Erfüllung meiner Bürgerpflicht» bezahlen, denn sie beherrschen mein Äußeres, mein Inneres aber ist autonom, ich lasse mein Gewissen, meinen Willen, meine Gedanken und Gefühle von niemandem regieren. Werde mich weder über ihre Erfolge freuen noch über ihre Niederlagen grämen – oder umgekehrt, werde mich nicht über ihr Scheitern freuen, denn diese namenlosen, nichtmenschlichen «Sie» sind schließlich nicht meine Feinde, sie sind nur die, die herrschen – oder eher sogar das, was herrscht. Es lohnt, sie zu verstehen, man kann sogar für sie arbeiten, wie Manuel Venator in der Kasbah des Kondors in *Eumeswil*, aber darf nicht ihre Sicht der Dinge als die eigene akzeptieren, auch nicht ihre Wünsche und Abneigungen als die eigenen, muss einfach daran denken, dass nur unsere wahrhaftig eigenen kleinen Angelegenheiten wirklich zählen. Muss immer eigen bleiben.

Die Angelegenheiten unserer Freunde, unserer Frauen, unserer Eltern und unserer Kinder, Angelegenheiten, mit denen man sich identifizieren soll – gern wiederhole ich mich hier –, das ist die unaufhörliche Arbeit daran, wie man guten Salo zum Wodka oder gute Brühe zubereitet oder gute Penne arrabiata oder was man sonst mag, Filet Mignon, Hummus, Dal oder was immer, das ist sehr wichtig, wichtiger als Demokratie, Vaterland oder andere Dinge, die immer glauben machen wollen, sie wären mehr, mehr als Dekorationen zur Verdeckung der ewigen und unveränderlichen Beziehung zwischen Regierenden und Regierten; sind sie nicht. Besser, man identifiziert sich mit einer der Parteien im Konflikt, ob man Wein aus dem Wasserglas oder aus dem Kelch trinkt, als ein Rechter oder ein Linker zu sein. Es lohnt sich zu streiten, ob Krawatte oder Lederjacke, aber nicht darüber, ob niedrigere oder lieber höhere Steuern – wenn es die Pflicht erfordert, kann man sich eventuell über so was streiten, aber ohne innere Anteilnahme. Es lohnt sich, bewährte Rezepte gegen den Kater zu sammeln, nicht aber, seine innere Haltung von Rezepten zur Stärkung der Mittelklasse oder zum Kampf gegen die soziale Diskriminierung lenken zu lassen. Es lohnt, Freunde davon zu überzeugen, dass sie an warmen Abenden mit uns unter freiem Himmel am Tisch sitzen sollen, es lohnt, Zigaretten zu rauchen und all jenen ins Gesicht zu lachen, die sich feige vor Tod und Krankheiten fürchten (als wollten sie ewig leben), es lohnt, große Romane zu lesen, lohnt, zu schreiben, Geld zu verdienen und es auszugeben, lohnt zu lieben, was man mit dem Blick erfassen kann, wenn man auf den Hügel gestiegen ist – alles andere sind überflüssige Hypostasen, Simulacra und ganz einfach Lügen.

*

Mit Wit Szostak zu *Kosmos* in Gardzienice, mit dem Auto durch halb Polen. Polen hässlich wie üblich. In Lublin Bries, sogar besser als in Zaza, mit Zwiebelkonfitüre. Dann nach Gardzienice, dort zuerst ein alter Film mit den *Metamorphosen*, dann Staniewskis ungewöhnliches Charisma, dann *Iphigenie in A.*, zum zweiten Mal gesehen, großartig, erschütternd. *Iphigenie in T.* unverständlich. Lyzealjugend aus Warschau, im Bus herangekarrt, abstoßend und lärmig. Gespräch mit Staniewski, interessant und amüsant. Danach Rückkehr nach Lublin, Tatar, Dunkle und Stouts in der Kneipe, danach Sobranie auf dem Weg zum Hotel. Früh nach Hause. In Zwoleń haben wir Äpfel gekauft.

*

In *Eumeswil* schreibt Jünger, die kreisförmige Auffassung der Zeit sei der letzte Trost des Konservativen, der jegliche politische oder religiöse Hoffnung hat fahren lassen. Das heißt, fügen wir hinzu, jedes Konservativen, der Augen hat zu sehen und einen eigenen Kopf zu denken, und nicht nur mit offenem Mund lesen und Demoslogans herausschreien und – schlimmer noch – agitieren kann.

Der «Aktivist» ist ein universaler Charaktertyp, Aktivisten, auch mit unterschiedlichen ideologischen Ansichten, unterscheiden sich in nichts, sie sind wie Lokomotiven, die aneinander vorbeifahren, sie schleppen ihre Lasten in entgegengesetzter Richtung. Bisweilen stoßen sie zusammen, mit ähnlicher Folge wie bei Lokomotiven.

R.L. schreibt am Rande anderer, viel wichtigerer Dinge im Sinne des Buddhismus, dass man sich vor Aktivität zurückhalten solle, man solle eher meditieren, damit könne man viel mehr verändern. Ich bin nicht sicher, ob man sich absichtlich zurückhalten sollte, um etwas zu verändern. Ich finde, meditieren sollte man eher darüber, dass sich eben nichts verändert. Der Tag wandelt sich nicht zur Nacht, Tag und Nacht sind einfach da, wir selbst sind es, die vom Tag in die Nacht und von der Nacht in den Tag reisen.

Jünger sagt mit Dávila, dass für einen Konservativen, der jegliche Hoffnung hat fahren lassen, Jahrtausende eine Kleinigkeit seien: Der Konservative «setzt auf die kosmischen Kreisläufe. Eines Tages wird der Paraklet erscheinen, der verzauberte Kaiser aus dem Berg hervortreten.»

Jedoch, so Jünger, zwingt das Zeitliche sogar Götter zu täglicher Mühsal, deshalb könne es keine Ewige Wiederkehr geben, eher die Wiederkehr des Ewigen, in dem die Zeit gefangen ist.

Die Idee der Ewigen Wiederkehr ist die Idee des Fisches, der aus der Pfanne springt – direkt auf die heiße Ofenplatte.

Ich denke daran und sehe, wie alles sich wiederholt. Die Magier lesen Zeichen. Die Schamanen sehen mit den Augen der Tiere: Der böse, fremde Tyrann hat unsere Götter erzürnt. Die Kaplane behaupten, das kosmische Gleichgewicht sei erschüttert und erfordere Aktion. Die Krieger des großen Stammes, die an beiden Ufern des Atlantiks siedeln, brechen zum Kampf auf.

Aber vielleicht auch nicht, vielleicht bewahrheiten sich die letzten Auspizien nicht. Der Rabe krächzt auf der falschen Seite des Auguren. Der Adler oder Geier fliegt nicht so, wie er soll. Die im Hof laufenden Küken werden das Korn anders aufpicken, und es stellt sich heraus, dass sich die Götter in ihrem Zorn besänftigt haben – nicht mehr quält der Tyrann die Unschuldigen, von selbst ist der Kosmos ins Gleichgewicht zurückgekehrt, und die Krieger, enttäuscht, kehren in ihre Häuser zurück.

Von der Ewigen Wiederkehr, dem Ouroboros, ist kein Trost zu erwarten, was wäre das für ein Trost? Die Titanen sind zurück, wir leben im Kali-Yuga. Aber eben: Sie sind zurück. Schon einmal waren sie hier, und nicht zum ersten Mal. Mit der Wiederkehr der Titanen atrophiert die Zivilisation, sie stirbt ab – auf unserer Reise sind wir ans Ende des Tages gekommen, nun werden wir des Nachts reisen. Dann treten wir in den Tag ein (nicht der Tag bricht an, wir gehen in ihn hinein), und dann wieder in die Nacht.

«Für den Anarchen ändert sich wenig», schreibt Jünger. «Fahnen haben für ihn Bedeutung, doch keinen Sinn. Ich sah sie schon oben und unten wie Blätter im Mai und im November; und das auch als Zeitgenosse, nicht nur als Historiker.»

Der Herbst wird auch für die Banner kommen, in deren Schatten wir leben. Vielleicht morgen, vielleicht in tausend Jahren, doch kommen wird er. Für alle. Die Demut, die notwendig ist, um das anzuerkennen, ist eine Demut, die Kraft erfordert; man muss sich Gewalt antun, um zu verstehen, dass die Gestalt der Welt immer vergeht. Um wiederzukehren und erneut zu vergehen und wiederzukehren. Deshalb ist die Zeit immer kurz und immer die letzte und die erste.

*

Vor einigen Monaten habe ich in Ursynów eine weiße Elster gesehen. Die Federn, die bei Elstern normalerweise opalisierend schwarz glänzen, waren bei ihr wie Kaffee mit einem Schuss Milch, der Rest weiß, heller Schnabel und Krallen. Sie hätte ein Bote sein können, der lustvoll schlechte Nachrichten bringt, aber bestimmt war es nur ein Elsteralbino. Elstern beißen den Kopf junger Schwalben ab, die noch nicht flügge aus dem Nest gefallen sind, und auch das bedeutet nichts, es sei denn, es bedeutet doch etwas.

In der Nacht wache ich atemlos auf. In fürchterlicher Panik springe ich vom Bett, schnappe nach Luft – vergeblich, als wäre ich unter Wasser. Ich röchle, keuche, keinerlei Gedanken, blankes Entsetzen und keine Luft in den Lungen. Nichts Menschliches an mir, ich bin ein Tier, das nach Luft ringt. Eine Ewigkeit vergeht, an die zehn Sekunden – und der Atem kehrt zurück, als hätte er mich nie verlassen. Bis zum Morgen schlafe ich nicht mehr ein, denn ich bin ein Mensch, der sich fürchtet.

*

Neben der Allerheiligenkirche lag eine Leiche, und mich erfasste wieder die entsetzliche, irrationale Gewissheit, dass ich mir verschiedene Dinge erst ausdenke und aufschreibe, nur damit sie mir danach zustoßen.

Seit einiger Zeit lebe ich in der Vorstellung, ich sei körperlich, physisch in die Erde eingewachsen, wo ich geboren wurde und wo all die geboren sind, aus denen ich geboren bin. Das habe ich geträumt, und es ist mir geblieben. Wenn ich morgens Brötchen holen gehe, trete ich auf Knochen, meine eigenen Knochen, denn die Knochen meiner Vorfahren sind die meinen. Das Blut in meinen Adern ist dasselbe Wasser, das unter der Erdoberfläche fließt, die Körper meiner Vorfahren kreisen in meinen Adern, und ich, wenn ich sterbe und in die Erde einsinke, werde weiterleben, so wie sie leben – in den Bäumen, ich werde mit dem Regen in die Erde fließen und in den Adern meiner Söhne kreisen, werde mich grün auf der Bronze der Gleiwitzer Skulpturen und Kirchendächer niederschlagen. Ich kann mir gar nicht vorstellen, wie das ist, von weit her zu sein, ich kann nur von hier sein. Ich könnte nicht einmal sagen, ob ich in dieser Vorstellung lebe oder nicht vielmehr von ihr verfolgt werde, jedenfalls scheint sie mir mehr zu sein als eine Metapher; als wäre sie das Fenster, oder eher der Spion, durch den ich heimlich beobachten kann, was hinter dem Vorhang der Zeit, unter der ersten Schicht der Wirklichkeit sich befindet.

Und nun dieser Leichnam neben der Allerheiligenkirche. In dieser Kirche habe ich geheiratet, und jetzt liegt das Skelett eines Kindes neben den gotischen Mauern. Der Stadtpräsident hat beschlossen, den Boden in der Altstadt zu erneuern, und die Arbeiter haben einen Friedhof freigelegt. Ich weiß nicht, ob er aus dem Mittelalter ist – mein Großvater hat mir viele Male von den mittelalterlichen Massenbestattungen von Kindern bei Allerheiligen erzählt, die angeblich vor dem Krieg entdeckt wurden, aber diese Geschichte kann ich nicht überprüfen – womöglich stammt dieser Körper aus dem achtzehnten Jahrhundert, jedenfalls ist er alt und von einem Kind, und es ist meiner. Das sind meine Knochen. Die meines Bruders oder meiner Schwester. Nicht nur wegen der Bruderschaft aller Menschen, sondern weil es Knochen sind, die aus meiner Erde stammen. Jetzt wühlen dort Archäologen herum.

Und natürlich wächst daraus gleich unbegründeter Hochmut: «Das sind meine Knochen, nicht eure!», möchte ich den heutigen Gleiwitzern sagen, die die wahren Gleiwitzer in der zweiten Hälfte der vierziger Jahre ersetzt haben. Dabei ist das dumm und ungerecht, denn weder ist es mein Verdienst noch ihre Schuld, dass ich hier lebe, wo meine Vorfahren schon lebten, soweit die Dokumente zurückreichen, während ihre Großväter, Urgroßväter oder Eltern von irgendwo vertrieben wurden oder auf der Suche nach einem neuen Leben herkamen. Stolz zu sein gibt es keinen Grund.

Aber schon einen Grund, um dankbar zu sein. Vielleicht ändere ich irgendwann meine Meinung, ganz bestimmt werde ich das tun, mein intellektuelles Leben ist eine ständige Dynamik von zyklischen Umwertungen, jetzt aber bin ich davon überzeugt, dass es eine große Gnade ist, auf den Knochen seiner Vorfahren zu leben. Ich weiß nur nicht, warum.

*

Der Abend war warm und alles so, wie es sein sollte: Jemand ging zur Nachtschicht, irgendeine alterslose verrückte Frau zog einen riesigen Koffer, an einem Riemen über der Schulter hatte sie einen großen Flachmann oder vielleicht eine Feldflasche im Ledergeschirr, gekleidet war sie in ein schleppendes schwarzes Kleid, sie schaute auf ihre Füße und schnalzte, als wollte sie ein unsichtbares und unhörbares Kind beruhigen. Erschöpfte Eltern kehrten von Sonntagsspaziergängen mit der in Kinderwägen einschlafenden Nachkommenschaft zurück, erschöpfte Penner brabbelten etwas zum Bürgersteig, wer Glück hatte – Penner und Väter –, umklammerte Bierdosen. Junge Mädchen, ins Handy plappernd, eilten irgendwo hin, um zur Frau zu werden. Auf einer Straße alter Asphalt. Auf der nächsten neuer Pflasterstein. Auf wieder der nächsten – Sand, weil sie den Asphalt abgetragen hatten und das neue Pflaster erst legten. Unter den Straßen unterirdisches, geheimes Leben, über das man nur dumm oder schlecht schreiben kann, egal was man schreibt. Aber es ist da.

Ich erreichte den Marktplatz, auf dem Platz Brunftzeit. Phantastisches Ferienende, Mädchen und Jungs spazieren in Grüppchen auf und ab, umtanzen einander, ermitteln wortlos das obligatorische Ranking; sie haben den Springbrunnen und die Bänke besetzt, in den Vorgärten der Kneipen sitzen Ältere, erfahrener im Balzritual, sie haben einen Ausweis und können sich das Bier leisten.

Sie gefallen mir nicht, ärgern mich, hauptsächlich wegen einiger arg Zügelloser und Betrunkener, die Jungs sind mickrig, die Mädels vulgär, also floh ich zurück in die Gassen der Altstadt, vergessen hat's der Ochse, vergessen, obwohl es gar nicht lange her ist, fünfzehn Jahre: Żubrówka mit einem von diesen Mädchen bei der Theaterruine, treffen wir uns am Neptun?, sie kam nicht, er kam nicht, hat sie dich angerufen?, oder ein Flüstern, eine Bank im Park, sie hat nicht angerufen, hat mir ihre Nummer gegeben, aber ich habe sie zerrissen, eine andere hat Caro geraucht, da kannst du gleich einen Aschenbecher küssen, ist nur berauschender, ihr Atem, die Zigaretten und der Wodka, ich erinnere mich, wie sie gerochen hat, aber an ihren Namen erinnere ich mich nicht, der Sommerhimmel vom Balkon, Plattenbauten in Sikornik, ein Viertel Wodka pro Kopf im Cinquecento vor dem Block, Märchenstimmung vor der Party, und dann entflieht die Welt oder eher wir vor der Welt.

Gott sei Dank, sie hat uns eingeholt.

Ich ging und überlegte, ob ich in einer dieser netten Kneipen ein Bier trinken sollte, sie haben dort gutes. Es sind ein paar Leute da, ich setze mich an die Bar, bestelle ein Racibor, bekomme den dicken, bauchigen Krug, sitze eine Viertelstunde allein mit diesem Krug, ohne mich mit jemandem zu unterhalten, ein bisschen in der Ecke versteckt und ein bisschen ostentativ, weil nicht sehr zur Umgebung passend, zehn Jahre zu alt, falsch angezogen, und manchmal gefällt es mir sogar, eine Weile nicht zu passen, dann zahle ich und gehe. Die Kneipe jedoch ist fast leer – nur zwei bärtige Typen standen am Tresen und stritten sich, brüllten sich an, als hätten sie doch Angst, sich in die Fresse zu hauen. In solche Intimität kann ich nicht hineinplatzen, das war mir klar, also ging ich ohne Bedauern weiter.

Gestern Nacht ein Traum: ein von Kiefernwald bestandenes Seeufer. Über dem See, über dem Wasser der gigantische Amboss eines Cumulonimbus. Mein großer Sohn spielt im Sand. Langes, fast weißes Haar, solches hat er auch in Wirklichkeit, aber in dem Traum denke ich, er sieht aus wie Alinoë aus dem fürchterlichen *Thorgal*-Comic. Plötzlich erhebt sich der See, bäumt sich auf zu einer riesigen Welle und rast auf unser Ufer zu. Ich laufe zu meinem Sohn, weiß aber, dass ich es nicht schaffen werde.

«Keine Sorge, Papa, ich kann unter Wasser atmen», sagt Alinoë.

*

Wir sind dicht, verschlossen in Schädel und Haut. Ich kann dem Mystiker glauben, dass er sich befreien, sich in Gott auflösen kann, aber ich glaube niemandem, der behauptet, er habe sich in einem anderen Menschen aufgelöst.

Man kann sich begegnen, sehr nahe sogar: in Freundschaft, in Liebe und im Sex, im Hass, bei der flüchtigen Begegnung mit einem anonymen Passanten, mit dem man ein Lächeln wechselt, oder einem anderen, dem man mit der Faust ins Gesicht schlagen muss. Aber diese Begegnung durchdringt die menschliche Abgeschlossenheit nicht, da können die Augen sich weiten und den Nächsten erblicken, da können wir die Lippen zu einem Kuss oder einem Fluch öffnen, kann der Leib sich entblößen, können wir dem Sohn die Hand oder der Mutter den Arm reichen, kann die Haut durch Faust oder Messer aufreißen, ein Kind geboren werden. Niemals.

*

Einem Gnostiker nach seiner jüngsten Erleuchtung ähnlich, lebe ich und lebte immer in der Überzeugung, dass ich vor kurzem noch sehr dumm war. Mit achtzehn erinnerte ich mich mitleidig daran, wie ich mit fünfzehn gewesen war. Der Achtzehnjährige schien dem Zwanzigjährigen ein Dummkopf zu sein, und jetzt weiß ich, dass ich als gut Zwanzigjähriger ein Blödian war.

Dennoch ist es mir bis heute nicht gelungen, daraus Schlüsse für die Gegenwart zu ziehen. Obwohl die Diagnose auf der Hand liegt, wehre ich mich erfolgreich dagegen und wundere mich nur, wie dieser Idiot in wenigen

Jahren so rasch zu dem klugen und ungemein scharfsinnigen Menschen werden konnte, für den ich mich selbst üblicherweise halte.

Abgesehen von den kurzen, heißen Schamanfällen, die mich gelegentlich überkommen.

Mir scheint, wir alle sind genau so, wie wir uns sehen, wenn wir uns über uns schämen. In unserer Scham sehen wir uns, wie wir wirklich sind.

*

Heute bin ich im Traum in einem ungewöhnlich hohen Hochhaus, das ein Hotel ist, irgendwo in New York vermutlich, und verstecke mich dort vor einem anonymen Feind. Ich sehe ihn, wie er in immer neuen Luxuszimmern und auf hellen Fluren nach mir sucht. Er hat langes, dunkles Haar und einen Bart und ein Gesicht aus irgendeinem Film, ist nicht sehr groß, aber stämmig und stark. Ich weiß, dass ich ihn fürchten sollte, dass ich in der direkten Konfrontation mit ihm keine Chance habe. Trotzdem fürchte ich mich nicht. Statt wegzulaufen oder mich zu verstecken – warte ich. Schließlich findet er mich, und wir beginnen ohne einleitende Worte zu kämpfen, nicht mit den Fäusten, sondern wir umklammern uns mit den Armen wie griechische Ringer. Ich weiß, dass ich unterliege, wenn mir nicht bald etwas einfällt: Ich gebe plötzlich nach, mein Feind fliegt durch die Fensterscheibe und stürzt hinaus, ich fliege ihm hinterher.

Im Fallen bewundere ich die phantastisch-barocke Fassade des Hotelturms und das Leben, das sich hinter den erleuchteten Fenstern abspielt, Szenen, in denen ich meine Bekannten und Freunde erkenne: Jemand isst zu Mittag, jemand stirbt, jemand hat Sex, jemand weint, jemand trinkt Wein, ein Kind wird geboren, jemand zankt, jemand schläft. Ich weiß gleichwohl, dass das nicht real ist, es wird nur vorgetäuscht, lebende Bilder, extra für mich, aus Anlass meines Falls. Im Augenwinkel bemerke ich, dass sie, sobald ich an ihrem Fenster vorbeigefallen bin, sofort gleichgültig werden, die simulierten Tätigkeiten einstellen und die Zimmer verlassen, um in ihr wahres Leben zurückzukehren.

Endlich lande ich auf einem runden Balkon, irgendwo in halber Höhe des Barockhochhauses. Der Aufprall ist heftig, aber mir passiert nichts. Mein Feind ist nicht mehr mein Feind, im Fallen ist er zu einem Bären geworden, einem großen braunen Bären. Er ist mir wohlgesinnt.

«Du musst jetzt gehen», sagt er kaum verständlich, schließlich ist er Bär. «Sie warten auf dich.»

Er schubst mich mit der gewaltigen Pfote, ich falle noch einen Augenblick, habe diesen Fall aber vollständig unter Kontrolle und lande schließlich federnd in einem großen Saal, von dem ich weiß, dass es eine Klinik für psychisch Kranke ist.

Das Personal ist geflohen – die Patienten beiderlei Geschlechts laufen im Kreise, völlig nackt, und bereiten sich in diesem Lauf auf eine apokalyptische Orgie vor. Im Lauf ähneln sie sich einander an, die Geschlechtsmerkmale wechseln vom einen zum anderen, Männer werden den Frauen ähnlich und umgekehrt, und allen verschwimmen die Gesichter. Immer wieder einmal versucht jemand, mir die Sachen vom Leib zu reißen.

«Pardon, ich bin kein Verrückter, ich bin hier nur zu Gast», protestiere ich entschieden.

Da bitten sie höflich um Entschuldigung und kehren in ihren Lauf zurück. Ich wandere im Bewusstsein durch das Spital, dass ich hingucken muss, auch wenn ich keine Lust habe, ich muss hinsehen, um es später zu beschreiben. Alle Augenblicke legt sich einer von den Laufenden in einer Ecke nieder, ein nächster kommt dazu, und sie beginnen zu kopulieren, versessen und ungeschickt. Ich sehe mir die seltsame Orgie völlig teilnahmslos an, ohne Faszination und ohne Ekel. Die Kopulierenden beginnen, sich gegenseitig zu beißen, und reißen Stücke Fleisch heraus. Die Menschen essen sich hier gegenseitig auf. Nirgends ein Tropfen Blut – alle Körper sind blutlos und weich, sie geben Zähnen und Nägeln leicht nach.

Vor mir ein Arzt im weißen Kittel.

«Wir müssen das alles verbrennen. Sie sind verrückt geworden», sagt er empört.

«Das ist doch ein psychiatrisches Krankenhaus», wundere ich mich.

«Ja, eben. Wo kommen wir hin, wenn die Patienten in einem psychiatrischen Krankenhaus plötzlich alle verrückt werden? Das kann man nicht so lassen.»

Er hat einen Kanister mit Benzin in der Hand und verschüttet es in den Sälen. In den Ecken rührt sich niemand mehr. Ich gucke hinein – es ist überhaupt niemand mehr da außer mir und dem Arzt.

«Was ist mit den Patienten passiert?», frage ich den Doktor.

«Sie haben sich gegenseitig aufgegessen.»

Na sicher, ist ja klar. Wir verabschieden uns höflich,

ich verlasse das Spital. Es regnet. Schon steht das Gebäude in Flammen, wunderschön spiegelt das Feuer sich in den Pfützen. Der Arzt hat das Gesicht von Łukasz Orbitowski, er tanzt erregt auf dem Bürgersteig, raucht eine Zigarette und betrachtet fasziniert das Feuer.

«Huhu!», ruft er immer wieder. «Wie das brennt! Huhuhu!»

Ich weiß, ich muss schon gehen, denn vom Himmel segeln jetzt große Rußflocken, ich trage meinen Lieblingsanzug aus grauem Flanell und will ihn nicht verdrecken, es ist Feiertag, und alle Reinigungen sind geschlossen. Ich verabschiede mich von Łukasz, der kein Arzt mehr ist, sich aber weiterhin über den Brand freut, und gehe.

Ich kann mich nicht erinnern, wo ich das Auto geparkt habe, also gehe ich wütend durch Warschau und rufe einen Kumpel an, meine Frau, meine Eltern, am Ende rufe ich der Reihe nach alle Namen aus meinem Adressbuch an, jemand muss doch wissen, wo ich geparkt habe. Doch niemand hebt ab, und wie ich so im Regen laufe, böse, dass mein Jackett nass wird, und immer neue Nummern wähle, klingelt es in den Telefonzellen, von denen die Straße übersät ist.

Jetzt bin ich völlig durchnässt, doch es ist mir nicht kalt. Die Krawatte beginnt, sich aufzulösen, das Hemd und die Hose sind blau, als hätte ich mich mit Tinte übergossen, ich bin stinksauer, gehe weiter, beschämt davon, dass meine Krawatte sich aufgelöst hat. Ich wusste nicht, dass Krawatten sich auflösen können.

Auf einmal finde ich mein Auto: Ich habe es doch auf dem Platz der Verfassung geparkt, wie konnte ich das vergessen. Da steht mein Jeep, steht der Nissan meines

Papas, der Corsa meiner Mama, daneben noch M.s großer Pathfinder, K.s Forester, die Hondas meiner Schwestern. Welch eine Erleichterung. Würde sich herausstellen, dass die Reifen an diesen großen Steinplatten festkleben, dann würden M. oder K. mich losreißen. Ich wühle in den Taschen: Ich habe keine Schlüssel, zu keinem dieser Autos habe ich einen Schlüssel, nicht nur zu meinem nicht. Plötzlich fällt mir ein: Sie alle sind mir aus der Tasche gefallen, als ich kämpfte, sie sind im Hotel geblieben.

«Du Scheisssse!», knurre ich.

Der Fluch weckt mich auf. Es ist noch dunkel. Draußen regnet es. Ich weiß, dass das alles ein Traum war, lächle in mich hinein, wie bizarr das war, bin aber immer noch besorgt, dass das Auto in Warschau steht und ich die Schlüssel verloren habe. Schläfrig stehe ich auf, höre, dass mein Sohn im Schlaf weint. Ich ziehe seine Decke hoch, er beruhigt sich, ich gehe in die Küche, einen Schluck Wasser trinken, und erst jetzt wird die Grenze zwischen Traum und Wirklichkeit deutlich und scharf.

*

Diese Geschichte spielt im Jahre 1927, in Oberschlesien, in einem großen, stadtnahen Dorf, das seit fünf Jahren in Polen liegt, im Kreis Rybnik. In den roten Ziegelhäusern leben vor allem Bergleute, Landwirte gibt es nicht viele. Einige Jahre zuvor war viel Blut in dem Dorf geflossen, besser gesagt, zwei besondere Arten von Blut, auf eine Weise, die man heute eher mit den Bürgerkriegen auf dem Balkan verbindet. Als meine Geschichte spielt, fließt kein Blut mehr. Es wird in zwölf und danach wieder in fünf Jahren fließen, wobei dieses zweite Mal beide Blute zum ersten Mal vermischt fließen werden, vorher waren sie getrennt geflossen, einmal das eine, dann das andere.

In dem Dorf arbeitet eine Lehrerin, jung und voller Eifer. Sie ist aus Polen gekommen, ich weiß nicht, woher, vermutlich aus Galizien.

Ich glaube, ich kann ohne Ressentiment über sie schreiben. Sie ist Idealistin, und dass sie ihren Ideen treu und hingegeben bleibt, zeugt von ihrem edlen Geist. Ich weiß nicht, ob sie Piłsudski glaubt oder Dmowski, vielleicht ist sie eine Sozialistin, die nicht aus der roten Straßenbahn ausgestiegen ist. Das ist natürlich wichtig, wie alles, aber nicht für diese Geschichte. Ich weiß oder bin vielmehr der an Sicherheit grenzenden Überzeugung, dass die Lehrerin an Polen glaubt, so wie die Menschen manchmal an Gott, an die Liebe oder an die Leere glauben. Und das ist wichtig.

Sie ist in das exotische Schlesien gekommen, um das Polentum und die polnische Hochkultur zu lehren. Die schlesischen Kinder hatten ja keine eigene Hochkultur, sie konnten Goethes Sprachmelodie atmen oder eben die von Mickiewicz, andere Möglichkeiten gab es nicht. Ich schreibe das mit Bedauern, aber ohne Sarkasmus, denn es ist wahr. Auf der anderen Seite der Grenze trugen recht vergleichbare Kulturbotinnen ihre Hochkultur herbei, aus Breslau oder Berlin, mit ebenso hochfliegendem Enthusiasmus.

Die polnische Lehrerin kenne ich aus verschiedenen Berichten und von einem Foto. Darauf steht sie mit den Kindern einer ersten Grundschulklasse. Sie ist etwa zwanzig, schlichtes Kleid, das Haar zusammengesteckt, große Brille. Eine Schönheit ist sie nicht. Schönheiten sind damals eher nicht Lehrerin geworden. Die schlesischen Kinder sind wohlhabend gekleidet, die große Krise kommt erst noch, alle haben ordentliche Anziehsachen, gute Schuhe. Die Jungs mit lustigen Stirnscheiteln.

Einer dieser Jungs heißt Jorg. Er ist sieben Jahre alt, geboren also in einem fließenden, flammenden, gemeinsamen und zugleich dem Niemandsland Schlesien. In seiner Geburtsurkunde steht der Vorname «Georg», in der Taufurkunde «Jerzy», oder umgekehrt, ich weiß nicht mehr. Ich könnte nachfragen, doch das ist nicht wichtig.

Die Lehrerin fragt ihn: «Wie heißt du mit Vornamen?» Der Junge antwortet: Jorg. Die Lehrerin fragt noch einmal, der Junge antwortet wieder genauso. Die Lehrerin heißt ihn die Hände ausstrecken, schlägt ihn mit dem Lineal und stellt die Frage wieder. Der Junge weiß nicht, wofür er bestraft wird, aber die körperliche Züchtigung ist für ihn nichts Ungewöhnliches. Wieder antwortet er, dass er Jorg heiße. Die Lehrerin schlägt ihn ein drittes Mal.

Ich will nicht, dass das wie eine Leidensgeschichte klingt. Das ist kein Märtyrertum, es wäre anachronistisch, sich diese Schläge mit dem Lineal als Verbrechen zu denken. In den Schulen gab es damals was auf die Pfoten, und viele Jahre später auch noch. Nicht darum geht es in dieser Geschichte. Die Lehrerin war keine Sadistin, die ihren Spaß am Quälen der Kinder gehabt hätte. Sie genoss Ansehen bis ans Lebensende und arbeitete auch vierzig Jahre später noch an der Schule. Dieses Ansehen beruhte auf ihren persönlichen Eigenschaften, aber auch darauf, dass der Lehrer für die Schlesier ein Herrschaftsrepräsentant war, ähnlich wie der Priester und Beamte, seine kulturelle Fremdheit wiederum lag auf der Hand – hier trat eine kulturelle Fremdheit an die Stelle der anderen.

Zurück zu der Szene in der Klasse, in der Schule aus kirschrotem Ziegelstein. Der Junge weiß noch immer noch, wofür er bestraft wird. Frage, Antwort und Hieb mit dem Lineal wiederholen sich mehrere Male. Ich habe keine Ahnung, ob er selbst am Ende darauf kommt oder jemand es ihm flüstert – jedenfalls sagt er am Ende, er heiße Jurek, obwohl er sich noch nie mit diesem Namen bedacht und niemand ihn so angesprochen hat.

«Von nun an wirst du das wissen», sagt die Lehrerin. Oder so ähnlich, ich weiß nicht, was sie gesagt hat, die Strafe musste jedenfalls ihre Pointe finden, also gehe ich davon aus, dass diese Pointe so geklungen hat.

Weiß der Junge es von nun an? Und was weiß er?

Ich glaube, ein Kind identifiziert sich mit seinem Vornamen anders als ein Erwachsener, der gelernt hat, zwischen sich und seinem Namen zu unterscheiden. Frage ich meinen Sohn: «Wer bist du?», so antwortet er: «Franek». Nicht «ein Junge», zum Beispiel, sondern «Franek». So als bezeichnete ihn der Vorname nicht nur, sondern mache das Wesen dessen aus, was er ist. Er ist Franek, und Jorg war Jorg, und diese ordentliche, bescheidene Lehrerin offenbarte ihm mit den Mitteln ihrer Epoche plötzlich, dass er jemand anderes ist: Jurek. Auch wenn er zu Hause weiterhin Jorg war. Waren Jorgs Eltern, Josef und Valeska, empört über das Verhalten der Lehrerin? Ich weiß nicht.

Vermutlich nicht. Vermutlich empfanden sie es als die natürliche Ordnung der Welt, dass die Lehrerin ihrem Sohn sagt, wer er ist.

Und was geschah im Innern dieses siebenjährigen Jungen? Aus ihm wurden plötzlich zwei: der Jorg zu Hause und der Jurek in der Schule. Daran war nichts Ungewöhnliches, auf der anderen Seite der Grenze zweiteilten die Kinder sich ebenso. Jorg geht ja auch über die Grenze: *zur Oma zum Mittag.* Erscheint dann ein dritter Junge, Jörg? Ich weiß nicht. Möglich.

Welcher von ihnen ist der wahre? Jorg ist der erste, aber das gibt ihm keinen Ausschließlichkeitsanspruch darauf, wahr zu sein. Jungs gibt es drei, alle drei sind wahr. Später, als Erwachsener, wird er sich entscheiden, bei diesem ersten, Jorg, zu bleiben, und Jerzy oder Jörg nur als Verkleidung tragen, als Rattenfell, als Krähengefieder. Dabei liegt diese Entscheidung keineswegs auf der Hand. Viele Kameraden von Jorg haben anders entschieden, viele haben gar nicht entscheiden können, weil einer ihrer Vornamen auf der Sterbeurkunde besiegelt wurde: bei Stalingrad, in den Bergwerken von Magadan, im Lager von Świętochłowice oder in Mauthausen, oder irgendwo an einem Zaun.

Ich könnte in den Kategorien symbolischer Gewalt, des Geistes der Geschichte darüber schreiben oder es als Beitrag zu einer Anatomie der Nationalismen des zwanzigsten Jahrhunderts behandeln, doch all diese im jeweiligen Kontext treffenden Worte lenken nur vom Wesentlichen ab: dem Jungen, der sich zweigeteilt hat.

## 2013

Lettische Soldaten in dunkelgrünen Uniformen von 1920 stürmen den Erlöserplatz. In aufgelöster Linie schwärmen sie von den verschneiten, von schütterem Fichtenwald bestandenen Hügeln herab. Ihnen voran gehen Arm in Arm Marschall Mannerheim, ordensgeschmückt, und Lenin in Astrachan-Mütze. Die modische Warschauer Jugend sieht diesem Sturm blasiert und gelangweilt zu. Erst als die Kugeln pfeifen, seufzen die jungen Männer in Röhrenjeans, erheben sich mit ihren Damen von den Tischchen und verziehen sich ins Innere der *Charlotte.* Doch der Sturm kommt zum Erliegen: Vom Kirchturm herunter eröffnet eine Bekannte von mir in Kunstpelz und Hundsfellmütze das Feuer aus einem PK-Maschinengewehr. Sie ballert auf die Letten und verflucht sie zum Gotterbarmen. Mannerheim und Lenin zögern kurz, dann befinden sie, dass die Verluste tragbar seien, dieser Schwall von Beleidigungen aber nicht. Sie brechen den Sturm ab und gehen auf einen Wodka in die *Warszawska.* Sie trinken Żołądkowa, und Mannerheim erklärt Lenin die einzelnen Orden auf seiner Brust. Ein Traum.

Auf den Bürgersteigen klebriger, graubrauner Schnee, an den Schuhen weißes Salz. Ich habe im Koffer ein Fläschchen mit einer speziellen Flüssigkeit, mit der man diesen Belag abreiben kann, und ich benutze sie, wann immer es geht, sie riecht nach Essig. Im Lesesaal der Bibliothek an der Świętojańska malt mir eine lachende, resolute Kosmetikerin mit toller Brille die Hände an, weil sie der Meinung ist, dass sie zu rot sind. Zwei Stunden lang bin ich Schriftsteller mit geschminkten Händen, und ein Fotograf mit dem Charme eines Tippelbruders fotografiert mich. Auf diesen Fotos wird ein trauriger Idiot mit Krawatte sitzen, Hände und Visage werden nicht rot sein, sondern so fleischfarben wie die einer frischen Leiche im Beerdigungsinstitut.

Die Aufnahmeleiterin hat eine Biene von der Größe einer Maus am Handgelenk eintätowiert, und ich stelle mir eine sehr alte Geheimgesellschaft der Bienen vor; seit den Zeiten Stanisławs treffen sich Warschauerinnen jeden Sonnabend in einem geheimen Bienenstock-Club, es gibt eine Königin und Arbeiterinnen, und immer wieder einmal führen sie zu geheimem Bienengesang eine dumme Drohne herein, die sich einbildet, sie hätte das große Los gezogen. Am nächsten Morgen treibt ihr gequälter Leichnam seelenruhig die halbgefrorene Weichsel entlang. Im Leib der Königin ist ihre Nachfolgerin schon gezeugt.

Morgens auf dem Bahnsteig wartet ein verschrecktes Mädchen mit teuren Schuhen und fünf großen, zueinander passenden Koffern und einer Box, in der eine verschreckte Katze sitzt, auf den Zug. Ziemlich viele Koffer, aber für das gesamte Hab und Gut einer Dreißigjährigen mit teuren Schuhen auch wieder nicht so viel. Und da ist die Katze, immer eine Katze.

Ich fahre mit dem Budapester Zug nach Schlesien zurück. Manchmal denke ich mir, ich könnte dieses bescheuerte Schlesien verpassen und zu weit fahren, aber dann denke ich, nein, in Budapest wartet niemand auf mich, und in Schlesien erwarten mich meine Kinder, meine Frau und ein Platz auf dem Friedhof.

Auf den Sitzen des tschechischen Waggons liegen Wahlkampfzeitungen von Karel Schwarzenberg, Titel «Karlovin», darauf die großartige Visage aus einem anderen Zeitalter, diese fleischigen Lippen, der Schnauzer, dieser müde Basset-Blick. Ein Typ, der mit Fischbesteck umgehen, sich feierlich eine Fliege binden und der Slowakei anmutig den totalen Krieg erklären oder Wien bombardieren kann. Ein deutscher Fürst regiert Tschechien, schöne Vorstellung. Ich blättere die Hymnen seiner Anhänger durch, freue mich, dass ich immer noch fließend Tschechisch lesen kann. Auf der letzten Seite erklären tschechische Künstlerfürsten Schwarzenberg ihre Unterstützung: «Diwam se kolem sebe, kdo by to delal lépe nez já, a nikoho jiného nevidím nez Karla Schwarzenberga», scherzt Bolek Polívka («Ich sehe mich um, wer das besser machen könnte als ich, aber ich sehe niemanden außer Karel Schwarzenberg», O.K.). Ich weiß nicht, wer wer ist, aber manche erkenne ich, Forman, Sverák, Menzel, und zu allem Überfluss auch Roger Scruton, der mir vorkommt wie ich selbst vor zehn Jahren, weil er zu allem und jedem seine Meinung hat: von Léon Krier und seinem Kampf gegen den Modernismus bis hin zu den Präsidentenwahlen der Tschechischen Republik.

Die Leuchtanzeige vermeldet, dass wir mit einer Geschwindigkeit von einhundertneunundfünfzig Stundenkilometern durch Polen fahren, das glatt und weiß wie ein Blatt Papier daliegt. Ich bin sehr erschöpft. Auf dem Schnee Rehspuren. Etwas brennt in mir. Vielleicht nur Sodbrennen.

*

Ich habe geträumt, ich wäre für irgendwelche komplizierten Steuerrückstände, die ich natürlich nicht verstand, zu drei Monaten Gefängnis verurteilt worden. Alle reagierten ganz ruhig: Egal, was sein muss, muss sein, sitz deine Zeit ab, dann hast du es hinter dir. Wie durch Nebel erinnere ich mich, dass ich doch noch versuchte, in die Mongolei zu fliehen, aber das Flugzeug blieb beim Start vor meinem Haus im Schnee stecken, der nicht besonders intelligente Pilot, ein Klassenkamerad aus der Grundschule, drückte nur immer aufs Gaspedal, der Propeller heulte, die kleine Sportmaschine grub sich tiefer und tiefer in den Schnee, bis sie am Ende ganz darin verschwand. Alle zuckten mit den Schultern: Egal, im Frühling wird es wieder ausgegraben.

So begab ich mich ins Gefängnis am Stadtrand von Gliwice. Das war gar nicht schlecht: Es erinnerte eher an ein bescheidenes Dreisternehotel, das Zimmer war sauber und sympathisch, in der Hall hing ein Bild von Waliszewska mit kleinen Mädchen, die um den Kopf eines Ziegenbocks tanzten, es gab Wi-Fi, Room Service, Frühstücksbuffet von sechs bis zehn, täglicher Wechsel der Bettwäsche, und überhaupt war es ganz leer – keine Häftlinge und keine Wärter, nur ein einziger gelangweilter Rezeptionist, der mir erklärte, dass die Verbindung in die Stadt schlecht sei, ich könne aber ein privates Auto benutzen, Parken sei umsonst, ich dürfe kommen und gehen, wann ich wolle. Ich habe beschlossen, mir einen Brera mit 3.2-Motor für diese Anreisen zu kaufen. Alles ist gar nicht so schlecht, stellte ich fest, bis ich plötzlich begriff, dass es doch immer noch ein Gefängnis ist.

*

Wir spülen das Frühstück mit Bier hinunter und erzählen uns unsere noch ungeschriebenen Romane. Zwei erschöpfte Jungs im leicht fortgeschrittenen mittleren Alter. Die Fressen gedunsen, die Pfoten kaum merklich zitternd. Das Café, in dem wir sitzen, liegt in der Nähe eines großen Bürohochhauses, alle Augenblicke schneien mickrige kleine und mittlere Angestellte in schlecht sitzenden Anzügen herein, beiderlei oder unbestimmbaren Geschlechts, warten auf ihren Latte im Pappbecher und mustern uns verächtlich, denn wer trinkt schon mitten in der Woche um neun Uhr morgens Bier und hängt auf dem Sofa ab?

Vielleicht beneiden sie uns auch ein bisschen. Auf der Suche nach einer Antwort auf die Frage, was die lieben Landsleute so im Alltag bewegt, schalten wir den Fernseher ein, dort läuft ein Naturfilm über junge Elefanten, die Nashörner vergewaltigen und umbringen. Wir fragen uns, wofür das eine Allegorie sein könnte, und geben uns geschlagen. Das bedeutet nur das, was es ist: Elefanten vergewaltigen und töten Nashörner. Das Leben ist traurig und schön. Warum? Because fuck you, that's why.

*

Tagesdämmerung, Tod des Begrabenen Gottes. Zerbrochene axis mundi – am Karsamstag bin ich wie die Achilpa, denen das Totem geborsten war. Sie haben es mit sich herumgetragen, es von einem Ort zum anderen transportiert, haben die ganze Welt mitgenommen. Als das Totem zerbrach, war der Stamm kein Stamm mehr, die Verbindungen zwischen den Menschen verschwanden, die Achilpa trieben sich tief verzweifelt ohne Ziel und Sinn herum und setzten sich endlich auf die Erde, um nie wieder aufzustehen.

*

Morgens Gespräche mit dem Zweijährigen wie ein Mantra, danach, zwischen den häuslichen Festtagspflichten, Eliade, um das alles irgendwie in eine Ordnung zu bringen, und Neurobots *Bohumins Schlinge*, eine Musik sehr passend zum Karsamstag, weil nicht minder entsetzlich als die Stille. Und danach las ich ein bisschen *Eumeswil* und übersetzte ein Fragment, als Stilübung.

«Es war der erste Tag nach meiner Freizeit, an dem ich wieder Dienst machte. Vormittags war ich aus der Stadt gekommen und hatte mir unterwegs einen ‹Zaunkönig› gekauft. Ich pflege das hin und wieder zu tun, um mich mit einer halb angewiderten Neugier über die Stimmung zu unterrichten – doch kaufe ich nur am Kiosk.

Ich glaube, ich notierte schon, daß die Abonnentenzahl gering ist, obwohl beinahe jeder die Zeitschrift liest. Die Listen liegen natürlich auf der Kasbah vor. In ihnen zu erscheinen, wäre noch kein belastendes Indiz, doch könnte es mit zwei, drei anderen enger einkreisen. Bei mir etwa käme die Familie hinzu. Gerade deshalb begann Zerrwick vor etlichen Jahren, mich mit Freiexemplaren zu bedenken – das war fast schlimmer noch. Ich bat ihn daher höflich, ‹von weiteren Sendungen abzusehen›. Es ist mein altes Leiden, zwischen Parteien zu geraten, deren Händel mir lästig und oft widrig sind. Bald habe ich die eine, bald die andere auf dem Halse, und manchmal beide zugleich.

[…]

Die musische Neigung des Domo erschöpft sich in der Musik. Sein Urteil über Stil und Sprache ist an den Klassikern geschult. Daß er von bildender Kunst nichts verstehe, möchte ich nicht behaupten, doch wird er stets auf Seiten der ‹Dessinateurs› und nicht der Koloristen stehen. Seine Privaträume sind klassizistisch eingerichtet, von nüchterner, sparsamer Eleganz. Es ist dort weder zu warm noch zu kalt, und es wird eher leise gesprochen als laut. An den Wänden hängt ein einziges Bild, ein aus den Großbränden geretteter Vermeer mit gegeneinander abgesetzten Flächen von Zitronengelb und Ultramarin. Nur die Scheiben des Butzenfensters irisieren – als ob der Meister an einem Muster hätte zeigen wollen, daß er auch die Zwischentöne beherrscht.

Der Domo hat dort ein Stehpult, von dem aus er diktiert, falls er nach dem Diner noch einen Schreiber bestellt. Das kann spät in der Nacht geschehen, wenn auch die Lektüre ihn mehr zerstreut. Ich mußte einmal seine Kopfkissenbibliothek ordnen: Dramen und Geschichtswerke, keine Romane und Gedichte, dafür eine Maximensammlung von Heraklit bis zu Montaigne und Lichtenberg. Seine eigene Maxime ist übrigens: ‹Erst das Schachbrett, dann die Partie.›

In seinem Büro empfängt er am Schreibtisch mit knappem, differenziertem Zeremoniell. Das große Fenster ist auf die Stadt gerichtet; ein Televisor kann jeden ihrer Orte in Sicht bringen, auch wenn er sich dem Blick entzieht. Ein zweiter Apparat bringt am laufenden Band Nachrichten; nur wo der Moderator meint, daß sie besondere Aufmerksamkeit verdienen, schlägt ein Glöckchen an.

Wie er in der Malerei Bilder nicht schätzt, in denen die Farbe die Formen auflöst oder gar vernichtet, so ist ihm die gefühlsmäßige Betonung politischer Fakten verhaßt. ‹Gefühl ist Privatsache.›

Begeisterung ist ihm auch dort verdächtig, wo sie dem Condor gilt. ‹Der Mensch ist undankbar – besonders wenn man ihn verhöhnt. Also rechnen wir damit von vornherein.›

Als der Condor die Stadt beschossen hatte, besetzte der Domo das Rathaus und hörte dort von einigen der Deputierten, die nicht geflohen waren:

‹Wir weichen nur der Gewalt.›

‹Das ist vernünftig, und hier ist sie – – –›, dabei deutete er auf die Matrosen, die hinter ihm in der Tür standen.»

*

Mein Freund, der Schriftsteller Wit Szostak, hat eigentlich einen anderen Namen und ist unter diesem Philosoph von Beruf, Wit Szostak dagegen ist sein Pseudonym.

Früher hat er auf der Geige Obereks gespielt und trug dazu linnene Bauernhemden ohne Kragen und Manschetten, jetzt geigt er keine Obereks mehr, sondern verfasst Mythen auf Krakau, und sein Vater der Republik, Józafat Dumanowski, materialisiert sich: Er hat schon eine Stimme aus der Hörfunkadaption von Klata, hat ein Gesicht (gezeichnet von Sieńczyk), und weil er im Teatr Stary gerade von zwei Schauspieltruppen aufgeführt wird, hat er auch einen Körper, und morgen werde ich ihn mir so verkörpert ansehen, vielleicht schreibe ich deshalb darüber.

Indes stelle ich mir vor, wie der Doktor der Philosophie, Hochschuldozent, Tischner-Schüler und Phänomenologie-Spezialist in einer Person leicht erschöpft von seinen Vorlesungen im Krakauer Vorort Opatkowice nach Hause kommt, den blauen Škoda abstellt, die Garderobe auf der Hochetage erklimmt und den Doktor der Philosophie mitsamt Vor- und Zunamen (den ich hier nicht erwähnen will) ablegt, um dann den Wit Szostak vom Bügel zu nehmen und anzuziehen, die vollständige Garnitur. Diese Garnitur besteht, von oben nach unten, aus: leicht krause, eher lange Haare mit Scheitel. Glattes Hemd, Paisley-Krawatte und eines von vielen, nach Maß geschneiderten karierten Tweed-Jacketts, im Prince-of-Wales- oder Donegal-Karo oder Pepita, oder was weiß ich, ich kenne mich in Tweed nicht aus – und unter dem Jackett eine von vielen maßgeschneiderten Westen, ebenfalls Tweed: mit der vorschriftsmäßigen, großen Anzahl von Taschen, Aufschlägen mit knopflosen Zusatzlöchern, aus denen die Kette einer von diversen Taschenuhren hängt: Wit Szostak zeigt sie mir, wir öffnen die Springdeckel und betrachten fasziniert die Intimitäten der Uhrenmechanik, das geduldige und zugleich leicht verrückte Wirken der sich entspannenden Federn und des rotierenden Räderwerks.

Der Doktor der Philosophie mit Vor- und Zunamen, die ich nicht verrate, die er aber sehr wohl hat, hängt längst im Schrank, Wit Szostak zieht Schuhe und Mantel an und verlässt das Haus in der vollständigen Garnitur von Wit Szostak, dann begibt er sich in die Stadt, wo wir uns ein üppiges Abendessen in einem von mehreren bewährten Restaurants genehmigen (wir beide mögen keine Überraschungen und betreten niemals Orte, die sich nicht zuvor als verlässlich erwiesen haben), trinken ein paar Karaffen Wein, dann gehen wir auf ein Bier, wo der Dritte unserer fröhlichen Kompanie dazustößt, der Schriftsteller Łukasz Orbitowski, in Lederjacke und mit schwerem Blick (er findet keine Freude an den Tischgenüssen, er findet, verdammt noch mal, an überhaupt gar nichts Freude, wir eigentlich auch nicht so besonders, aber wir machen uns wenigstens selbst noch etwas vor), und wo wir uns in aller Ruhe, aber fröhlich ein paar oder auch mehr Krüge Bier genehmigen, um dann durch das nächtliche Krakau zu spazieren, die Bürgerruhe mit lauten Trinkerdebatten zu stören und am Ende auseinanderzugehen.

Bei der Trennung sind wir zufrieden und satt: im Wortsinne, aber auch satt von uns selbst, von den Gesprächen, vom Leben. Wit Szostak fährt fröhlich und schelmisch nach Hause, wo eine geduldige und verständnisvolle Ehefrau auf ihn wartet. Der Schriftsteller erklimmt erneut die Hochetage, geht zur Garderobe, und vermutlich wird Wit Szostak anschließend Wit Szostak wieder in den Schrank hängen. Ob er aber gleich auch den Doktor der Philosophie, den Tischner-Schüler und Spezialisten der Phänomenologie anlegt oder für einen Augenblick etwas dazwischen bleibt, weder Szostak noch Doktor der Philosophie, unentschieden, unausgewählt, und im Sessel in seinem Arbeitszimmer sitzt, das von unten bis oben voller Bücher ist, vielleicht eine Pfeife oder einen Zigarillo anzündet, oder eine Nelkenzigarette, und so in seinem Sessel sitzt, zwischen zwei Namen, zwischen zwei Welten, zwischen einem Jackett und dem anderen. Wit Szostaks kluge Frau wird ihn – so stelle ich mir das vor – durch die angelehnte Tür beäugen, aber nicht eintreten, sie wird ihm erlauben, allein und wortlos zu sitzen. Vielleicht geht sie in die Garderobe und sieht sich an, wie der Doktor der Philosophie und der Schriftsteller nebeneinander auf den Bügeln hängen.

Wer sitzt jetzt im Kabinett mit der Pfeife oder dem Zigarillo, oder der Nelkenzigarette?

*

Am Abend setze ich mich vors Haus, schaue zu, wie gewittergrün die Felder dunkeln, und obwohl ich das beste Bier im Haus habe, ich habe sogar eine Flasche Brunello di Montalcino und andere bourgeoise Genüsse, öffne ich eine Flasche russisches Baltika, das ich seit Jahren nicht getrunken habe und nur deshalb mag, weil ich es vor zehn

Jahren trank und mich plötzlich daran erinnere – nicht, dass es mir plötzlich «einfällt» –, nein, ich erinnere mich, als würde ich mit einer einzigen Bewegung den Vorhang hochziehen und alles vor Augen haben. Normalerweise erinnere ich mich an wenig, und hier jetzt plötzlich an alles.

Ich erinnere mich an den chemischen Geruch des Klos in der Transsib und das Leichengrün, mit dem dort alles gestrichen ist, sogar das Fensterglas.

Ich erinnere mich an den aufgeheizten Beton auf dem Bahnsteig, irgendwo in Belarus, ich weiß nicht mehr, wo, aber ich erinnere mich an diesen heißen Beton, den Stapel Rucksäcke, Goretex und Polarjacken, und das Warten, Warten, Warten, erträglich gemacht mit Baltika. Der Milizionär, der misstrauisch unsere Pässe kontrollierte: Blick in den Pass, Blick in meine dreiundzwanzigjährige Visage, Blick in den Pass und wieder in meine Visage, den Pass, die Visage, na gut, meinetwegen, fahrt. So alt bin ich, dreiundzwanzig, noch nicht mal, zweiundzwanzigeinhalb. Eine Freundin habe ich. Eine Frau nicht. Dafür fünfhundert Dollar für anderthalb Monate, gemeinsam mit meiner Freundin, die in Shorts auf dem Beton neben mir sitzt, an einen großen Rucksack gelehnt, und etwas in ihr Notizbuch zeichnet. Ihre Schenkel sind braun gebrannt. Ich habe zottliges Stroh in der Farbe nassen Heus auf dem Kopf, Übergewicht, den Kopf voller Chateaubriand und Tocqueville, lese Bellows *Humboldts Vermächtnis*; und ich habe jetzt den Eindruck, als wäre ich zu dieser Zeit gerade erst auf die Welt gekommen, langsam und unter Wehen.

Danach Moskau und große Empörung, weil sich herausstellt, dass ein Kumpel irgendwelche Joints geschmuggelt hat, Empörung nicht deshalb, weil wir keine Joints mögen, sondern weil wir uns vor unserem geistigen Auge schon in Ketten nach Sibirien abtransportiert sehen, für seine dämlichen Joints; aber danach im dreizehnten Stock des Moskauer Studentenheims rauchen wir diese Joints auf dem Balkon, trinken Baltika dazu und gucken, und auf der einen Seite reicht die Stadt bis zum Horizont, auf der anderen geht der Wald bis zum Horizont, wie ein Ozean von dunkelgrünen Broccoli, alle Empörung ist uns vergangen, denn so etwas haben wir im Leben noch nicht gesehen, wir stehen da und gucken und begreifen nichts. In mir aber setzt sich etwas ab von diesem Blick auf den Wald und die Stadt, eine noch nicht diagnostizierte und nicht bewusst gewordene Weisheit.

Dann der Kasaner Bahnhof, die Zugbegleiterin, furchteinflößend wie aus einem Film des seligen Balabanow, die Reisepässe, wieder die konzentrierten Beamtenblicke, Foto, Visage, Foto, Visage, okay, poschalujsta, fahrt.

Und los geht's, dann M.s Gebrüll zu den versammelten Vollidioten, wo ist, verdammte Scheiße, mein Rucksack, ihr Idioten, ihr solltet ihn vom Bahnsteig mitnehmen, als ich die Fahrkarten umschreiben hab lassen, doch ihr habt gedacht, nein, was zur Scheiße habt ihr denn gedacht, dass er sich selbst in den Zug trägt …! Also große Rettungsaktion für den Rucksack von M., der in Badelatschen, Shorts und T-Shirt in die Eroberung Sibiriens und der Mongolei loszieht, ausgestattet einzig und allein mit einem Beutel voll Dollars, und nicht mal mit allen, denn zwei Hunderter waren im Rucksack gehortet. Wir haben ein Handy, Eltern haben es uns gegeben, damit wir Kontakt halten können, wir rufen am Bahnhof an, und angeblich bringt jemand diesen Rucksack vom Bahnsteig in die Gepäckaufbewahrung. Vier Stunden später steigt M. in Kasan aus und fährt nach Moskau zurück, wir verabschieden uns, als wäre dies eine riskante Expedition, als würde Livingstone sich von Stanley verabschieden, es ist eine ernsthafte Sache, auch wenn sie es überhaupt nicht ist. Wir warten auf dich, Bruder, in Irkutsk. So die Verabredung. Bis du kommst. Täglich werden wir zum Bahnhof gehen und Ausschau halten, ob du angekommen bist, Bruder. Wir sind jung, keine Eile, wir haben Zeit.

Und wir fahren weiter, trinken Baltika im Restaurant, und M. begibt sich in die Obhut fürsorglicher Milizionäre in Kasan, die sich auf Russisch wunderbar mit ihm betrinken und ihn im Arrest unterkommen lassen. Zurück in Moskau, findet er seinen Rucksack wieder, aus dem eine fürsorgliche und edelmütige Hand das Essen herausgenommen und vor dem Verderb bewahrt, die versteckten Dollar dagegen nicht angerührt hat, dann findet er wie durch ein Wunder ein Ticket für einen nächsten Zug, und wir treffen M. in Irkutsk, als wäre nichts gewesen, und fahren an den Baikal, als wäre nichts gewesen, und später weiter, in die Mongolei.

Wir fahren.

Ich erinnere mich: das aufgeschwemmte, fast flache Gesicht der frühgealterten burjatischen Neurochirurgin, die auf der Nachbarpritsche reist und mit der wir in gebrochenem Russisch über das Leben und über nichts reden, und wieder setzt sich etwas in mir von diesem Gespräch ab, eine nicht bewusst gemachte Weisheit.

Wir fahren: im Zug, mit dem UAZ, zu Pferde.

Weiter.

Ich erinnere mich, als spürte ich sie jetzt am Rücken, die frostige Luft, die in das Zelt am Ufer des Chöwsgölsees im mongolischen Sajanagebirge drang, die Nässe in den Schuhen, die ich anziehe, wenn ich vor allen anderen aufstehe, erinnere mich an das Yak mit einer Schnauze wie Beelzebub höchstselbst, der mich anstierte, und erinnere mich an das Rentier mit dem bemoosten Geweih, das mit einer schmerzhaft kurzen Leine angebunden war, teilnahmslos wie ein Leichnam. Yak und Rentier treffe ich im Morgengrauen, auf dem Weg zum See, und dann treffe ich die Nachtfalter auf dem Wasser, ein weißer Pelz von riesigen, toten Faltern, vom ruhigen, kontinentalen Wellenschlag geschaukelt. Tausende, Hunderttausende, Millionen, ich weiß es nicht. Viele. Am Ufer ist der See weiß von Nachtfaltern.

Häufig träume ich von diesen weißen, toten Faltern im Wasser des Chöwsgölsees und denke an sie. An ihre weit ausgebreiteten Flügel, die sich mit der Brandung bewegen. An mich selbst, der sie betrachtet. Gehöre ich derselben Ordnung an, deren Rhythmus und Sinn die Bewegung nasser Falterflügel bestimmt, oder befreit mich etwas von der Macht, die über das Yak, das Rentier und die Falter herrscht?

Damals hatte ich eine klare Antwort. Heute nicht mehr.

Ich betrachte das alles und verstehe nichts, denn ich bin dreiundzwanzig und bin und bleibe dumm, aber in dünnen Schichten setzt sich das in mir ab, die Weisheit des «weißgrünen Gottes der Gletscher», die Weisheit des Baltik-Bieres, des Rentiers, des Yaks und der toten Nachtfalter, der Burjatin und des Broccoli-Waldes bis zum Horizont, eine Weisheit, zu der ich damals keinen

Zugang fand und weiterhin keinen Zugang habe, die aber in mir ist und sich mir irgendwann öffnen wird, und dann werde ich wissen.

Nicht alles zwar, aber viel.

*

Ich koche Brühe. Brühe ist wichtig. Vielleicht überhaupt eines der wichtigsten Dinge im Leben, vergleichbar mit dem Schuheputzen. Ich höre zum wiederholten Male die neue Platte von Depeche Mode. Habe die zweite Flasche geöffnet. Schaue auf die schwarzen Felder da draußen; sie sind dort, das weiß ich, auch wenn ich sie nicht sehen kann. Ich warte auf Freunde, die gegen neun in Warschau losgefahren und angeblich schon an Tschenstochau vorbei sind. Ich lese ein bisschen Pound. Lese ein bisschen Kavafis. Lese ein bisschen Facebook. Denke an den gestrigen Abend, an *Dumanowski side A and B* im Alten Theater, zwei Vorstellungen, die eine bringt den Roman des Freundes schön zum Klingen, die andere weniger. Danach ein paar amüsante Qui pro quo, danach Trinken und Schlendern durchs nächtliche, ausgestorbene Krakau, ein bisschen kluge Gespräche, viel fröhliches Geschwätz und Gewitzel, harmlose Provokationen. Erfolglos. Mir tut der Rücken weh. Ich trinke meinen Wein. Es gab Reserva, jetzt ist er alle. Ich denke an Łukasz Orbitowski in Afrika und seine Berichte von der Reise. Ich denke an Łukasz Orbitowski als einen Menschen, der unzerstörbar und zugleich wehrlos ist. Mein Körper drückt. Gestern haben wir Wodka Sour getrunken und waren die ältesten Gäste im ganzen, ziemlich schäbigen Lokal.

*

Auf der Rolltreppe im Bahnhof eine Dame zu einem Herren: «… wenn man bisweilen einem Menschen begegnet, dann kümmert man sich doch um ihn, verstehst du, dann liegt einem daran …» – und fährt weiter nach oben, ich nach unten. So haben wir uns verfehlt.

*

Casablanca ist eine Stadt, das ist das Wichtigste. Sie ist arm und reich zugleich, und für die Marokkaner – schreibt Tahir Shah – ist sie französisch, für die Franzosen afrikanisch.

Nach acht entvölkern sich auf einen Schlag die zuvor belebten Straßen, die voller modernistischer Denkmäler des französischen Kolonialstolzes stehen – es ist Ramadan, die Gläubigen gehen nach dem Fasten am Tag Iftar essen. Natürlich verstehe ich nichts von dieser Stadt und werde vermutlich nicht einmal versuchen, etwas zu verstehen. Mich interessiert nicht mehr viel, ich muss nichts mehr verstehen, ich will einfach *sein*. Vielleicht habe ich mich damit abgefunden, dass ich nichts verstehen werde, sosehr ich es auch wollte.

Also gehe ich die leere Straße entlang – nicht einmal Taxis sind da, keines der weißen «Mercedes-Fässer», der kleinen roten «Petit Taxi» und der vielen Dacia Logan, von denen die breiten Palmenalleen tagsüber wimmeln. Auf der Straße vereinzelte Passanten, apathisch wie alle hier. Ich verstehe nichts. Ich muss nicht. Wir gehen zum Abendessen zum Hafen, im Hafen duftet es nach Ozean, stinkt es nach Fisch und Algen. Wir setzen uns und essen, das Restaurant gut besucht und europäisch, dafür darf man rauchen, wie überall hier, also rauchen wir, genießen diese kleine, anachronistische Freiheit, essen riesige Garnelen und schöne Langusten, deren lange, dünne Zangen wir zerknacken und auspulen und aus denen wir kleine, aber saftige Stücke von Meeresfleisch heraussaugen.

Essen assoziiere ich ohnehin mit Sex, das Essen von Krustentieren mit den Händen erst recht: Finger und Lippen, Saugen, Zerbrechen, Ablecken, Zerreißen von Panzern, um an die darunter versteckten Schätze zu gelangen, und der Meeresgeschmack, und dann der Teller mit den Resten wie zerwühltes Bettzeug und in Eile heruntergerissene Kleider, das Gefühl der Befriedigung, man leckt sich die vom Saft klebrigen Lippen und Hände.

Zu den Krustentieren zwei Flaschen hiesigen, marokkanischen Weins. Ich weiß nicht, was das für einer ist, kümmert mich nicht besonders, weiß und kalt ist er, in einem Eimer mit Eis. Zum Wein rauchen wir von zu Hause mitgenommene Djarums. Dann Dessert und Kaffee. Das alles ist keine Spur marokkanisch, arabisch oder berberisch, dies ist einfach eine bei Europäern beliebte Kneipe mit Meeresfrüchten in einem Fischerhafen, ich brauche keine Authentizität, mich interessiert nicht, wie es in Wirklichkeit ist, und im Grunde interessieren mich auch Marokko, der Islam, die Araber, die Berber, die Juden, die Franzosen und ihre bewegte Geschichte nicht, mich interessiert mehr das Fleisch in Langustenhülle und zum Beispiel die gerundete Ecke des modernistischen Mietshauses, wo heute das Café Romano ist, an dem wir vorbeikommen, leicht betrunken und vollgegessen, nachts auf dem Weg ins Hotel. Auf der Straße keine Touristen, denn das ist keine touristische, sondern eine lebendige Stadt, deshalb macht sie einen eher hässlichen Eindruck. Auch nach Mitternacht sind die Straßen belebt von einer vielstimmigen, summenden, vom abendlichen Festmahl angeregten Menge. Die Kaffeehaustische sind besetzt, alle trinken Cola, Saft und Pfefferminztee, lesen Zeitung, spielen mit den Kindern, auf begrünten Plätzen ganze Horden von Kindern, die Mütter wie Glucken dicht gedrängt auf Bänken, die Männer im Café. Alle Augenblicke spazieren europäisch herausgeputzte Mädchen paarweise oder zu dritt vorbei, Dekolletés, enge Jeans auf knackigen Popos, da gehen die Mädels stolz und herausfordernd, und kein Mann blickt auf, die sind mit sich selbst beschäftigt. Echte Schönheiten sieht man keine auf den Straßen. Die sind gewiss irgendwo unter Verschluss, oder mir gefällt einfach niemand und nichts mehr. Wir sitzen, trinken süßen Minztee. Zigaretten.

Ein schmutziger Bettler hat eine einzige Ray Ban *(original, mister, good price)* sowie zwei gebrauchte Kugelschreiber zu verkaufen. Ein dreizehnjähriger Junge will mir die Schuhe putzen. Ein dynamischer Unternehmer wirft drei Pinienkerne auf unseren Tisch, auf die nächsten Tische ebenso, als Probe der Ware, von der er einen ganzen Sack auf dem Rücken trägt. Auch ein gespenstischer Verkäufer von Gag-Spielzeug, das vermutlich erheiternd wirken soll, mich aber entsetzt: eine Brille mit Plastikschnurrbart, versetzt mit blau und rosa pulsierenden Leuchtdioden, und wenn man pustet, entfalten sich links und rechts vom Plastikschnurrbart zwanzig Zentimeter lange, bunte Spiralen. Erinnert mich ein wenig an die Schnurrhaare der Langustenköpfchen, die wir gerade verzehrt haben.

Wir sitzen, trinken, dann gehen wir weiter, Alleen und Palmen, Gesichtsschleier, Djellabas und kurze Röcke, gegeltes Haar, Anzüge und sämtliche Schattierungen des Teints. Im klimatisierten Hotelzimmer schlafe ich auf der Stelle ein und träume ausschließlich von Dingen, die in Polen geblieben sind, so als wäre ich gar nicht hier. Am anderen Morgen wache ich auf und weiß mehrere Minuten lang nicht, wo ich bin.

*

Mit dem Zug durch die Wüste. Fünfzig Kilometer von Casablanca keine Spur mehr vom zauberischen Meeresklima, von Bäumen und Brisen. Alles weggebrannt. Agaven und Opuntien, trockenes Gras, Esel, die mehr tot als lebendig aussehen, im Herzen des Nichts an einen kurzen Pflock gebunden, nirgends ein Hauch von Schatten. Ich höre geradezu, wie sie austrocknen in dieser Sonne. Die Augen unter Eiterschichten, die lückenhaften Gebisse in den offenen Schnauzen sehen fast schon so aus, wie man sie später auf der Erde findet, im Staub. Und Menschen mit Mumienhaut, im Schatten sitzend, erschöpft vom Ramadan, nicht lebendiger als die Esel und ebenso vertrocknet. Ruinen von Kasbahs und Riads. Neue Häuser aus Hohlziegeln, verputzt im Farbton sonnengebleichten Lehms. Überall Müll, blaue und weiße Säcke, Fetzen von diesen Säcken, so viele, als wären es Früchte der Erde. Felsen. Rote Erde. Vertrocknete Flussbetten. Staub. Hölle. Sonne.

Das alles vom Zug aus. Im Riad von Marrakesch, im Innenhof, ganz andere Gedanken. Das Zentrum der Medina – der Altstadt – wirkte nicht wie vom Tourismus verdorbenes Kunsthandwerk. Die Gassen sind oft nicht mehr als Korridore zwischen den Stockwerken der Häuser, überquellend an Kindern und kleinen Läden mit allem möglichen Schnickschnack, aber das Flanieren dort hat nichts mit einem Spaziergang auf der Straße gemein. Man geht wie durch den Korridor eines fremden Hauses, oder eher wie durch ein labyrinthisches Gewirr von Korridoren. Ganz fehl am Platze.

Aufdringlich hilfreiche Jünglinge führen nur zu gern durch dieses Labyrinth und verlangen dann absurde Summen, um sich am Ende mit einem Bruchteil zufriedenzugeben. Kein Wunder – jeder Bettler versucht, einen hier übers Ohr zu hauen, und oft gelingt es ihm. Ermüdet von der Aufdringlichkeit, zahle ich dafür, dass sie endlich abhauen, zahle widerwillig, aber keineswegs traurig, mir lag gar nichts daran, dass sie authentisch nett zu mir wären, ich erwartete von ihnen keine echte Herzlichkeit, empfinde auch nichts dergleichen für sie, ich will keine neuen Menschen kennenlernen, will nicht aus ihrem gebrochenen Englisch auf ihr Leben und ihre Ansichten schließen, habe nicht die geringste Lust, sie zu Hause zu besuchen, wohin sie angeblich gern einladen, und freue mich, dass sie das nicht tun.

Ich will dieses Land wie durch Fensterglas betrachten, will nicht der Illusion erliegen, ich könnte ein bisschen, zwei Wochen lang das Leben einer anderen Welt, einer anderen Zivilisation leben, ich will ihre Sitten nicht kennenlernen, will mich hier fremd und nicht zu Hause fühlen, und genau das tue ich, und so gefällt es mir. Früher einmal bin ich anders gereist, ich habe stundenlang in den Jurten unserer mongolischen Gastgeber gesessen und sorgfältig die innere Organisation der Jurte betrachtet (innen sich nur in einer Richtung bewegen, im Uhrzeigersinn, Frauenbereich und Männerbereich und so weiter), habe Weihgeschenke auf Owoos gelegt, wollte mich anfreunden, verstehen, herausfinden, was wir gemeinsam haben.

Jetzt will ich nicht. Ich bin hier ein Alien und will ein Alien bleiben.

Vielleicht passt mir deshalb der geschlossene Raum des Riad so sehr, der als Hotel fungiert, dem aber jegliche Hotelatmosphäre abgeht. Plötzlich verstehe ich, wie sehr den lichthungrigen Häusern Nordeuropas das Private fehlt – so wie meinem Haus auf den Feldern, der kraftlosen Sonne nach drei Richtungen geöffnet.

Der Riad hat nach außen nur Mauern, die mit den Mauern anderer Häuser verschmelzen. Von der Gasse kann man nicht erkennen, wo das eine endet und das andere beginnt. Die Fenster gehen nur auf den Innenhof. Im Erdgeschoss zwei Höfe. Einer mit Springbrunnen und Apfelsinenbäumchen, dort nehmen wir das Frühstück. Im anderen ein kleines Schwimmbecken in Form eines Schlüssellochs, ausgelegt mit einem Mosaik im Hamamstil, marokkanischer Putz und Schnitzerei in der Galerie im ersten Stock, in den Töpfen stehen Palmen, daneben Strohsessel, Sofas, Shishas und Kürbislampen. Kein Straßenlärm dringt hier her. Die tiefen Brunnen der Höfe mit Schwimmbad und Springbrunnen wirken auf geheimnisvolle Weise wie eine Klimaanlage. Das Personal ist auf ganz unhoteliere Art zu Diensten – keine Höflichkeit nach Vorschrift, sondern eine diskrete, distinguierte Liebenswürdigkeit und Sorgfalt, die großen Eindruck auf mich macht, so als hätte ich es mit einem englischen Kammerdiener aus *Downton Abbey* zu tun. Ein gutes Dutzend Gäste mögen hier sein, und da die kleinen, wunderbar dunklen Zimmer eher nur zum Schlafen dienen, halten sich alle im Hof auf, doch – Gott sei Dank – herrscht hier nicht die unerträglich kumpelhafte Atmosphäre von Backpacker-Hostels, die überall auf der Welt gleich quälend ist. Hier sind alle überaus zurückhaltend, verneigen sich leicht, *Bonjour, Bonjour,* sprechen mit gedämpfter Stimme, um niemanden zu stören, warten geduldig, um ins Schwimmbecken zu steigen, auch wenn Platz für alle ist; und niemand versucht, sich anzufreunden, *«travel tips»* zu tauschen oder von seiner Arbeit und seinem Leben zu erzählen. Drei leicht gealterte, wiewohl gutaussehende, bärtige Jünglinge aus Portugal. Ein sechzigjähriges Lesbenpärchen aus Frankreich dämmert auf einem Sofa am Schwimmbecken, ist teilnahmslos und zärtlich zueinander, wie es sich für alte, vom Leben und von sich selbst schmerzhaft geprüfte Ehepaare ziemt. Eine englische Familie mit zwei halbwüchsigen, sehr gut erzogenen Kindern. Wir. Ein Paar stiller Amerikaner, ohne Alter und Eigenschaften, mit denen man sie beschreiben könnte – abgesehen von ihrer Stille. Jeder für sich, diskret, ruhig. Und ich gucke ihnen nur zu, kleiner, dummer Peeping Tom.

Abends treibt uns der lautsprecherverstärkte Gesang des Muezzins von der nahegelegenen Moschee hinaus, es ist Zeit, etwas zu essen. Mit Mühe drängen wir uns durch die Medina, trampeln beinahe über die Kartons, auf denen Bettler schlafen oder etwas zu sich nehmen, dann essen wir an einem Straßenstand, und dieses Essen ist nicht besonders gut, nur das Rindfleisch aus dem Tajine ist gut. Dann sehen wir einem Abendgebet zu, der Imam (oder wer immer diese Gebete leitet) singt erschütternd, in diesem Gesang liegt die Melodie der Wüste, auch wenn das natürlich eine dumme und primitive Assoziation aus amerikanischen Filmen ist – diese ersten Einstellungen aus der Vogelperspektive, Minarette, Sonnenaufgang und so weiter.

Und ich finde gar keinen Gefallen an diesem nächtlichen, überfüllten Marrakesch, obwohl das doch die Quintessenz des Maghreb ist, aufdringliche Verkäufer, aufdringliche Berberinnen mit Henna in Spritzen für die Haut, *foryourlady, forgoodsex.* Ich gehe durch das alles hindurch wie durch ein Skurrilitätenkabinett oder eine kitschige Geisterbahn auf dem Rummel, am Ende kehren wir in den Riad zurück, auf den Hof, und ich atme im Schwimmbad erleichtert auf.

Ich finde Zuflucht vor Afrika in Fallacis *Hut voller Kirschen* und schlafe unter dem dünnen Laken rasch ein.

Ich träume nichts.

Ich erwache sehr früh und weiß wieder nicht, wo ich bin.

*

Ein Eisbär im Becken, im Zoo. Er schwimmt hin und her, ich stehe in dem gläsernen Tunnel unter dem Wasser, der Bär schwimmt und taucht über mir. Grazie und Macht, und die unbewusste Frustration des Raubtiers in Gefangenschaft. Jünger schreibt, man solle nicht der Illusion erliegen, dass der Geist sich nur im Menschlichen offenbare: Was für ein Geist also offenbart sich in dem in ein Luxusverlies gesperrten Bären, der nie Hunger verspürt und nie über den zugefrorenen arktischen Ozean jagt, dem Duft des Weibchens oder des Blutes nach?

Am Fußgängerübergang bei Rot hält ein Mädchen auf dem Rad. Sie stützt sich nur auf die Zehen des rechten Fußes, wie eine Balletttänzerin auf dem Spitzenschuh, und diese Anspannung von Oberschenkel und Wade, des geraden Rückens und der Bogen des Fußrücken haben etwas ungemein Zauberhaftes, im Wortsinne, es ist wie ein Fluch, ein Zauber; in Wirklichkeit sind es nichts als die dunklen Gesetze der Natur. Gleichzeitig liegt etwas Tierisches darin, wie die unter der Haut angespannte, zuckende Muskulatur des Raubtiers, das der Beute auflauert.

Aber vielleicht geht der Begriff des Tierischen hier fehl. Vielleicht ist es die Grazie des sich biegenden Schilfrohrs, das Rauschen der Brandung, der Zauber des Polarlichts. Die Rundheit des Kieselsteins.

Ich sehe zu, wie das Mädchen sich mit den Zehen abstößt und weiterfährt, ohne einen Augenblick das Gleichgewicht zu verlieren, und denke an den Eisbären, der unter Wasser geschickt wendet, sich von der Wand abstößt, vier Züge mit den Vordertatzen, erneute Wende, diesmal mit Luftholen, der weißblaue Pelz wellt sich unter dem Wasser wie der Weizen vor meinem Fenster, ehe er gemäht wird.

*

In der Luft feiner Schwebregen und Nebel, nasses Gras, nasse Bäume, nasser Sand, die Erde verbindet sich mit dem Himmel in einem nassen Gradienten.

Ich gehe über den Schotter, es knirscht nass, ich gehe Brötchen für die drei Jungs holen, die in meinem Wohnzimmer seit sieben Uhr in der Früh die morgendlichen *Star Wars* über den Beamer gucken. Ein Cousin übernachtet bei meinen Söhnen, deshalb gelten Ferienregeln. Ich gehe. Die Zigarette vor dem Frühstück, sehr schmackhaft, und klar, warum. Rausch und Kälte.

Vor dem kleinen Laden trinken bekannte Nihilisten ihre ersten Żubr-Biere. «Tag …», grüße ich höflich und denke, dass ich mich gern ihnen anschließen und mit dem üblen Bier im Regen vor dem Laden stehen würde, aber das ist ja doch nur eine kleine Selbstlüge, um meine morgendliche Stimmung aufzubessern. «Ja, Tag, Tag …», antworten sie unisono und heiser und kehren zu ihrer Konversation zurück: «Der hat sie gefunden, ich sag dir, er war's, ich hab ihn in die Pilze gehen sehen …», höre ich im Vorübergehen und denke mir, es muss unbedingt eine Frauenleiche gemeint sein, denn neulich wimmelte es in Wielopole von Streifenwagen, und da es regnet, hat es genauso gut auf einen nackten, ermordeten Körper regnen können. So etwas kommt mir in den Sinn, zu viele Serien gesehen, aber als ich mit Brötchen und Ketchup aus dem Laden komme, stellt sich heraus, es geht nicht um eine tote, sondern eine lebendige, und nicht um eine Frau, sondern um ein Kätzchen. Und die tapferen Polizisten jagten irgendwelche Einbrecher, fällt mir jetzt ein. Einem der praktizierenden Nihilisten läuft eine Träne über die Wange, so gerührt ist er von dem wiedergefundenen

Kätzchen, aber vielleicht kommt mir das nur so vor. Die schütteren, silbrigen Bartstoppel auf dieser Wange außer der möglichen, aber nicht evidenten Träne und dazu ein bisschen Schmutz. «Vier Semmeln», kommentiert der Nihilist melancholisch den Inhalt meines Einkaufsnetzes. Stimmt, vier, sage ich und latsche weiter, mit jedem Schritt unsicherer, ob ich den nächsten schaffen werde, aber doch, natürlich, ich schaffe ihn und schmiere schon Butter auf die runden Brötchen, lege Käse auf Schinken und verfolge mit einem Auge, wie irgendwelche ausgestrahlten Halbidioten sich auf der Wand mit Lichtschwertern beharken.

*

Früher Morgen in Grochów. Ein Taxifahrer, so sauer, als hätte er Geld verloren, fährt mich zum Radio.

«So ein Typ im Müllwagen. Verdient nur eins in die Fresse, bis er zur Räson kommt, verstehen Sie, zusammenhauen wie ein Stück Scheiße.»

Im Müllwagen guckt ein Mann im orangefarbenen Overall ungerührt aus der Höhe von Fahrerkabine und Fach auf den Taxikutscher herab. Im Taxi zeigt die Signalleuchte einen niedrigen Ölstand an, und in einem fort piept der Alarmton, der Gleiches besagt, nur lauter.

Der Taxifahrer brüllt einen Busfahrer an.

«Scheißer du, lässt mich nicht rein?»

Er atmet sehr schwer, wie ein Asthmatiker. Greift sich ans Herz. Alle Augenblicke schaltet er den Motor aus und an, sogar während der Fahrt, dann hört der Alarm einen Augenblick auf, das Auto ruckt und rüttelt.

«Hast du gesehen, dieses Arschloch, fährt vierzig! Na hören Sie mal, vierzig, so eine Sauerei!»

Nebel über der Weichsel. Ein Säufer sitzt am Bordstein, mustert die eigenen, zitternden Hände.

«Und so ein Arsch fährt Bagger, fährt, wenn er fahren könnte!»

Etwas muss passieren.

*

Auf der Buchmesse in Belgrad sitze ich am polnischen Stand. Ein Typ von etwa siebzig Jahren kommt an, Weste mit hundert Taschen, Baumwollbeutel, schwarz gefärbtes Haar.

«Ich heiße X und bin ein anerkannter serbischer Schriftsteller, einer der bedeutendsten Vertreter der zeitgenössischen serbischen Literatur», stellt er sich ohne überflüssige Einleitung vor.

Wir verstummen. Dass ich mich nicht auskenne, ist klar – aber die literarisch bestens orientierte serbische Dame, mit der ich mich gerade unterhalte, hat auch keinen Schimmer. Das kann ich dem vielsagenden Blick entnehmen, mit dem sie seine Ansprache übersetzt.

«Ich schreibe monumentale Werke», sagt der serbische Schriftsteller, ein bisschen in die Luft hinein.

Wir nicken.

«Gaspadin», wendet er sich an mich, «man sagt oft von mir, ich sei der serbische Shakespeare.»

«Was Sie nicht sagen», antworte ich lächelnd.

Der serbische Shakespeare schweigt einen Moment und sieht mich würdevoll und mit verdientem Stolz an.

«Das hier sind meine Werke», verkündet er und zieht einige vermutlich im Selbstverlag herausgegebene Broschüren aus dem Beutel.

«Dies ist ein großes Werk über die Frauen und ihre Natur. Dieses wiederum über die Quellen unserer Zivilisation. Bitte denken Sie daran», betont er, «man sagt von mir, ich sei der serbische Shakespeare. Ich bin der Meinung, dass auch der polnische Leser die Chance haben sollte, sich mit meinen Büchern bekannt zu machen. Im Namen der Einheit der slawischen Völker.»

«Natürlich …», stimme ich eilig zu. «Im Namen der Einheit.»

Die Dame vom polnischen Stand nimmt ganz ernsthaft seine Daten auf, der anerkannte serbische Schriftsteller entfernt sich würdevoll zum nächsten Stand, und der Zettel mit seinen Koordinaten landet gleich anschließend im Papierkorb. Mir aber wächst im Bauch und in der Brust eine große, schwarze Trauerbeule, und mir ist gar nicht, aber auch gar nicht zum Lachen zumute. Ich ringe um Atem.

*

Arztpraxis, Labor. Am Morgen. Dezember. Polen. Eine Schlange. Alle mit nüchternem Magen. Anmeldung. Blut in Ampullen. Behälter mit Harn und Kot auf der Theke. Auf dem Stuhl ein Greis, der früher einmal gut ausgesehen haben muss: gestutzter Schnurrbart, Aureole weißer Haare um den kahlen Kopf, morsche Krawatte. In der bebenden Hand ein Zellophanbeutel, im Beutel ein Glas, im Glas gelbe Flüssigkeit. In den Ohren Wattebäusche.

Er stammelt. Eine fünfzehn Jahre jüngere Frau um ihn herum. Als sie gehen, lässt er ihr an der Tür den Vortritt und stolpert dann über seinen eigenen Stock.

# 2014

Der Herr Taxikutscher klein, geschätzte dreißig, pausbäckig mit Stupsnase. Er sitzt bei dem Frost mit T-Shirt in seiner Taxe. Ums Handgelenk Gold, reichlich.

Kaum habe ich die Tür zugeschlagen, dreht er die Musik voll auf und fährt mit solchem Quietschen los, wie es der Motor des schon in die Jahre gekommenen Toyota erlaubt, und fängt an zu quasseln: «Gleich zeig ich Ihnen so einen Schlitter, so sind Sie noch nie im Leben Taxi gefahren. So werd ich Sie kutschieren, glauben, mein Hübscher, gleich zeig ich's Ihnen!»

Nach den ersten, im Stakkato eines deutschen MGs herausgebellten Sätzen bin ich fast sicher: Der Herr Taxikutscher ist auf Speed. Obwohl, vielleicht ist er auch einfach nur Warschauer. Wir fahren.

Die Kurven durchschlittert, «durchgefegt».

«Uuuuuhaaa, da geht die Kacke ab!»

Ich freue mich wie ein Kind, habe schon lange nicht so viel Spaß im Auto gehabt.

«Haben Sie gesehen, au Mann, was für eine Möse, ein

Bild von einem Möschen, ich kack ab, diese Beine, au Mann, haben Sie gesehen, die Strumpfhosen, Mann, und was für eine entzückende Schnute, eh!»

Er hupt, öffnet das Fenster, ruft: «Ich liebe dich, meine Kleine, du bist mein», und wir fahren weiter.

Das Mädchen lacht. «Meine Fresse, das war eine, oder? Scheiße, hab mich verliebt!»

Ich bin begeistert, würde gern klatschen, brülle aber nur vor Lachen. Kurve, Feger. «Wow, Mann, mein Ehrgeiz als Taxifahrer ist es, so ein Möschen von der Straße zu schnappen, verstehen Sie, keine Kundin, Kundin ist keine Kunst, ich bin hässlich und klein, aber im Auto sieht man nicht, dass ich klein bin, bin nicht aufs Maul gefallen, so eine steigt ein, und ehe wir da sind, gehört sie schon mir, Telefonnummer und alles; aber ich will gerade so eine von der Straße aufpicken und gleich ab ins Bett mit ihr, das ist mir noch nie gelungen, sind misstrauisch, Scheiße, haben Angst, aber ich sag Ihnen, Mann, ich werde es schaffen, denn ich bin ehrgeizig, Mann. Und ich sag Ihnen, ich hab schon viele von denen gehabt und die weibliche Psyche studiert, obwohl, viel zu studieren gibt es da nicht, sie mögen sich einfach nicht als Nutte fühlen, sondern wollen jemand Tolles sein, und bei mir fühlen sie sich nie als Nutte, mein Hübscher, sondern als was Tolles, ooooach, wumms, ham Sie gesehen, also genau so sieht das aus, und ich sag Ihnen, ich gable so eine noch auf, denn wenn ich mir was vorgenommen habe, dann klappt das auch, Mann.»

*

Sloterdijk zu lesen, bereitet mir Vergnügen, eines der perversen Art und daher umso größer; leider taucht dann, eher früher als später, immer ein Terminus in der Art von «anthropofugaler Raum» auf, und der Zauber platzt, als würde man unvorsichtig ein Gespräch mit jemand Interessantem und Attraktivem beginnen, der dann schon bald Heidegger und die Vorsokratiker zitiert, lange Fragmente von T. S. Eliot oder Jim Morrison aufsagt und behauptet, niemand verstünde die Gegenwart so gut wie Madonna.

*

Hinter meinem dreijährigen Sohn ist ein Löwe her.

Manchmal schaut Jasiek vom Kinderfilm auf dem I-Pad auf, zeigt mit dem Finger in die Ecke und sagt ruhig und ernsthaft: «Da ist Löl!»

Ich sehe dann die im Dunkeln leuchtenden Katzenaugen unter dem Schrank, das Maul voll scharfer Zähne und stinkendem Atem, die gewaltigen Pranken und scharfen Klauen.

Der Löwe ist hinter meinem Sohn her, wenn wir Auto fahren, sogar auf einer weiten Reise.

«Da Löl! Er kommt!», sagt Jasiek aus dem hinten festgezurrten Kindersitz und zeigt auf ein Gebüsch an der Straße.

Immer einen Schritt hinter ihm.

Jasiek fürchtet sich manchmal vor dem Löwen. Manchmal schießt er auf ihn mit einer vom Finger geformten Pistole, die ebenso real ist wie der Löwe, also sehr real. Ich frage dann:

«Hast du den Löwen erschossen?»

«Nein», antwortet Jasiek.
Der Löwe lässt sich nicht erschießen.
Dort. Kommt. Der Löwe.

*

Je älter ich bin, auf desto mehr habe ich keine Lust. Keine Lust auf Bier, denn es gibt Wein und Wodka. Keine Lust auf getunte Zweiliter-Turbo-Motoren, denn man kann ja einen V8 fahren. Keine Lust auf Cioran, denn alles Lesenswerte von ihm steht schon auf hundertfünfzig Seiten der *Maximen des Herzogs* von La Rochefoucauld. Keine Lust auf neue Musik, denn ich habe genug ältere. Keine Lust zum Beispiel auf Anna Calvi, weil PJ. Keine Lust auf Schlesien, weil Warschau. Keine Lust auf Warschau, weil Schlesien. Keine Lust auf neue Romane, weil ich schon die alten gelesen habe, auch wenn ich eine Ausnahme für *Die tausend Herbste des Jakob de Zoet* gemacht habe und es nicht bereue, das war schön; und so pflege ich hartnäckig eine der wenigen mir erreichbaren Tugenden – die Inkonsequenz.

*

Mein älterer Sohn ist nach Ansicht der besorgten Vorschulerzieherin völlig *out of context.* «Er lebt in seiner ganz eigenen Welt.» Was für eine Überraschung, sein Großvater lebt in seiner ganz eigenen Welt, ich lebe in meiner ganz eigenen Welt, in was für einer Welt sollte dieser hell- und langhaarige Welpe leben, wenn nicht in seiner eigenen, ganz besonderen?

Es freut mich, dass er schon gelernt hat, sich diesen Panzer aus halbdurchlässigem Glas zu bauen, der es immer neuen Sensibelchen meiner Familie gestattet, in der Realität zu funktionieren, und zwar trotz ihrer evidenten Loslösung von derselben ganz erfolgreich.

Ich frage mich, was für einer mein Großvater Oskar Twardoch war, an den sich fast niemand mehr erinnert, nur meine alte Tante Marta noch, weil schon über sechzig Jahre vergangen sind, seit er gestorben ist, und mehr als zehn Jahre seit dem Tod seiner Frau Melania. Tante Marta sagte, 1944 hätten sie Oskar zur Wehrmacht eingezogen, weil er «irgendwie nicht mehr zur Flak» ging, der er zugeteilt war, und das Bergwerk ihn nicht länger vor der Einziehung bewahren konnte; den Rest des Krieges habe er dann in Befestigungseinheiten des 88. Armeekorps verbracht, später in amerikanischer Gefangenschaft, um dann den Tetanus und das Bergwerk nach einem Unfall in demselben nicht zu überleben. Vielleicht also war er genauso. Denn weil «er irgendwie nicht mehr zu Flak ging, haben sie ihn zur Wehrmacht geholt».

Vielleicht war schon zu Zeiten der Schlesischen Kriege irgendein Twardoch *out of context* gewesen, vielleicht hat irgendein hellhaariger Twardoch-Welpe, als Mansfeld durch Schlesien tobte, in seiner «ganz eigenen Welt gelebt» und gar nicht erst zu verstehen versucht, worum es den Protestanten ging und worum den Katholiken, sondern sich einer Sammlung getrockneter Frösche oder den Geldkatzen jener gewidmet, die in der Schlacht gefallen waren. Vielleicht hat irgendein Twardoch überhaupt nicht verstanden, weshalb die Hussiten ihm den Hof abfackelten, vielleicht hat er diese Hussiten niedergemetzelt, weil er gern metzelte, ohne weiter darüber nachzudenken, wozu, wen und warum er niedermetzelte, Hauptsache, das Kurzschwert wird geschwungen, und Hauptsache, die Schädel platzen unter der Schneide, und vielleicht hat er in der Kirche zu nur ihm bekannten Göttern gebetet, und dann ist es sein Schädel gewesen, der unter der Schneide zerplatzte. Jedoch in einer ganz eigenen Welt, gesondert vom Rest durch eine Blase aus halbdurchlässigem, halbdurchsichtigem Glas.

«Kein Mensch ist scharfsinnig genug, alles Böse zu erfassen, das er tut», schreibt der Herzog.

Als ich sechzehn war, gab ein Mädchen mir einen Korb und *Substance 1977–1980* von Joy Division auf Kassette. Die Zurücksetzung ist von der Zeit verweht, die Joys von nichts.

*

Gotische Kirchen habe ich immer gemocht. Lange bevor ich lernte, Neugotik von der Gotik zu unterscheiden und wohl sogar, bevor ich das Wort «Gotik» überhaupt kannte.

Dann las ich Duby, und es ging los, Pseudo-Dionysios, Metaphysik des Lichts, der Abt Suger, eigene Suche nach einer Kontinuität zwischen Gotik und Neugotik (die letzten gotischen Gotteshäuser in Ostpreußen, Ende des siebzehnten Jahrhunderts), dann die ersten Enttäuschungen, Flirt mit dem Barock, dann stille Rückkehr, die strenge, bescheidene Eleganz der Allerheiligenkirche in Gleiwitz, und danach plötzliche Empfindungslosigkeit.

Das erste Mal traf die Leere mich vor ein paar Jahren

in Notre-Dame, und heute in Köln wieder. Ich weiß nicht, warum. Eine wunderbare Kirche. Eines der schönsten Dinge, die unsere neurotische Zivilisation hervorgebracht hat, neben dem modernen Roman, der niederländischen Malerei und dem dionysischen Mysterium aus dem Körper und über den Körper hinaus. Ich weiß also nicht, was mich stört. Nicht die Touristen stören mich, darum geht es nicht, höchstens die streng kanalisierte Bewegung und die Bandwurmschlage in Notre-Dame, die schon, aber nicht die frei in die Kirche schlendernden Menschen. Der strenge Ernst im Gotteshaus ist ein Konzept der Moderne. Andrzej Fiderkiewicz schrieb über die italienischen Sitten, Kühe in die Kirche zu treiben, bei den mittelalterlichen Narrenfesten wurden Saufgelage und Orgien in den Kathedralen veranstaltet, Prostituierte bedienten einen als Bischof verkleideten Bettler, die heilige Welt wurde auf den Kopf gestellt. Zechgelage endeten in Schlägereien, da können Tausende von Japanern mit ihren Fotoapparaten dem Ernst des Ortes auch nicht mehr anhaben, und dennoch ...

Ich war extra eine Stunde früher vom Hotel aufgebrochen, um mir den Dom anzusehen, bevor der Zug nach Berlin fuhr. Ich bin durch das Querschiff eingetreten, habe mich in eine Bank im Hauptschiff gesetzt und fragte mich: Warum nichts? Ich weiß nicht, warum. Oder vielleicht doch.

Ich wurde ganz traurig und ging auf ein Gläschen Kölsch.

*

Samstagabend. Ich fahre nach Kreuzberg. Ich will sehen, wie die Stadt sich Zunder gibt. Will Zeuge dantesker Szenen werden.

Warschauer Straße steige ich aus, kaufe an einer Bude Zigaretten und Bier, um das Bier noch vor dem Abendessen zu trinken und in der Menge nicht zu sehr aufzufallen, denn hier schreitet jeder stolz mit einem Bier in der Hand auf der Straße, Rentnerin und Banker, alter Mann und junges Mädchen. Bei der ersten Zigarette fällt mir ein, dass mir eigentlich nur Djarums schmecken. Beim zweiten Versuch gebe ich auf, schenke das Päckchen dem erstbesten Penner. Er steckt sich sofort eine an und sieht aus, als schmeckte sie ihm auch nicht.

An den Tischchen vor den türkischen Kneipen hocken Leute, die es für warm halten, es ist aber kühl. Vor dem Inder alles voll. Ich setze mich beim Pakistaner draußen hin. Die Familie mit Kindern neben mir nimmt mir die Hoffnung, was das erwartete Sodom und Gomorrha angeht. Am nächsten Tisch Rasse-Punks. Irokesenschnitt, sechzig Zentimeter. Sie trinken Mango Lassi. Ich trinke Bier zu Lamm mit Spinat. Die Punks bestellen das gesamte Repertoire der indischen und pakistanischen Küche. Sie fragen die pakistanischen Kellner aus: Und was ist das? Und womit ist das? Der Kellner erklärt geduldig. Die Punks spielen sich auf. Was ist los mit dieser Welt?

Die Punks treten hier in verschiedenen Untergattungen auf. Wenn da so ein Rudel in gestreiften Hosen rumläuft, haben alle gestreifte Hosen und regenbogenbunte Irokesen. Und ignorieren völlig das nächste Rudel, ganz in Schwarz, mit schwarzen Iros und Motörhead-Aufnähern. Genau wie die mit Schirmmützen, Flyern, übern

Hintern hängenden Hosenträgern und Rasierklingen im Ohr. Mir ist klar, dass jede dieser Untergattungen einen Namen und bestimmt auch eine Sammlung von Gemeinplätzen zur Erklärung dieses Namens und Begründung der eigenen Besonderheit hat, aber das interessiert mich einen Scheiß. Auf dem Bürgersteig ein Stück weiter sitzen Punks, sehr schmutzig und sehr müde, und sehr aus Polen. Sie betteln. Ich gebe keinen Groschen, auch wenn ich das gewöhnlich tue. Heute nicht.

Jetzt einen Joint kaufen, denke ich, aber irgendwie kriegt man hier nichts. Ein Junge im Park sieht so aus, als würde er was verkaufen. Ich frage schüchtern. Er sucht entsetzt das Weite. Ich bin ein Trottel, der in Kreuzberg keinen Joint kaufen kann. Ich würde in der Sahara nach Sand suchen.

In den Kneipen Leere. Vor zweien langweilen größere Grüppchen von Bartträgern blasierte Mädchen mit intellektuellen Gesprächen in fünf Sprachen. An der Wand ein Plakat: «Sure, everyone talks about Zeitgeist. But Weltschmerz is the real hero.»

Ich betrete die scheußlichste Spelunke, die ich finden kann. Sie erweist sich als Cocktailbar. Leere. An der Bar degustiert ein siebzigjähriges Paar mit dem Habitus fortgeschrittener Alkoholiker Grappa. Sie besaufen sich nicht bis zum Umfallen, apokalyptisch, nein, sie verkosten die Grappas und diskutieren darüber hitzig mit dem Barmann. Ich bin entsetzt. Bestelle. Während er den Cocktail für mich zubereitet, jongliert der Barmann mit den Gläsern. Ich bin traurig. Trinke aus, zahle zehn Euro fünfzig, und ab.

Ein Club. Es dröhnt. Am Eingang scharfe Selektion:

Der Türsteher, groß wie ein aufs Heck gekippter Pick-up, versucht, jeden Passanten ins Innere zu ziehen, doch leider schlüpfen ihm die potenziellen Kunden durch die riesigen Pranken. Ich werfe einen Blick hinein. An der Bar fünf trübsinnige Mädels. Herausgeputzt. Sie warten auf das, was kommen soll, aber sie warten schon ohne Hoffnung. Kleider und Schminke waren vergeblich. Die Tischchen fast alle leer, an einem beratschlagen drei Typen über drei kleinen Bier, wie sie an die fünf traurigen Mädels an der Bar kommen. Auf dem Parkett schaukelt ein hagerer Dödel mit Mütze im Rhythmus seiner eigenen, inneren Musik, sehr zart und sehnsüchtig, nicht in dem Rhythmus, der aus den Lautsprechern dröhnt. Das reicht mir schon.

In einer Unterführung trommeln zwei phantastische Herren phantastisch auf ihren zwei Schlagzeugen. Mädchen tanzen: zwei große, wunderbare Sechzigjährige in weißen T-Shirts über den Jacken, offenbar eine Firmenveranstaltung. Gewaltige Brüste und fette Hüften wallen, dazwischen berührt eine zarte Teenagerin im grünen Trägerhemdchen kaum den Boden, sie tanzt, als wären der Heilige Geist und Beelzebub gleichzeitig in sie gefahren, als kämpften die himmlischen und die höllischen Heerscharen in ihr, mit einem Wort, gar nicht übel. Und natürlich wieder der dürre Dödel mit Bart und Mütze, nicht derselbe wie im Club, aber der gleiche. Die Sechzigjährigen haben nur hämische Blicke für den Dödel, als der versucht, sich dem Teenager zu nähern, die davon überhaupt nichts mitbekommt.

Schön, doch für mich wird es Zeit. An einer Bude kaufe ich drei Bier. Eigentlich wollte ich zwei, der türkische

Verkäufer will mir vier verkaufen, wir verhandeln, schließen einen Kompromiss, ich nehme drei. Dafür bekomme ich gratis zwei kleine Fläschchen scheußlichen Likörs. Ich trinke das Bier im Zug.

Bis Wannsee sind es vierzig Minuten, ich trinke zwei.

*

Am Savignyplatz setze ich mich ins erstbeste Café, Hauptsache, Sonne. Es ist Frühling. Warm. Wirklich Frühling. Die Tische weiß gedeckt. Ich bestelle Wein. Und Schnitzel. Auf den Gleisen oberhalb des Platzes gleitet donnernd ein Zug nach dem anderen vorüber: S-Bahnen und die schlanken Regionalexpresse. Mädchen gehen schulterfrei. Ein ungewöhnlich gutaussehender, schlanker Spanier mit der Anmutung des Fürsten Orgaz (allerdings zu Lebzeiten) setzt sich nicht weit entfernt mit der Gitarre hin und spielt *Nothing Else Matters*, *Hotel California* und *Spanish Caravan*. Er spielt mit großem Eifer und so, als hätte er ungefähr vor drei Monaten einen Kurs belegt, doch was soll's, als er auf eine Art, die keinen Widerspruch duldet, mit seinem Hut ankommt, gebe ich ihm fünf Euro; er hat es verdient, denn er sieht gut aus, es ist Frühling und warm, und die Mädchen zeigen Schulter.

Ich trinke das dritte Glas Wein. Esse mein Schnitzel. Am Nebentisch erörtern zwei elegante deutsche Damen um die siebzig in allen Einzelheiten das Sexualleben ihrer Kinder und Enkel. Die Kinder sind offenbar viel zügelloser als die Eltern, wenn ich richtig verstehe, obwohl ich am liebsten nichts verstehen würde.

Mir gegenüber sitzt ein kleiner, pausbäckiger und beleibter Mann, er trägt zwei Siegelringe und ein gestreiftes Hemd, dessen Kragen von einer seladongrünen Fliege am Gummi beengt wird, die Hemdstreifen wiederum sind blau-gelb. Das lange, zugleich ausgedünnte Haar im Farbton Pflasterstein hat er mittig gescheitelt. Im Laufe einer halben Stunde haben sich diesem Komödienmann schon drei zwanzigjährige Schönheiten an den Hals geworfen, jede einen Kopf größer als er (das weiß ich, weil er mit gelangweilter Höflichkeit aufstand, wenn sie kamen), jede mit himmelhohen Beinen; jetzt kommt gerade die vierte, und die lädt der Komödienmensch großzügig an seinen Tisch ein und lässt sie, während er seinen Campari auf Eis süffelt, schwatzen und sogar seine Wange tätscheln, die wohl nicht einmal mehr Reminiszenzen eines Bartwuchses hat.

Ich bestelle noch einen Wein. Stecke mir eine zweite Zigarette an. Zwei vietnamesische Bengel im Alter meiner Söhne klettern auf die Motorhaube eines teuren Autos und spielen mit den Scheibenwischern, bis ihre erschrockene Mutter sie zurück auf den Rasen holt, wo die ganze Familie Picknick macht.

Der pausbäckige Mann gibt der Kellnerin mit einem kleinen Finger zu verstehen, dass sein Campari alle ist. Ich schaue in den Himmel. Wir alle werden sterben, aber bis dahin kann man noch beim Weißwein am Savignyplatz sitzen.

*

Ich habe von einem Löwen geträumt, einem großen, fahlen Biest mit dunkler Mähne, und es war mein Löwe. Ich führte ihn aus, er hatte ein rotes Halsband um, und ich hielt ihn an einer dicken Leine. Das war vermutlich derselbe Löwe, der meinem Sohn folgt und auf ihn aufpasst, aber auf mich passte er nicht auf.

Wir gingen über Felder, die überschwemmt waren wie das Delta eines arktischen Flusses, die Bäche flossen auseinander und wieder zusammen, doch der Boden war nicht schlammig. Ich betrachtete die großen Pfoten und das mächtige Maul und wusste, dass er mich jeden Augenblick fressen konnte. Wenn er nur wollte. Ich überlegte, ob ich nicht eine Pistole auf unsere Spaziergänge mitnehmen sollte, befand aber, dass das nichts helfen würde.

Der Löwe schlurfte schwer und träge bei Fuß neben mir her, er schaukelte, unter seinem Rückenfell rollten die Muskeln, und immer wieder hob er den Kopf, um mir verstohlen einen Blick zuzuwerfen. Er wartet auf den geeigneten Moment und den geeigneten Ort, das war klar. Deshalb gehen wir spazieren: um die Zeit und den Ort zu finden. Also gingen wir.

Menschen kamen von der Feldarbeit uns entgegen, sie hatten Strohhüte und trugen Harken, Jäthacken und Spaten über den Schultern.

«Was für ein schöner Löwe», sagten sie.

*

Ich läute am Tor. Niemand öffnet. Bin etwas beunruhigt. Klettere über den Zaun wie ein Kind, läute an der Haustür. Mein vierundneunzigjähriger Großvater öffnet, erstaunt.

«Warum macht ihr das Tor nicht auf?», frage ich verwundert.

«Weil ich die *Traviata* höre, mein Sohn. Dann mach ich nicht auf.»

Na gut. Ich trete ein. Meine Großmutter erkennt mich erst nicht, dann fällt ihr ein, wer ich bin.

«Warst du lange in diesem Berlin?»

«Einen Monat.»

«Ich war auch einen Monat da. In Charlottenburg. Bei Unkel Erich. Im Krieg. Fünfundvierzig.»

Weiß ich ja.

«Der Unkel war bei der Wache. Er kletterte auf den Dächern rum, wenn die Amerikaner bombardierten, und löschte. Er hatte dieses Weib aus Bayern, und die wollte sich nicht mehr Nacht für Nacht Sorgen machen, dass er auf dem Dach sitzt und zu Tode kommt.»

«Und?»

«Sie hat ihn verlassen. Ist zu ihrer Mutter da unten irgendwo. München vielleicht.»

«Und Unkel Erich?»

«Ist weiter über diese Dächer geklettert und hat gelöscht. Haben sie das schon wieder aufgebaut? War alles abgebrannt.»

«Ja, haben sie. Alles sehr schön wieder aufgebaut», antworte ich.

Die Großmutter nickt. Der Großvater schaltet mit Bedauern die *Traviata* aus. Wir sitzen schweigend da.

«Geht's dir gut, Söhnchen?», fragt der Alte.

«Jo.»

Der Großvater nickt zufrieden.

«Adasiek, ist denn Szczepan schon aus diesem Berlin

zurück?», fragt mich die Großmutter. «Ich war nämlich auch dort. Bei Unkel Erich. Im Krieg.»

Der Großvater guckt betrübt seine Frau an. Ich erkläre. Die Großmutter hört nicht mehr zu.

*

Drei lange Tische, in der Kneipe kriegt man Hamburger und Alk, also bestelle ich Alk. Ich sitze an einem sonst leeren Tisch. Die anderen zwei sind auch frei. Dennoch hält es ein entzückendes britisches Pärchen für angemessen, sich mir gegenüberzusetzen. Warum? Weiß nicht, vielleicht weil sie Engländer sind und ihr kollektives Bewusstsein beschlossen hat, den Schreiberling daran zu erinnern, dass er Engländer am wenigsten von allen leiden kann. Sie setzen sich. Verlangen lautstark nach der Karte auf Englisch, kommentieren sie lautstark, fressen lautstark ihre Burger und schlürfen lautstark Bier. Dann holen sie lautstark ihre Handys raus. Die vermutlich weibliche Hälfte des englischen Pärchens sagt, die Tochter habe geschrieben. Sie lesen. Wirklich, ich habe keine Lust zuzuhören, am liebsten wäre mir, sie würden sofort sterben oder wenigstens weggehen, aber ich will vorher meinen Wein austrinken. Frage der Ehre. Den Wein lässt man auch wegen Engländern nicht stehen. Also muss ich zuhören. Die Tochter ist in Afrika unterwegs, wie ich erfahren muss. Und bisweilen schickt sie den Eltern eine SMS. Jetzt ist gerade so ein Moment. Die Mutter zeigt dem Vater die SMS. Der nickt nachdenklich mit kahlem Schädel.

«I hope she won't get Aids», sagt das Weib.

«You don't think that she …», unterbricht der Kerl sie.

«That fuckin' little slut? She's gonna fuck every black boy she's gonna meet», antwortete die Alte.

Der Herr Engländer macht ein besorgtes Gesicht. Sehr besorgt. Schließlich ist es sein Töchterchen. Er würde gern etwas sagen. Tut es aber nicht. Er wird mir ein bisschen sympathischer.

Ich muss sofort daran denken, wie ich vor zehn Jahren meinen Papa angerufen habe, im Schock. Ich war gerade aus Peking zurück, hatte dort einige Tage im Freien übernachtet, auf einer Mauer, wo wir morgens die Skorpione aus den Schuhen schüttelten, aber wichtig ist, dass etwas mit meinem Ohr passiert war – es schwoll an und stand weiter ab als bei Jerzy Urban, aber eben nur eins, der Gehörgang war verstopft, auch eine Hälfte meines Kopfes schwoll an und tat so weh, wie mir nie im Leben etwas weh getan hat, weder vorher noch nachher. Als würde jemand meinen Kopf im Schraubstock zusammenpressen. Ich heulte. Wir fuhren ins Krankenhaus, der chinesische Doktor stellte fest, dass ich einen Hirntumor habe und man eine Tomographie machen müsse.

«Brejtumor, Brejtumor!», sagte er immer wieder.

Und eine Tomographie kostet sehr viele Dollar. Ich also meinen Papa angerufen, voller Entsetzen irgendwas in den Hörer gequengelt, und Papa schickte natürlich sofort das Geld, dann stellte sich heraus, dass es nur eine Ohrenentzündung ist und Antibiotika ausreichen, die Rechnung war auch so hoch genug, aber es reichte.

Ich trinke meinen Wein aus und gehe. Fühle mich sehr dazwischen. Zwischen dem Engländer, der sich um seine *little slut* sorgt, meinem Papa, der vor zehn Jahren von seinem Idiotensohn erfahren muss, dass der in Peking einen Hirntumor hat und Geld für eine Tomographie braucht – zwischen ihnen und mir selbst, denn in wie viel Jahren wird mein Sohn aus Bolivien oder Namibia anrufen und mir sagen, im Grunde nichts Tragisches passiert, Papa, nur so ein etwas delikates Problem …?

*

In Babylon am Main beginne ich den Tag mit einem Kaffee und mit Blick auf die Kathedralen des Mammons. Gestern Lesung im mehr als dreißigsten Stock einer dieser Kathedralen, im Konferenzsaal einer großen Anwaltskanzlei. Vor der Veranstaltung werfe ich mit einer netten Dame, die den deutschen Zuhörern meine zweifellos intelligenten und interessanten Äußerungen zu einem Buch übersetzen wird, auf das ich kotzen könnte, einen Blick nach unten. Sie erzählt mir von dem berühmten Foto einer Toilette ganz oben auf dem Gipfel eines dieser Wolkenkratzer, wo die Bankster Pissoirs mit Glaswand haben und ihren Harnstrahl gemütlich auf das Menschengewimmel mehrere hundert Meter unter ihnen richten.

Trotz der bolschewistischen Anwandlungen, die ich an solchen Orten bekomme, verstehe ich sie gut, denn meine Liebe zur menschlichen Gattung ist eine eher schwierige. Anschließend der Flughafen und Bombenalarm auf dem Flughafen. Ich eile von einem Ort zum anderen.

Ein rüstiger Deutscher gibt den Rollstuhl seiner Frau an der Gepäckaufgabe ab und schlägt scherzhaft vor, er könne gleich Inhalt, also seine Frau, dazupacken. Das

Gelächter findet kein Ende, als er so tut, als wollte er das entsetzte Frauchen anheben und aufs Gepäckband setzen.

Die Raucher, in gläserne Aquarien gesperrt, ziehen verschämt an ihren Zigaretten, den Blick zu Boden geschlagen, ihnen fehlen nur die Eselsmützen und am Hals ein Zettel mit der Aufschrift: «Ich bin ein schwacher, verachtungswürdiger Süchtiger und falle dem EU-Haushalt zur Last.» Die Krone der Schöpfung sammelt sich in mäandernden Schlangen zwischen blauen Bändern, die Flughafenmitarbeiter treiben sie in die Gehege wie Cowboys ihre Schutzbefohlenen.

*

Ich bin nicht sicher, welches Stück von Shakespeare, auch nicht, wer es gesagt hat, aber es kann nur *Titus Andronicus* sein, von dem es hieß, noch ein Akt mehr und der Regisseur hätte aus Mangel an lebenden Personen die erste Zuschauerreihe wegschlachten müssen. Bei *Eis* in der Regie von Bogomolov im Nationaltheater überkamen mich die entgegengesetzten Befürchtungen: dass nämlich nach der Einschläferung des Publikums durch die sich hinziehende Vorrede Castros und den ebenbürtig leidenschaftlichen, wohl halbstündigen Monolog Radziwiłowiczs, runtergetönt mit Therapeutenstimme im Takt einer Meditationsmusik, auch die Schauspieler einschlafen würden, danach der Beleuchter, die Maskenbildnerinnen, Kartenabreißerinnen, und dann würde der Schlaf in einer Woge auf den Theaterplatz schwappen, die bärtigen Jungs in Röhrenjeans schlafen ein und die tätowierten Mädchen im Resort, die erschöpften Key-

Accounter im Vorstädtchen Wilanów schlafen ein, die normalen Leute in Grochów und Białołęka; der Premier beruft einen Krisenstab ein und hält eine Ansprache an das schnarchende Volk, bei der er einschläft, noch bevor er sagen kann, dass das alles Kaczyńskis Schuld ist, die neuen EU-Abgeordneten schlafen über den Ausstattungsoptionen für die neue S-Klasse ein, die Bergleute in Zabrze und die Fischer in Kołobrzeg, dann setzt die hysterische Danuta Stenka zum Monolog an, das Land erwacht oder öffnet vielmehr ein Augenlid wie nach dem Signal einer lästigen SMS, die zu lesen sich nicht lohnt, und schläft dann wieder ein. Von den guten Seiten der Aufführung: «Der Tod ist das Beste, was euch im Leben passieren kann», zum Abschluss verkündet, wirklich eine gute Pointe, die sich im Ernst und sarkastisch zugleich lesen lässt.

*

«Wir sind so eine unglückliche Generation», sagt Ewa. Meine Schwester.

Wir sitzen in meiner Küche. Trinken Kaffee und essen weiche Eier. Die Kinder toben auf dem Rasen, weit weg. Vier kleine, hellhaarige Gestalten, zweihundert Meter entfernt.

«Glaubst du, die ganze Generation ist unglücklich?», frage ich.

«Kennst du denn jemand ...?», erwidert Ewa.

Ich denke an meine ungefähren Altersgenossen. Jeder hat das Seine zu tragen. Etwas. Einsamkeit. Gleichgültigkeit. Inneren Tod. Das Gefühl, sich nicht zu verwirklichen.

Geld, das heißt der Mangel daran. Verpflichtungen. Kinder. Keine Kinder. Eine verkackte Ehe oder die ständige Suche nach etwas Stabilem. Und immer die Sehnsucht, nach etwas. Nach was? Immer nach etwas anderem. Das Leben ist woanders. Immer.

Ich denke an die, die laut und gern über ihr Glück sprechen. Wie viele davon kenne ich? Nicht viele. Und sie nerven mehr als trockene Alkoholiker mit Missionarsgehabe, das sind, abgesehen davon, sowieso die schlimmsten.

«Ehrlich gesagt, eher nicht ...», antworte ich.

Wir reden eine Weile darüber, was das überhaupt heißt – glücklich sein. Wir kommen zu keinen vernünftigen Schlüssen. Wir sind nicht besonders vernünftig. Der Kaffee ist alle.

«Ich war bei Großvater», sagt Ewa.

«Und?»

«Er hat gesagt, es tut ihm so leid für uns, dass wir in solchen Zeiten leben müssen. Übertreib nicht, hab ich gesagt, schließlich hast du den Krieg erlebt.»

«Genau», sage ich. «Sie hatten es doch tausendmal schwerer. Auf uns schießt niemand, wir werden nicht in Lager gesperrt, müssen nicht fliehen und so weiter.»

Dabei weiß ich doch, dass der vierundneunzigjährige Jorg ein kluger Mann von klarem Verstand ist. Er klagt nicht über den Sittenverfall, empört sich über nichts, nimmt sich nichts zu Herzen, wird von wenigen Dingen gerührt, sieht sehr viel und versteht, was er sieht. Nicht um den Sittenverfall geht es.

«Großvater hat gesagt, damals war das Leben schwer, aber einfach. Und unser Leben ist leicht, aber kompliziert.»

«Oder aber wir sind einfach völlig überkandidelt», zweifle ich ein bisschen.

«Vielleicht. Jedenfalls hat Großvater gesagt, dass er großes Mitleid mit uns hat. Und nicht tauschen würde.»

«Seltsam.»

«Hm.»

Ohne Pointe.

*

Ich stelle mir vor, wie mein finsterer Freund Orbitowski in Gdańsk an Bord des Flugzeugs geht, das ihn nach Malmö bringen soll.

Er steht in der Schlange zum Flughafenbus, ärmelloses T-Shirt, Trainingshose, gewaltige Bizeps, am Unterarm ein Nashorn-Tattoo, sein Gesicht von Kummer verzerrt, er steht auf der Gangway und zieht an der elektrischen Zigarette, die Menschen steigen langsam und ungeschickt die Treppe hoch. Łukasz' breiter Mund verzogen zu einer Grimasse des Widerwillens, als er seinen muskulösen Körper in den schmalen Sitz neben irgendeinem nervigen Gastarbeiter oder einem nervigen Dämchen oder neben einem nervigen Schweden oder Dänen quetscht, alle leblos, schon seit langem.

Łukasz schnallt sich an. Łukasz zieht den Computer aus dem Rucksack, auf dem er mit dicken Fingern das schreibt, was von ihm bleiben wird. Einen Roman, ein Drehbuch oder einen Zeitungsartikel. Er beugt sich über den Bildschirm. Łukasz ist sauer. Das Flugzeug hebt ab. Da wird dem in den Lüften schwebenden Łukasz klar, dass er eine menschliche Bombe ist. Er ist eine wandelnde Waffe, an Bord des Flugzeugs geschmuggelt. Und das muss ein Ende haben.

Łukasz drängt sich zwischen den Sitzen hindurch und erklärt der Stewardess, dass eine Bombe an Bord sei – er selbst –, und verlangt, dass das Flugzeug nach Vegas fliege, wo Łukasz auf den Spuren von Hunter S. Thompson wandeln will. Die Stewardess sagt Łukasz, er solle sich wieder setzen, und droht mit der Polizei.

Sie verstehen mich nicht, ich bin kein Irrer, ich bin eine Bombe, sagt Łukasz. Eine lebende Bombe. Und wir fliegen jetzt nach Las Vegas.

Die Stewardess verliert einen Augenblick ihre geübte Zurückhaltung und lacht Łukasz ins Gesicht.

«Na, wenn das so ist … Dann gibt es kein Zurück mehr.»

Łukasz beißt die Zähne zusammen und spannt die Muskeln an, schließt die Augen, Łukasz' starker Körper bebt, schwillt, die Stewardess kreischt entsetzt, doch es ist zu spät.

Łukasz explodiert in einem großen Feuerball, und die ganze in ihm gesammelte Energie zerreißt das Flugzeug, zerfetzt es in tausend Einzelstücke. Fetzen von Blech und zerrissenen Körpern und ausgeweideten Koffern aus dem Frachtraum stürzen, Rauchfahnen nach sich ziehend, in die Ostsee.

*

Das Männchen des Neuntöters (*Lanius collurio*) sitzt auf einem ausgetrockneten Stängel des Busches, der aus einem dichten Meer von seladongrünem Gras und violetten Wicken herauswächst und der sich unter der Last des Herrn Neuntöter gefährlich neigt. Der Herr Neuntöter sitzt immer aufrecht, so als wäre er mindestens ein Habicht und kein Winzling, der kaum größer ist als ein Spatz. Das Weibchen lässt sich seltener blicken. Ich frage mich, ob es dasselbe Paar ist wie im letzten Jahr. Ich mag Neuntöter. Ein kleiner Vogel mit Raubschnabel, fliegt wenig, sitzt viel und hält Ausschau nach großen Insekten, kleinen Eidechsen, Fröschen und Mäusen. Irgendwo hier in der Nähe muss er seine Speisekammer haben, einen Dornstrauch, auf dessen Dornen er seine Opfer aufspießt, für später. Ich habe danach gesucht, sie aber nicht gefunden, schade, ich hätte sie mir gern angesehen.

Die Rehe sind dieses Jahr ganz rötlich geworden, die Spiegel unter ihren Schwänzen verschwunden, sie kippen mir die Gartenstühle um.

Im Haus habe ich Mäuse.

Die Hirsche – nur die Böcke, irgendwie habe ich keine Hindin gesehen – lärmen nachts in der Nähe des Hauses, und tagsüber verwüstet die kleine Herde mit dem noch vom Bast bemoosten Geweih das gilbende Weizenfeld am Wald. Ich beobachte die Rabauken durchs Fernglas, bis mir langweilig wird, das heißt also nicht lange, denn was interessieren mich eigentlich Hirsche und ihr Rowdytum.

Hoch über den Feldern ein Rabenpaar, gemächlich kreisend, bisweilen sind ihre Schreie zu hören.

Ich mag Ryms Gedanken über die Igel, die sich eines Tages, wenn es uns glücklicherweise nicht mehr geben wird, Geschichten von uns erzählen. Vorausgesetzt natürlich, sie haben dann keine wichtigeren Igelgeschichten zu berichten.

*

Im Großraumwaggon eine Frau mit großem Koffer, großer dunkler Brille, hinter der man natürlich trotzdem den großen, rötlichen Bluterguss an der Stirn erkennt. Sie wirkt benebelt, aber wohl nicht vom Alkohol. Irgendwelche Medikamente. Der Schaffner verlangt nach der Fahrkarte, und sie, in einer Art Zeitlupe mit den Händen rudernd, öffnet ihre Handtasche und sucht.

«Ich habe diese Fahrkarte, hören Sie», stammelt sie. «Ich habe sie. Ich habe sie. Irgendwo habe ich sie, ganz bestimmt, glauben Sie mir, irgendwo habe ich sie, habe sie gekauft. Ich habe diese Fahrkarte.»

Sie spricht mit grauer Stimme, als wisperte sie ein Gebet. Der Schaffner wartet geduldig. Die Frau findet die Fahrkarte, zerknüllt wie eine überflüssige Quittung. Glättet sie, reicht sie, der Schaffner kontrolliert und dankt höflich. Die Frau legt sich fast in den Sitz, legt die bloßen Füße oben auf die Lehne vor ihr.

Sie ist etwa vierzig. Gepflegt und ungepflegt zugleich. Teurer Koffer, teure Tasche, teure Brille, aber fettiges Haar. Früher war sie schön, jetzt nicht mehr. Ich schaue sie nicht an, will ihr nicht mit musterndem Blick zu nahe treten und verwerfe sofort, ausnahmsweise und für sie, sämtliche Geschichten, die mir aus der Verbindung von Bluterguss, Brille, teurem Koffer, Beneblung und einer Traurigkeit, so groß wie ein schwarzes Loch, von einer Galaxis gefressen, in den Sinn kommen. Ich will sie nicht ausdenken.

Ich gehe ins Bordrestaurant, es ist ein tschechischer Zug, ich trinke Gambrinus und schreibe am Roman. Nach einer Dreiviertelstunde kommt die Frau mit dem blauen Fleck. Sie setzt sich ans Nachbartischchen, bestellt einen Kaffee und eine kleine Flasche Wein. Den Kaffee rührt sie nicht an, den Wein kippt sie herunter, bestellt noch einen, trinkt ihn aus, bestellt einen dritten, trinkt. Hebt das Telefon ab und spricht Schlesisch mit jemandem, vielleicht ihrer Mutter, Schlesisch, aber einen anderen Dialekt als bei mir zu Hause. Sie spricht sehr laut und versichert, dass alles in Ordnung sei, alles okay, obwohl man sehen kann, dass das nicht so ist. Ihr Dialekt ähnelt ein bisschen dem lispelnden Gebirgsschlesisch aus Koniaków oder Istebna, das ich aus den Winterferien in den achtziger Jahren in Erinnerung habe, aber nur ein bisschen, denn auch meine heimischen Gleiwitzer Dialekte klingen da mit. Skoczów vielleicht? Cieszyn vermutlich nicht. Der vierte Wein. Der fünfte Wein.

Ich kehre in den Waggon zurück. Meine Aktentasche ist weg, darin das I-Pad, die neue Brille, die Ladegeräte für Computer und Telefon. Die Schlüssel zur Warschauer Wohnung. Den Rechner mit dem neuen Roman hatte ich mit im Speisewagen. Der Roman wird ohnehin in der Cloud gespeichert, gerade für Fälle wie diesen. Aber wie das, die Aktentasche weg? Zwischen Zawiercie und Zachodnia hat der Zug keinen Halt! Nur deshalb habe ich sie dagelassen, mein Platz ist im ersten Waggon hinter der Lokomotive, dann kommt der Speisewagen, wenn also jemand sie genommen hätte, müsste er mit meiner Tasche an mir vorbeigegangen sein. In dem Großraumwaggon sind noch drei Personen, die Dame mit dem blauen Fleck eingeschlossen. Doch nein, noch mal zurück, es gab einen technischen Halt. Gute Menschen aus dem Waggon teilen mir mit, dass irgendein Penner sie eingesteckt habe und während des technischen Halts abgehauen sei. Na toll. Wenn er wenigstens was damit anfangen könnte … das I-Pad verkauft er für paar Hundert, aber der Rest? Toll. Ich bin ein bisschen zittrig. Gehe zum Zugführer, um den Diebstahl zu melden, weiß eigentlich nicht, wozu, aber ich tue es.

Auf dem Weg dorthin muss ich durch den Speisewagen. Dort sitzt die Frau mit dem blauen Fleck auf dem Fußboden, gleich neben ihrem großen und teuren Koffer. Um sie herum drei Schaffner. Sie haben Angst, sie anzufassen, fragen mich, ob sie irgendwie helfen können, die Frau reagiert nicht. Ich glaube anfangs, sie nicke zur Bestätigung, doch sie bewegt nur den Kopf wie beim Heimkindsyndrom. Murmelt etwas vor sich hin. Am Bahnhof Zachodnia kommt der Rettungswagen. Der Zug hat deswegen am Zentralbahnhof eine Viertelstunde Verspätung, deshalb warte ich nicht länger, steige in Zachodnia aus und nehme ein Taxi. Ich weiß nicht, was aus der Frau und ihrem Bluterguss werden wird, aber im Grunde weiß ich es schon, denn wir alle wissen, was aus ihr wird.

«Du bist kein Bewohner der Wirklichkeit», sagt mir ein guter Bekannter während eines nächtlichen Spaziergangs. Ich kann ihm nur beipflichten. Wir gehen von einem Platz zum anderen, rauchen, werden nass. In einer leeren Bar feiert ein sympathischer Künstler seinen Triumph, er kommt gerade von einem Ort, an dem er für sein Werk eine Statuette erhalten hat, er gibt zwei Liter aus, wir trinken Absolut Sour zu den Toasts, die er ausbringt. Ich sehe ihm mit Wohlwollen zu, ein Mensch, der triumphiert, ist ein schöner Anblick. Gott sei Dank ist es laut, alle lachen und schreien, stolz auf den gemeinsamen Erfolg, so muss ich mich nicht unterhalten. Ich trinke ein paar Wodka und gehe schlafen.

Du bist kein Bewohner der Wirklichkeit. Du bist kein Bewohner der Wirklichkeit.

*

Ich träumte, ich würde durch die Bildwelt von Aleksandra Waliszewska reisen, und auf dem anderen Bildschirm verfolgte ich aus irgendeinem Grunde einen Facebook-Chat: Dort unterhielt sich ein Freund von mir mit jemandem über mich, ich war empört über dieses Gespräch und entdeckte doch eine Wahrheit über mich darin, und diese Wahrheit gefiel mir nicht.

Doch konnte ich diesem Dialog nicht folgen, weil ich durch die Welt der Waliszewska unterwegs war und mich vor blassen Mädchen, gigantischen Katern und Fledermäusen hüten musste. Sie kreisten in der Nähe. Ich bereute, die Pistole nicht mitgenommen zu haben. Die Landschaft war grau, die Bäume schwarz. Im Gehen watete ich durch fahle, schwere Asche, manchmal sank ich bis zu den Knien darin ein. Ich war auf der Suche nach meinem Sohn, wusste aber nicht, nach welchem. Am Ende traf ich einen der beiden, allerdings war er schon erwachsen, und ich wusste immer noch nicht, welcher es war. Er war ein schöner, blonder Jüngling und sagte: «Verzeih, Papa, ich hab keine Zeit, ich kämpfe gegen die Schnecken.» Und das tat er. Die Schnecken waren groß wie Autos, aber langsam, deshalb kam er vorzüglich zurecht, schwere Scheiben nassen Schneckenfleisches fielen in die Asche, wenn er sie in Stücke hieb.

Ola Waliszewska schrie, ich solle abhauen, niemand habe mich eingeladen. Waglewski sang: «Nimm mich mit an den Fluss, mein Sohn, und meine Bücher verbrenne.»

Ich rannte.

Stürzte bei meinem Urgroßvater herein, er saß in der Uniform eines Gefreiten des 22. Infanterieregiments auf einer Kiste, rauchte eine Zigarette nach der anderen, pulte mit dem Bajonett in der Erde und fragte mich, warum ich, verdammt noch mal, in dem Buch seinen Namen geändert habe, er heiße doch gar nicht Magnor, habe auch nicht an der Westfront gekämpft, sei weder auf der Höhe 165 noch in Lens, sondern bei Riga stationiert gewesen, und er sei nicht 1918 nach Schlesien zurückgekehrt, sondern 1917, und habe all die Sachen, die ich in *Drach* beschreibe, überhaupt nicht gemacht, das sei, verdammt noch mal, unzulässig, und dafür kriege ich einen Prozess, und außerdem sei der Roman sowieso Scheiße.

Mit diesem Gedanken setzte ich mich am Morgen an die Arbeit.

*

Gumilev schreibt, das russische «vremja» – die Zeit – habe eine gemeinsame Wurzel mit den Wörtern «vertet'» – drehen, wenden – und «verteno», Spindel. Überhaupt ist das ein altes slawisches Wort, im vierzehnten Jahrhundert war das Wort «wrzemie» in Gebrauch. Etymologien (sogar falsche) verleihen den Wörtern Tiefe und geben ihnen

Bedeutungen. Die Wörter beginnen zu schillern, die Sätze gewinnen Gewicht.

Agata Bielik-Robson meint – wenn ich es zutreffend rekonstruiere –, dass die kreisförmige Zeit zur Ordnung der Natur gehöre, aus der uns der Reihe nach befreiten: das Judentum, dann als seine Mutation das Christentum und schließlich die Linke als Mutation des Christentums (der Trans-Humanismus vielleicht auch noch?). Sie alle stützen sich auf den Glauben an eine lineare Zeit – und die lässt nur Veränderung, Fortschritt, Befreiung zu. Die Vergottung des Menschen? Erlösung?

Ich teile diesen im Grunde optimistischen und zutiefst humanistischen Glauben nicht, so gern ich es auch würde. Bielik-Robson hasst Eliade; ich ganz und gar nicht, im Gegenteil. Die Entscheidung zwischen dem alten, drehenden «wrzemie» und der linearen Zeit scheint mir zu den Schlüsselfragen zu gehören, an denen das Denken und das Selbstbild des Menschen, die Kultur, die Geschichte, überhaupt die ganze Anthroposphäre sich ausrichten. Das Leben.

*

Lissabon. Ein greiser Mann steigt ins Hotelschwimmbecken. Der frisierte, silbrige Schnurrbart wie ein Orden für längst vergessene Kriege. Seriosität? Eher Teilnahmslosigkeit. Das graue Haar nach hinten gekämmt, dünn, aber noch keine Glatze, trotz der achtzig Jahre auf dem Buckel.

Eleganter Scheitel. Am Hals ein Medaillon an Goldkette. Magerer, doch greisenhaft feister, gedunsener Leib, sehr sonnengebräunt, die Haut dunkel und glänzend von Öl. Neben ihm im Becken, nicht mit ihm, ein Mädchen, jünger als seine Enkel; der Greis betrachtet sie teilnahmslos und streng. Das Mädchen sieht ihn nicht. Der Greis schwimmt: langsam, ein paar Züge Brust, er hält inne. Schaut in die Sonne. Steigt aus dem Becken, legt sich auf den Liegestuhl, reglos. Er lächelt kein einziges Mal, nicht einmal zu den im Wasser sich tummelnden Kindern, schlank und glänzend wie kleine Seehunde. Er ist so gut wie gar nicht hier.

*

In schlafloser Nacht Márais Tagebücher, wie im Vorgefühl einer nahenden Katastrophe. Ich hoffe, es trügt. Ich lese die ersten Seiten. Damals gerade ging Márais Welt zu Ende. Die Gesamtheit der später geschriebenen Tagebücher sind Aufzeichnungen nach dem Ende der Welt. Die Geschichte eines Verlustes.

Ein paar Tage zuvor nachts auf dem Erlöserplatz mit zwei Bekannten Carpaccio vom Tintenfisch und Wein. Wir reden vom Krieg und befürchten, sie könnten kommen und uns das Tintenfisch-Carpaccio, den Wein, die ausgelassene Jugend auf dem Platz, den Regenbogen und seinen Brandstifter, den Wodka in einer versifften Kneipe im ersten Stock und die trunkenen Spaziergänge durch die Stadt wegnehmen.

Und alles andere, das viel wichtiger ist als Carpaccio und Wein, alles, was man dem Menschen nehmen kann, wobei das physische Überleben nicht einmal das Wichtigste ist.

Und dennoch träume ich ständig von einer einfachen Welt der einfachen Werte, in der es keine Schriftsteller mehr gäbe und die Künstler Stammes-Tamgas auf den verwitternden Beton malen würden.

Sich an den Hirsch anschleichen im nassen Wiesengrund der Canyons um den Kulturpalast.

*

Er steht mitten in der Nacht auf.

«Was ist los?»

«Ich habe Angst.»

Ich drücke ihn an mich, doch er windet sich aus meinen Armen.

«Ich hab so ungeschickt Angst», erklärt er. Wir setzen uns.

«Was heißt das: ungeschickt Angst haben?», frage ich.

«Also, man kann geschickt Angst haben und ungeschickt. Geschickt ist, wenn man vor etwas Angst hat. Vor Ungeheuern, Dunkelheit oder bösen Menschen, oder vor Raubtieren.»

«Und ungeschickt?»

«Ungeschickt ist, Angst vor nichts zu haben. Einfach nur Angst.»

«Und du hast Angst vor nichts? Einfach so?»

«Ja. Einfach so.»

Wir schweigen.

«Ich hab manchmal auch so ungeschickt Angst», sage ich nach einer Weile.

«Weiß ich doch, Papa.»

Wir sitzen noch eine Weile da, dann geht er zurück ins Bett.

*

Als Erstes reißen wir uns ordentlich am Riemen. Anstieg auf den Fuglefjella, von Meereshöhe den Geröllhang hoch an ganz kurzen Stöcken, darüber auf allen vieren durch die Felsrinne, Kletterei über Schlamm und brüchigen Stein, lose Steinhalden. Die Waffen straff an die Rucksäcke geschnallt, Mischkas, Bären, gibt's hier eher nicht, die Last der Rucksäcke zieht uns talwärts, will uns vom steilen Hang hinabreißen wie Teufel, die die Seelen in raffinierte Höllen locken.

Steine lösen sich unter den Füßen. Lebendige Hänge. Einen, zwei Meter kann man abwärtsrutschen, auf immer denselben Steinen stehend und mit denselben Händen sich festklammernd. Vierhundertfünfzig Meter Höhenunterschied auf dreihundertfünfzig Metern Anstieg. Zwei Stunden. Oben Schnee.

Angeblich gibt es einen leichteren Weg, durch die dritte, nicht die erste Rinne von Bjørndalen, aber das ist mir scheißegal. Ich nehme den Fuglefjella über diese Strecke. Der Kollege, neu an den Kalten Küsten, will nicht glauben, dass man diese Strecke freiwillig ein zweites Mal machen kann, wenn man sie einmal gegangen ist und weiß, wie es da aussieht, aber bitte schön, es geht, und man kann.

Danach noch zwölf Stunden im Schnee und der Abstieg zu den Ufern der Colesbucht, zurück auf Seehöhe durch eine Rinne, die sich hinzieht wie die Rede des Generalsekretärs. Der Rucksack schwer wie das Gewissen, die Schultermuskeln taub, das Gewehr unbequem beim Tragen, da es zur Hand sein muss, also trägt man es unbequem. Und wozu das alles? Klar, einfach so. Haben tut man nichts davon.

Auf einer morschen Bank vor dem Russanow-Berg sinke ich fast empfindungslos nieder und sitze reglos eine Viertelstunde so da. Nach der Viertelstunde eine Zigarette und zwei Schluck aus der Feldflasche. Honig, Zitrone, reiner Alkohol und mehrere Monate. Von meinem Vater. Gut sechzig Prozent.

Am anderen Ufer des Isfjord rutschen die Gletscher ins Meer. Langsam, aber sie gleiten, im Gletschertempo. Also noch zwei Schluck und noch eine Zigarette. Ich bin glücklich und empfindungslos. Glücklich, weil empfindungslos. Sehr selten bin ich dort, wo ich bin, denn das Leben scheint immer gerade woanders abzugehen, aber jetzt bin ich da, wo ich bin, und nirgendwo sonst. Ich schaue. Ich meditiere nicht, ich schaue. Es ist kalt. Ich mache das Benzinfeuerzeug an und wieder aus, umschließe es mit der Hand, wärme sie, zünde wieder an, lösche und schließe.

Auf dem Rücken trocknen mir zwei Schichten Polarkleidung und eine Spezialfasern, den Softshell habe ich ausgezogen, erkalte, friere, schaue dennoch und sitze weiter so da, selbst im Frösteln.

Nirgends auf der Welt gibt es so eine Landschaft. Sie enthält den Tod und das ewige Dauern, Eis und von der Brandung zermahlenen, schwarzen Basalt, Walknochen und blaugrüne Gletscherwände. Pures Heidentum, diese Landschaft.

«Weiß-grüner Gott der Gletscher», sagt Agata Bielik-Robson – angeblich mit Celan – darüber, und ich habe kein Bedürfnis, das nachzuprüfen, so sehr gefällt mir dieser weiß-grüne Gletschergott, obwohl er Celan wohl nicht gefallen hat, ich weiß nicht, habe es nicht gelesen. Kavafis hätte er gefallen, allerdings hätte er eine andere Metapher verwendet, woher sollten in Alexandria die Gletscher kommen … Er wäre der Gott der Sonne und des Donners gewesen, die Göttin von Erde und Feuchtigkeit, hier steckt er weiß-grün im Eis. Besser. Er blickt über diese dreißig Kilometer Fjord zu mir herüber, und ich fürchte fast, er kann mich sehen.

*

Die Swans im Krakauer Unsound – ein Erlebnis nicht nur musikalischer Art, sondern auch mysterienhaft. Ich schreibe das im Bewusstsein, dass es banal klingt, die abgedroschene Phrase enthusiastischer Rezensenten – aber so ist es, der armwedelnde, mit dem Rücken zum Publikum stehende Gira erinnert eher an einen Hohepriester als einen Frontmann, er zelebriert eher ein Ritual als ein Konzert, und es ist ein schwarzes Ritual, auch wenn es in diesem Konzert nichts außer der Musik gibt. Ein paar ältere Herren mit Instrumenten – und abgesehen von dem herumhüpfenden Gira alle fern jeder außermusikalischen Expressivität. So gut wie kein Kontakt zum Publikum, was ich sehr schätze. Musikalisch – Dekonstruktion, hundertfach wiederholte erotische Riffs, gebrochene Rhythmen, aufeinander gehäufte, immer neue Lärmschichten, die so plötzlich verschwinden, wie sie da sind, Spuren einer Melodie, Giras Gebrüll.

Orbitowski ist der Meinung, die satanischste Band in der Geschichte der Popmusik sei Army of Lovers gewesen, er hat gewiss recht. Woraus also besteht das schwarze Mysterium der Swans – etwas noch Schrecklicheres sogar als der geschminkte Satan der Army of Lovers, ganz zu schweigen von den possierlichen Krippenteufelchen des Black Metal? Ich glaube, die Lärmwand der Swans ist ein Gebet an die reine Leere, an das große, schwarze Nichts. Heidnische Gebete an Götter, die selber nur Götzen sind und die vielleicht sogar unsere Furcht vor dem Schwarz und der Ordnung der Natur teilen. Und in diesem höllisch lauten Konzert – Lust und Entsetzen zugleich. In ein und demselben Augenblick.

Unterwegs zu den Swans im Auto hörte ich Alessandro Scarlattis *La Santissima Annunziata.* Ich kann mir keinen besseren Support für sie vorstellen als die reine, mathematische Schönheit des barocken Oratoriums.

*

Vor einigen Tagen ist Łukasz Wasztyl im Krankenhaus in Siemianowice Śląskie an den Verbrennungen gestorben, die er bei einem Unglück in der Grube Mysłowice-Wesoła davongetragen hat. Er war sechsundzwanzig Jahre alt. Hinterließ ein zweijähriges Kind.

Mehr weiß ich nicht von Łukasz Wasztyl. Wäre ich Journalist, so würde ich alles über ihn herausfinden, Gutes und Schlechtes, ich würde über ihn schreiben und ihm dadurch Gerechtigkeit widerfahren lassen. Doch ich bin kein Journalist. Ich werde nichts über ihn erfahren. Ich will und kann Menschen nicht nach der Leere fragen, die in ihrem Leben explodiert ist.

Vor dreiundsechzig Jahren, 1951, starb im Krankenhaus Knurów mein Großvater Oskar Twardoch infolge der Verletzungen, die er bei Sprengarbeiten in der Grube Makoszowy erlitten hatte. In die Brustwunde drang Tetanus ein, Oskar litt, und einige Tage später war er tot. Er wurde dreiunddreißig. Hinterließ zwei Söhne, sieben und vier Jahre alt. Ungefähr so alt sind jetzt meine Söhne, ich bin schon ein bisschen älter.

Oskar Twardoch hat sich nicht von den Amerikanern in Holland umbringen lassen, er hat sich dafür von ihnen gefangen nehmen lassen und deshalb den Krieg überlebt. Łukasz Wasztyl ist nicht bei einem Autounfall und auch nicht auf andere, für unsere Zeit typische Weise umgekommen, deshalb hat er unsere Zeit überlebt. Sie haben gelebt und leben nicht mehr. Tod ist Tod.

So wie jeder andere. Warum schreibe ich darüber? Ein junger Mensch verliert, wenn er stirbt, angeblich mehr als ein alter. Das ist wahr, doch kann dieses «mehr» unterschiedliche Proportionen von Glück und Leiden bezeichnen, nicht das ist der Grund, weshalb ich darüber schreibe, also nicht deshalb, weil beide jung gewesen sind. Tod ist Tod, ob jung oder alt.

Ich schreibe darüber aus einem anderen Grund. Die Schlesier haben, abgesehen von ihrer schweren und gewissenhaften Arbeit, deren Früchte andere ernten, nur in einem Erfolg – der mündlichen Geheimgeschichte. Es sind esoterische Geschichten, in den eigenen vier Wänden geflüstert. Immer neue Generationen werden eingeweiht, sobald die Zeit dafür reif ist. Geschichten über das Töten, über die Rache, über Hass, über Leichen, von denen man besser nicht spricht, über Vergewaltigungen, über uns in der Rolle von Opfern und uns in der Rolle von Henkern – Letztere sehr viel seltener und weniger gern erzählt.

Ich schreibe darüber, weil ich gern möchte, dass wir ein winziges bisschen mehr sind, als wir sind. Ich schreibe darüber, weil ich möchte, dass unsere Geschichte nicht mehr geheim und esoterisch sei. Ich möchte also, dass wir lernen, uns unserer eigenen, speziellen Arten des Sterbens zu erinnern, selbst dann, wenn sie uns nicht mehr betreffen. Mich nicht mehr betreffen. Sterben kann ich auf ganz unterschiedliche Weise, und es wird auf irgendeine Weise geschehen, aber eher nicht bei einem Grubengasunglück und auch nicht infolge von Sprengarbeiten unter Tage.

Und doch ist Łukasz Wasztyl genau so gestorben. Ich schreibe darüber, weil ich von all den Menschen, die so ganz normal auf unsere spezielle Art gestorben sind, zwei Namen in Erinnerung behalten möchte, einen vertrauten und einen fremden, beide von gleichem Wert und beide Tode gleich viel wert.

Oskar Twardoch. Łukasz Wasztyl.

*

Vierundneunzigster Geburtstag von Jorg Draga, meinem Großvater. Ich schaue nur für einen Augenblick vorbei, morgen ist die Schlussredaktion meines Romans. Ich bleibe eine Stunde, dann entschuldige ich mich und will gehen.

«Da hast du dir ja einen Beruf ausgesucht, Söhnchen. Bist ein Sklave deiner eigenen Arbeit», sagt Jorg.

«Ja, aber besser Sklave der eigenen Arbeit als von jemand anderem», erwidere ich, irgendwie stolz auf meine Unabhängigkeit.

«Schon. Aber weißt du, jemand anders kann man übers Ohr hauen. Irgendwie redest du dich raus, wenn du nicht mehr kannst. Irgendwie kommst du damit durch. Aber dich selbst oder deine eigene Arbeit haust du nicht übers Ohr. Du bist dein eigener Scherge, Söhnchen. Das hast du dir so ausgesucht. Stehst mit der Peitsche über dir selbst und treibst dich an, wie das Grubenpferd.»

Du bist kein Bewohner der Wirklichkeit. Du bist ein Sklave deiner eigenen Arbeit. Ich werde mir ein Notizbuch für solche einfachen Wahrheiten anlegen, die ich erst erkenne, wenn jemand sie mir sagt.

*

Als Kind hatte ich Albträume von Ungeheuern und von den Konzentrationslagern aus den Erzählungen meiner Großmutter. Die Träume waren schwarz-weiß und kamen in Fortsetzungen. Ich hatte Angst vor dem Einschlafen, denn beim Einschlafen kehrte ich in die Welt zurück, in der meine ganze Familie, alle, die ich liebte, in Baracken voller abgemagerter Menschen eingesperrt waren.

Heute habe ich von Wildschweinen geträumt. Direkt vor meinem Schlafzimmerfenster trieb eine Sau mit Frischlingen ihr Unwesen, sie wühlten eifrig den Rasen auf, bewacht von zwei Keilern, flankierend angeordnet wie die Tiere auf einem Wappenteller. Plötzlich bemerkte ich, dass mein jüngerer Sohn zu ihnen hinausging. Er warf mit Steinen nach dem größeren Keiler, der ignorierte das, doch ich sah, dass eine Mordswut in ihm hochkam, Dampf stieß zwischen seinen Hauern hervor, er schnaubte immer schneller. Und ich war hinter der Fensterscheibe.

# 2015

Der Junge ist vier Jahre alt, hat fast weißes Haar und eine Hose, die ihm seine Großmutter aus brauner Wolle gehäkelt hat, sowie einen hellen Pullover, der in einem Paket gekommen ist. Der Junge steht im Garten, im hohen Gras. Es ist der Garten seines Großvaters.

Im Garten wächst ein Apfelbaum.

Der Apfelbaum hat graubraune Rinde, die die Hände grau färbt, wenn man daran kommt, denn sie klebt von dem Staub, der vom Himmel fällt, sie beschmutzt Hände und Anziehsachen auch grün, denn neben dem Staub wachsen in ihren zahlreichen Rissen und Brüchen grüne Flechten. Das Laub des Apfelbaums wird braun. Die Äpfel sind groß, rot auf der einen und grün auf der anderen Seite, sie haben eine dicke Schale und darunter kaltes, saftiges Fruchtfleisch. Auf der Schale liegt eine dünne Staubschicht, unsichtbar, aber spürbar, wenn man in den Apfel beißt, der Staub ist matt im Geschmack und hinterlässt dunkle Streifen im Gesicht, wenn er beim Beißen mit dem Saft ins Gesicht spritzt.

Der Apfelbaum ist niedrig, nicht weit über der Erde

wächst ein dicker Ast waagerecht aus dem kräftigen Stamm. Der Junge schlingt erst die Arme, dann die Unterschenkel darum, zieht den hageren kleinen Leib hoch und sitzt auch schon rittlings auf dem Zweig; Hände und Waden grau und grün verschmutzt.

Er klettert höher. Oben sind die Äpfel. Er pflückt einen. Reibt die Frucht am Trainingsjackenstoff über der Brust ab, mit einer Geste, die er seinem Papa abgeschaut hat, der im karierten Flanellhemd und abgewetzten, von einem Armeegürtel gehaltenen Jeans auf der Leiter stand und die Äpfel in einen Leinenbeutel pflückte, um sie anschließend in eine Kiste aus dünnen Kiefernbrettern zu betten. Gemeinsam mit dem Großvater trug er die Kisten in die Blechgarage, die mit einem Vorhängeschloss versperrt wurde. Beim Abschließen griff er sich einen großen, roten Apfel aus der Kiste. Wischte ihn auf der Brust am Hemd ab und aß ihn.

Der Junge isst auch einen Apfel. Der Saft rinnt ihm über das Kinn, tropft auf Pullover und Hände. Er fürchtet sich, vom Baum zu steigen, also lässt er es. Sitzt auf einem Ast. Er muss pinkeln und hält es schließlich nicht mehr aus. Auf der Wollhose erscheint der bekannte feuchtwarme Fleck. Dem Jungen ist traurig zumute und kalt. Er ruft nach der Mama. Die Mama hört nicht, Großvaters Haus ist zu weit weg. Der Junge weint. Er versucht, allein hinabzuklettern. Er hat Angst. Guckt nach unten. Zu hoch.

In dem Augenblick sieht er sie zum ersten Mal.

Im Gras stehen sie, obwohl es sie nicht gibt, und dennoch stehen sie im Gras. Der Junge weiß, er weiß es einfach, dass sie von nun an bei ihm bleiben werden.

Und das tun sie.

Zwei Jahre später geht der Junge das erste Mal im Leben zur Vorschule, obwohl er schon sechs ist. Er geht, weil die Vorklasse Pflicht ist. Vorher haben sich die Großeltern um den Jungen gekümmert, wenn die Eltern arbeiten waren. Jetzt bringt die Mama ihn zur Vorschule. In der Garderobe ziehen sie Jacke und Schuhchen aus, dann die Hose, unter der der Junge blaue Strumpfhosen trägt, er hat einen gestreiften Pullover. Widerwillig zieht der Junge Pantoffeln aus dickem, braun kariertem Stoff an. Die Mama wird ungeduldig, sie treibt ihn zur Eile. Mama führt ihn in einen Saal voller Kinder.

Der Saal ist durch eine verglaste Flügeltür in zwei Teile geteilt. Die Tür ist verschlossen, die Scheiben sind mit matter schmutzig weißer Farbe gestrichen – darauf kleben bunte Papierblumen.

Die Kinder im Saal rennen, schreien und lachen, was dem Jungen nicht gefällt. Er drückt das Gesicht an die zwei Finger breite Spalte zwischen den verglasten Türflügeln. Durch die Spalte betrachtet er die Kinder auf der anderen Seite. Sie wirken anders, schöner als die, die auf seiner Seite sind. Die Mädchen tragen Kokarden im Haar.

Auf einmal fällt ihm die Mama ein. Er dreht sich um. Da ist sie. Er sieht sie durch die geöffnete Tür. Die Mama steht im Flur. Sie schaut einen Moment zu ihm her. Sie hat dichtes, helles Haar, lang bis zu den Schultern. Dem Jungen gefällt es, wenn die Mama es morgens mit dem Lockenwickler dreht. Die Mama lächelt dem Jungen zu und wischt sich die Augen. Dann geht sie, ihr helles Haar und der bordeauxrote, gegürtete Mantel und die Schuhe mit den Absätzen verschwinden.

Dem Jungen wird klar, dass er allein ist.

Etwas wächst in seinem Bauch, von dem er weiß, dass es sich gleich in Weinen verwandeln wird. Der Junge will nicht weinen. Er schämt sich. Er weiß aber, dass er gleich losweinen wird.

In der Ecke des Saals, in einem hölzernen Topf, wächst ein großer Philodendron, so hoch wie die Decke. Der Junge versteckt sich unter seinen breiten Blättern, hinter dem Holztopf. Er setzt sich, lehnt sich mit den Schultern dagegen. Zieht die Knie ans Kinn und schlägt die Arme darum. Die blaue Strumpfhose kratzt an den Wangen. Der Junge weint. Er ist allein.

Jemand berührt ihn an der Schulter. Der Junge hebt den Kopf. Er sieht hässliche Schuhe auf flachem Absatz, dicke Strümpfe und einen langen, karierten Wollrock. Das ist die Erzieherin. Sie sagt, er solle nicht mehr weinen, solle spielen gehen, da sind Bauklötze und Autos, kein Grund zum Weinen.

Der Junge schüttelt den Kopf und schmiegt das Gesicht in den blauen Stoff der Strumpfhose. Die Erzieherin geht weg und lässt ihn in Ruhe, gut, sagt sie, soll er ruhig da bleiben, aber gleich wird er sowieso rauskommen müssen, zum Frühstück.

Der Junge spürt, dass sie in der Nähe sind, sie sitzen im Blumentopf, greifen unmerklich an sein helles Haar. Sie sind da, weil er allein ist. Mit ihnen ist man mehr allein als ohne sie. Und sie sind da. Also ist er sehr allein.

Der Junge weint. Sie berühren sein helles Haar. Sie schweigen.

Die Erzieherin ruft zum Frühstück. Der Junge will nicht hinter dem Philodendrontopf hervorkommen. Er schluchzt lautlos, doch der magere Brustkorb wird von

Weinkrämpfen geschüttelt. Die Erzieherin nimmt ihn, so zart wie sie kann, aber doch entschlossen bei der Hand und zieht den Weinenden aus der Ecke, führt ihn an einen kleinen Tisch, wo auf Tellern mit Marmelade bestrichene Brotscheiben liegen. Der Junge wischt sich die Tränen ab, das Weinen versiegt allmählich. Der Junge isst Frühstück. Das Brot ist sehr trocken, es schmeckt ihm nicht. Zu Hause, bei seinen Großeltern, ist er Besseres gewohnt. Er isst nur die halbe Scheibe. Trinkt dünnen Tee dazu. Dreht sich um, zu dem Topf mit Philodendron. Er guckt suchend. Sie sind nicht mehr da. Sind weg.

Aus der Vorschule holt ihn die Großmutter ab. Sie gehen nach Hause. Sie wohnen in einem Plattenbau. Der Junge darf nicht allein auf den Hof, aber es ist schönes Wetter, also setzt sich die Großmutter auf eine Bank vor dem Block und lässt den Jungen eine Weile im Hof spielen.

Ungemein interessant findet der Junge die Ratten, besonders eine weiße mit schwarz-braunen Flecken. Der Junge hockt sich auf die Betontreppe, stützt die Hände auf die Knie und sieht mit schief gelegtem Kopf zu, wie sein Liebling im Müll auf dem schütteren Rasen vor der Hausmauer schnüffelt.

Dann gehen sie in die Wohnung. Die Großmutter kocht: Kartoffeln, Hackklopse. Sie reibt Mohrrüben für den Salat. Der Junge isst noch vor dem Mittag Mohrrübensalat aus der Schüssel, die Großmutter hat sie schon auf den Küchentisch gestellt, an dem sie zu Mittag essen werden. Als sie das sieht, wird die Großmutter böse, schimpft den Jungen aus und schickt ihn aufs Zimmer.

Im Zimmer nimmt der Junge sein Lieblingsspielzeug.

Das Spielzeug ist aus durchsichtigem Plastik. Es hat die Form eines Quaders mit quadratischem Sockel und ist innen in vier Etagen unterteilt. Auf jeder Etage befinden sich bunte Hebel und Knöpfe, mit denen man eine weiße Kugel ein Stockwerk hinabbefördern kann. Es ist eigentlich ein Spielzeug für kleinere Kinder, nicht für Sechsjährige; aber der Junge hat jetzt nichts mit der Beförderung der Kugel auf niedrigere Etagen im Sinn. Er setzt sich aufs Bett, und das Spielzeug, mit seinen Schaltern und Knöpfen, wird zu einer Konsole, mit deren Hilfe der Junge ein Raumschiff steuert.

Der Junge ist der Kapitän dieses Schiffes.

Sie sind die Besatzungsmitglieder.

*

Begonnen hat der Tag nicht so toll, aber es ist schon fast Frühling, und die Sonne scheint, damit also etwas aus dem Tag wird, habe ich das angejahrte und blitzblanke, heißgeliebte schwedische Cabriolet aus der Garage geholt, das Dach geöffnet und bin nach Süden gefahren, die polnischen Wojewodschafts-Straßen, erst die 921 bis Rudy, zwischen Przerycie und Stanica gerade und leere Strecke durch den Wald, die Sonne zwischen den nackten Bäumen wie ein Stroboskop, weiter die 919 bis Ratibor und schließlich die 916 bis Klein Peterwitz und über die tschechische Grenze, ins tschechische Sudice im ehemals preußischen Hultschiner Ländchen.

Fünfundvierzig Kilometer, Wälder und Felder, leer und immer geradeaus, da kann man aufs Gas drücken und den Turbo pfeifen hören, den Motor auf fünftausend hochjagen, in der Kurve runterschalten, sich erkälten, weil März. Ich jagte ihn hoch. Doch statt Relax immer wieder Halte, weil Anrufe beruflicher Art, das ganz alltägliche, nervige Tretrad, bis ich schließlich das Telefon ausschaltete. In Klein Peterwitz deutsche Ortsschilder neben den polnischen, und niemand übergießt sie mit schwarzer Farbe, wie die Schilder in dem mir vertrauten Smolnitz in Kieferstädtel. Vielleicht ist allen die Lust dazu vergangen.

In Sudice eine wunderschöne alte Lindenallee, ein sowjetischer T-34/85-Panzer und ein tschechischer Schulungs-Düsenjäger L-29 Delfin spielen Denkmäler. Ich hielt nicht an, auch wenn ich Linden, Panzer und Düsenjäger mag, obschon in letzter Zeit weniger.

Angehalten habe ich bei einer neugotischen Kirche, auch wenn ich die Neugotik nicht mag, bin ausgestiegen und habe eine Zigarette geraucht. Den steilen Weg kam, aufs Fahrrad gestützt, eine alte Frau hoch, eine normale schlesische *Oma* im bordeauxroten Mantel und Barett. Sie guckte mich kein einziges Mal an, auch ich würdigte sie keines längeren Blicks.

Auf einer Tafel am Spielplatz stand, dass die Bewohner des Hultschiner Ländchens sich durch Fleiß und Verlässlichkeit auszeichnen. Den Scheiß kannste vergessen, wie all diese Sprüche von «typisch für diesen besonderen Menschenschlag».

Einen Moment lang war ich versucht, mährischen Wein zu kaufen, dann fiel mir ein, dass ich in einem Gleiwitzer Geschäft besseren mährischen Wein bekomme als in den *potraviny*, den kleinen Läden in Sudice. Und ich kaufte nichts.

Ich fuhr dieselbe Strecke zurück, nur mit der Sonne im Rücken.

*

«Wer ist das?», fragt er interessiert.

«Albrecht Dürer. Er hat diese Bilder gemalt.» Ich zeige auf die Lucrecia, die Altarbilder und Porträts ringsum.

«Das hat er auch gemalt? Sich selbst?»

«Ja, das ist ein Selbstporträt.»

«Ich weiß, was ein Selbstporträt ist», sagt er leicht verärgert. «Ich habe auch ein Selbstporträt gemalt. Die Lehrerin sagte, das beste in der Klasse. Nur einmal hatte ich das beste Bild in der Klasse.»

«Einmal reicht auch.»

«Das hier ist auch gut?»

«Ja. Sehr gut.»

Er guckt. Lange. Kratzt sich das Kinn.

«Vielleicht ist das sogar ein besseres Selbstporträt als meins», gibt er schließlich zu.

«Nicht ausgeschlossen», stimme ich zu. Er nickt. Guckt weiter.

«Er hat auch lange Haare. Wie ich.»

«Ja.»

«Und warum?»

«Weil er sich hier wie auf früheren Bildnissen von Jesus Christus stilisiert hat. Aber ich weiß nicht, bestimmt hat er einfach gern langes Haar getragen, so wie du.»

«Vielleicht hat er auch gern verschiedene Socken und Schnürsenkel, so wie ich?», fragt er, ohne den Blick von dem Bild zu wenden.

«Damals trugen sie alles verschieden.»

«Wie jetzt?», staunte er.

«Das war damals Mode. Ein Strumpf gelb, der andere rot, zum Beispiel. Oder gestreift.»

«Und alle so?»

«Jedenfalls die, die sich das leisten konnten. Das sind alle.»

«Klasse! Die Menschen sollten gar keine zueinander passenden Socken tragen.»

*

Von Potsdam her zieht über dem Wannsee ein Gewitter auf. Erst saß ich im Garten, aß Erdbeeren, trank Weißwein und schrieb, dann verzog ich mich in den Turm. Ich sitze in meinem kleinen Arbeitszimmer und sehe aus der Ferne zu, wie die stärker werdenden Böen die weißen Segel der Yachten auf dem See zur Seite kippen. Ein Motorboot kommt und steuert jedes Schiff an, bestimmt mit der Weisung, ans Ufer zu kehren, die meisten gehorchen, zwei nicht, sie drehen weiter ihre Kreise in langen Halsen, stark geneigt, reiten aus, legen schöne Wenden hin, sie haben es nicht eilig.

Der Wind rührt in den Eichenwipfeln im Garten, aus einem von ihnen reißt sich ein zuvor unsichtbarer Reiher los, zieht den langhalsigen Kopf zwischen die Schultern und fliegt schwerfällig los, verschwindet aus meinem Blickfeld.

Ich mag den Weg von Oberschlesien nach Berlin. Ich kenne ihn schon so gut wie den Weg nach Warschau, auch wenn ich seltener in Berlin bin, aber wenn, dann für länger. Der Weg also: linker Hand der Annaberg, die entvölkerten, reichen und adretten Dörfer des theoretisch armen Oppelner Landes, dann zur Linken wieder die Sudeten in der Ferne, danach die Tristesse Niederschlesiens, dann die Lausitz, Windkraftwerke, und dann schon Brandenburg, slawische Toponymie bis hin nach Berlin und in Berlin selbst.

Während der Fahrt höre ich Mary Komasa; was es auf dieser Platte nicht alles gibt, *City of My Dreams* klingt nach Lykke Lis' *Possibility* fast in Plagiatsqualität; dann Adele, man erkennt auch Melodien aus *Once* oder *Zombie* von den Cranberries – und trotzdem höre ich das, weil es eine gute Platte ist und mir im Grunde piepegal sein kann, von wem es kommt. Beim Hören denke ich, weiß der Teufel, warum, an die geheimnisvolle Explosion des Slawentums vor so vielen hundert Jahren – das erste Mal notiert in der gemeinsamen Geschichte Europas im sechsten Jahrhundert, und bald darauf hörte man die slawische Sprache (immer noch eine gemeinsame) vom Limes Saxoniae zwischen dem heutigen Kiel und Hamburg bis hinunter zum Peloponnes, von Nowgorod bis nach Istrien, von Dresden bis Kiew. Was war da passiert? Was war vorher geschehen? Warum hatte nie zuvor jemand von den Slawen gehört? Warum ist aus dieser Eroberung, dieser Invasion nie eine Hegemonie geworden, nach der Hegemonie der vorindogermanischen Völker und später der indoeuropäischen Kelten, Latiner und Germanen? Und vor allem, was interessiert mich das überhaupt, warum denke ich darüber nach?

Dem Mädchen an der Tankstelle reiche ich meine Karte, das Mädchen reagiert nicht, starrt wie betäubt auf ihr Handy, dann kassiert sie fürs Tanken, steckt die Karte ins Lesegerät, weint ein bisschen. Ich könnte ihr etwas Nettes sagen beim Hinausgehen, stattdessen denke ich an die Slawen und sage nichts. Beim Weiterfahren frage ich mich, was sie da auf ihrem Handy gesehen haben mag.

Nach knapp zwei Wochen in Berlin: wie wohltuend es ist, während des Wahlkampfes nicht in Polen zu sein. Am Abend halte ich Ausschau nach Fledermäusen.

*

In der Nacht sind die Felder über den Hügeln von Glühwürmchen bestirnt. Tausende von Leuchttürmen pulsieren. Zehn Jahre lang habe ich kein Glühwürmchen gesehen, jetzt ein ganzes Feld davon. Die mediterrane Eule kreist über ihnen, rhythmisch tönend wie das Sonargerät in *Das Boot*. Der Steinfußboden strahlt Sonnenwärme ab, wenn die Sonne schon untergeht. Wein, Zigaretten, einfaches Essen.

Die *Ombra della sera*, der Abendschatten, die Statuette eines Jungen mit den Armen am Leib, in die Länge gezogen wie der menschliche Schatten in der untergehenden Sonne, viel, viel länger als bei El Greco, und nur zwei Merkmale in dieser Gestalt – das Gesicht und die Genitalien.

Die Auen auf dem Berg von Volterra, das etruskische Forum, angeblich erst von den Medici zerstört, heute ein Park, in dem die Jugend sich zahlreich tummelt. Schlanke, braun gebrannte Jungs, oberhalb der Taille entblößt, die Unterwäsche guckt aus den gegurteten Shorts heraus, die Mädchen in Jeans und Bikini-Tops, bespritzen sich mit Wasser, spielen Ball, ringen, kuscheln, küssen sich, jung, körperlich, leidenschaftlich, schreien durcheinander, piepsen, Jungshände auf Mädchenhüften, Mädchenhände auf den mageren, harten Brustkörben der Jungs, gefaltet dort in einer Geste, die wegstößt und anzieht zugleich.

Lange Haare, das Mädchen bückt sich, der Junge gießt kaltes Wasser auf ihr Haar, das Mädchen schnaubt wie ein Fohlen, richtet sich auf, wirft die ganze schwarze Mähne zurück über ihre Schultern, Wassertropfen fallen auf ihrer beider dunkle, hitzeglänzende Haut. Das Mädchen lacht, der Junge mit rasierten Schläfen fasst an ihren Mundwinkel, das Mädchen leckt ihm den Finger ab.

Urnen der Etrusker. Gesichter der Etrusker in Terrakotta und Alabaster. Plastikteller, Reiseproviant und eine Literkaraffe Wein, aus einfachen Gläsern getrunken.

Gedanken an jene, die vor den Etruskern waren.

Wovon haben sie sich erzählt am Lagerfeuer all die schwarzen zig- und hunderttausenden von Jahren ewiger Wiederkehr von Tag und Nacht, Winter und Frühling, vor dem plötzlichen und nicht weit zurückliegenden Ausbruch der Zivilisation irgendwann vor ein paar tausend Jahren (oder noch später)?

Wie haben sie gelebt? Waren sie zur Verzweiflung fähig, oder kam das erst später, mit dem Anbruch der Geschichte? Nach Eliade bricht die Geschichte an, wenn die Kreisstruktur der Zeit von einer Katastrophe durchschnitten wird, einem großen, gemeinschaftlichen Leid. Mit dem Leid kommt auch die Hoffnung auf sein Ende, aus der die Geschichte ihr Telos bezieht.

Die Katastrophe durchtrennt den Kreis der Zeit, wir

erfahren das in den tiefsten Schichten der menschlichen Vorstellung von Leben und Schicksal, ihrer Struktur, die Katastrophe reißt das irdische Dasein aus der mythischen Wirklichkeit und setzt die lineare Geschichte mit ihrer Logik in Gang.

Konnten sie also verzweifeln? Ist die Verzweiflung, wie Jungs Archetypen, eine immanente, vielleicht sogar physiologische Struktur in der menschlichen Natur, oder tritt sie nur unter bestimmten äußeren Bedingungen auf? Verzweifeln die Khoisan? Und verzweifelten sie vor fünftausend Jahren?

Die Geschichte als Katastrophe brachte die Hoffnung auf künftiges Glück mit sich, auf die Loslösung des Menschen aus der Welt des Schmerzes, auf menschliche Vergottung, ob nun als Parusie eines Messias oder als technologischer Transhumanismus, oder gar als einzelne, abgesonderte Selbstverwirklichung jeder menschlichen Existenz.

Mit der Hoffnung auf künftige Befreiung vom Schmerz verbunden ist das Leiden in der Gegenwart. Der Mensch vor der neolithischen Revolution kennt das körperliche Leiden, er findet sich damit ab, bekämpft es, so gut er kann, aber er kennt nicht das seelische Leiden, denn das teilt er mit der Welt der Bäume, Tiere und Steine, die ihn umgebende Wirklichkeit bildet eine ideale Ordnung. Das Leid hat keinen Wert, den führt erst die jüngere Menschheit ein, noch weit vor dem Christentum.

Ich lese E. J. Michael Witzels *The Origins of the World's Mythologies*, wo er den optimistischen wie bravourösen Versuch unternimmt, die euro-asiatisch-amerikanischen (er benutzt den Ausdruck «laurasischen») Mythen zu rekonstruieren, die man sich vor Tausenden von Jahren am Lagerfeuer erzählte. Ein vorzügliches Buch, das seinen Platz im Regal neben Eliade und Frazer finden wird.

Und die ganze Zeit frage ich mich: Wo sind heute all diese dunklen Leben, Tode und Geburten, so nah an der Erde, dem Wasser, dem Fleisch, dem Blut? So wenige Jahre trennen uns von der Gründung von Jericho und Sumer, so lange vorher hat der Mensch in diesem *constans* vor jeder Geschichte existiert. Und er kann dorthin zurückkehren – erneut dieser ständige, obsessive Gedanke –, in das Andauern der Zeitlosigkeit auf den Trümmern der Zivilisation.

*

Am Hornsund sind wir nicht viel auf dem Wasser gewesen, nur am ersten Tag; danach hielt der Sturm uns in der polnischen Basis dort mehrere Tage fest, die Küste war von Packeis bedeckt, die Boote ruhten untätig am Strand. So wanderte ich durch die Umgebung, sah mir Vögel und Rentiere an. Möwen, Eissturmvögel und Raubmöwen hingen wie Drachen im hurrikanartigen Wind, Krabbentaucher, Seeschwalben und Trottellummen wurden von Böen hin und her gefetzt. Schließlich schoben wir das Packeis auseinander, das nach vielen tausend Jahren eines beschaulichen Daseins als Gletscher Hans sich von diesem losgerissen hatte und vom Wind an unseren Strand getrieben worden war. Wir schoben es auseinander, standen bis zu den Achseln im Wasser, drückten unseren Ponton zwischen den Brocken hindurch und kehrten auf den Ozean zurück. Schwimmkörper am Bug,

Motor an der Reling, und ich – schlief; so verschlief ich fast die ganzen vierundzwanzig Stunden der Fahrt von Hornsund nach Longyearbyen, wo wir das Boot und uns am Taucherclub anlandeten in der Absicht, die Haftzeit in Hornsund wettzumachen. Das Boot ans Ufer, wir zum Essen und Trinken in die Kneipe. Das Essen mies, Trinken wie Trinken. Rückfahrt in weißer Nacht. Ich bin gern leicht betrunken in weißer Nacht.

Am späten Morgen ziehen wir endlich den Ponton in die ruhigen und verschlammten Wasser des Adventfjord und fahren los. Das soll ein Spaß werden! Nicht wie im Hornsund, wo wir am dritten Tag versuchten, bei Windstärke acht auf der Beaufortskala rauszufahren, und wie begossene Pudel umkehrten, weil das Meer als erste Warnung den Ponton derart in die Luft warf, dass wir aus zwei Metern Höhe zurückklatschten, mit einem Krachen und dem Aufheulen des plötzlich aus dem Wasser gerissenen Motors. Wir ließen es sein. Aber jetzt und hier fahren wir.

Gleich stellt sich heraus, dass es nur am Ufer ruhig ist. Eine fiese, kurze Welle. Als wir in die Gleitfahrt gehen wollen, haut es uns dermaßen gegen diese Welle, dass die Zähne im Zahnfleisch wackeln. Aber es geht. Langsam fahren wir am Fuglefjella entlang, kämpfen uns mühsam und niedrigtourig durch die Wellen, hoch und runter, hoch und runter. Dann beruhigt sich der Wogengang, also erneutes Gleiten, die Arme sind schon etwas steif vom Halten des Bootes mit der einen und der Ruderpinne unseres Evinrude-Zweitaktmotors mit der anderen Hand, aber als wir im großen Bogen an Rusanovodden vorbeikommen, wird es schön, die Colesbucht liegt ruhig.

Und ich erinnere mich: Ein Motorboot in Gleitfahrt zu

steuern, ist ein Genuss. Darüber freue ich mich: wieder ein kleines sinnliches Vergnügen, eines von jenen, aus denen man sich ein Leben zusammenbauen kann; wieder etwas Neues entdeckt.

In der Colesbucht ziehen wir mit viel Schweiß den Ponton ans Ufer, streifen unsere orangenen, wasserdichten Hansen-Jacken ab. Schauen uns in der Gegend um. Treffen einen Menschen. Der Mensch stellt sich vor, ist braun gebrannt, sehnig und ausgetrocknet und fährt durch Spitzbergen mit einem gelben, fünfzehn Kilo leichten Faltkajak, gegen das unser Bombard mit dem 30-PS-Motor, der in den Wogen so zerbrechlich und kentergefährdet wirkte und mit Mühe durchs Packeis des Hornsund lavierte, plötzlich wie ein majestätisches, sicheres Schiff wirkt.

Der Kajakfahrer erzählt aus seinem Leben. Er erzählt phantastische Dinge, aber etwas an seiner ruhigen Art lässt mich jedes Wort glauben. Die Tatra. Der Irak. Überwintern in Svalbard. Leben ohne Geld. Ich glaube ihm aufs Wort.

Er bietet uns Kaffee an. Wir trinken. Ich mache einen Augenblick vor Russanows Hütte halt, setze mich auf die Bank und gucke auf den Isfjord, die Gletscher, den Vesuv, den Protektorfjellet. Mache mir bewusst, dass es auf dieser Felskugel, die wir unser Zuhause, Erde, Welt nennen, keine Landschaft gibt, die ich mehr lieben könnte.

Danach fahren wir weiter, Wellengang, Geruckel. Grumant. Wir ziehen den Ponton raus. Ich kenne die verlassenen russischen Häuschen von Grumant in- und auswendig, will mir nicht noch mal die Hansen-Jacke ausziehen, bleibe also in ihr am Strand. Sitze auf den Steinen, starre aufs Meer und denke an nichts; die Braunalgen stinken, die Vögel kreischen und kreisen, winzig weiß die Pixel der Möwen vor dem Hintergrund der Kliffe von Fuglefjella.

Dann die Rückkehr nach Longyear. Hoher Wellengang, kurze Wellen, Welle vom Heck, Wellen vom Bug, Gleitfahrt, langsam, wieder Gleitfahrt. Hinter dem Kap, hinter dem der Adventfjord beginnt, die Wasserscheide. Das graublaue Wasser des Isfjord vermengt sich nicht mit dem grünbraunen Wasser des Adventfjord. Genau auf der Grenze sitzen Möwen auf dem Wasser, schaukelnd auf den zweifarbigen Wellen. Wir sehen das und rätseln. Warum sitzen sie genau dort, wo die zwei Wasserfarben aneinander stoßen? Wir legen am Taucherclub an. Legen Räder an, zerren das Boot auf den Strand, laut rufend wie altrussische Burlaken.

Wir essen zu Abend, irgendwelche Konserven ohne Geschmack. Wir sind so erschöpft, dass wir nicht mal Lust haben, Alkohol zu besorgen. Wir hören The xx. Ich trinke Tee.

Um elf schlafe ich ein. Schlafe eine Stunde, dann wache ich auf, denn um Mitternacht landet der Ozeanologe mit dem Flugzeug und stürmt unter Getöse die Hütte. Begrüßungen, Scherze.

Wir unterhalten uns. Ich bin nicht ganz da. Sitze, den Schlafsack um die Schultern, auf dem Bett. Wir reden. Über Facebook. Über die globale Erwärmung. Über das Tauchen. Über die Logistik hier. Über die Antarktis. Mit dem Ozeanologen ist ein Mädchen gekommen, mit ihm oder nicht mit ihm, jedenfalls war sie vorher nicht da, und jetzt ist sie es.

Sie ist da, auch wenn ich keinen Schimmer habe, wer sie ist, es interessiert mich auch gar nicht, doch irgendwie fasziniert mich, wie wenig sie mir in meiner halben Abwesenheit an den Ort zu passen scheint, an dem wir übernachten. In zwei Stunden muss ich aufstehen, um den Flieger zu bekommen, und sie sitzt hier am achtundsiebzigsten Breitengrad im Sessel, trägt kurz geschnittenes Haar und eine Bluse, die ihre weißen Schultern unbedeckt lässt, sitzt da und schweigt, und ich habe den Eindruck, ich träumte das alles. M. ist nicht da. O. ist nicht da. Der Ozeanologe nicht. Kein Mädchen mit weißen Schultern, in den Sessel geschmiegt. Ich schlafe nicht in Anziehsachen im Daunenschlafsack auf einer schmutzigen Matratze. Ich muss nicht aufstehen, um das Flugzeug zu kriegen. Nichts. Es gibt nichts.

Eine Stunde schwatzen wir mit dem Ozeanologen. Zwei bleiben mir noch zum Schlafen; gleich werde ich aufstehen müssen. Ich kann nicht einschlafen. Wälze mich eine Stunde, wütend darüber, dass ich nicht einschlafen kann. Stehe auf. Lege mich hin. Schlafe ein. Schlafe fünfundvierzig Minuten. Der Wecker. Ich werde wach, packe meine Sachen, dusche. Unwirklichkeit.

Schließlich bin ich kein Bewohner der Wirklichkeit.

Ich packe mein Zeug in das wartende Auto. Wir fahren zum Flughafen. Über dem Adventfjord zerschneiden niedrige Wolken die Berge in Hälften. Um drei Uhr fünfzig bin ich am Flughafen. Kalt. Vor dem Flughafen glotze ich einen grauen Polarfuchs an, der vor der norwegischen Ordnung kapituliert. Der Arme sucht nach Abfall und findet nichts.

Ich würde ihm gern etwas zu fressen geben, habe aber

nichts, und wenn ich etwas hätte, würde ich es ihm bestimmt doch nicht hinwerfen, denn da würden sich gleich die umweltbewussten Norweger empören. Weil ich störe, oder worüber auch immer. Ist mir eigentlich piepegal. Aber hinwerfen würde ich ihm nichts. Darüber meditiere ich. Rauche eine Zigarette, gucke den Fuchs an, der Fuchs mich, worauf jeder seines Weges geht, der Fuchs seinen Fuchsweg, ich meinen.

Um fünf nach vier gebe ich das Gepäck auf. Security. Alles hinter einem Milchglasschirm. Ich trinke Kaffee. Auf dem Sessel eine Polarhippiefrau. Eine Polarhippiefrau ist ästhetisch gesehen etwas Scheußliches. Auch ich bin bestimmt abstoßend in meinen schmutzigen Jeans, dem schmutzigen Softshell und den schmutzigen Trekkingschuhen.

Ich werde ausgerufen.

«Mister … hmm … Scheschepin … hm … Twerdok …? Please, go to gate.»

Ich weiß schon. Am Gate, übrigens dem einzigen, wartet die Sicherheitsbeamtin.

Nein, liebe norwegische Sicherheitsbeamtin, ich werde das Gewehr hier nicht auseinandernehmen. Dann fliegt es eben nicht mit, und du kriegst Probleme. Nein, ich kann den Verschluss nicht herausnehmen. Ja, ich weiß, aber das ist kein Stutzen, aus dem der Verschluss sich leicht ausbauen lässt. Das Gewehr müsste ich in Einzelteile zerlegen, und das habe ich nicht vor. Weil eine Schraube am Magazin mit Loctite festgeklebt ist. Ja, ich weiß, das verstehst du nicht, und es ist mir scheißegal. Es ist vier Uhr früh …

Die Polarnorwegerin ist hübsch, auch wenn sie einen

großen, fetten Pickel auf der Wange hat. Stumpf stehe ich bei ihr, stur in meiner Stumpfheit. Die Norwegerin gibt nach. Sie könnte auch anders, aber sie gibt nach. Vielleicht wegen des Pickels. Ich weiß nicht. Vielleicht ist sie einfach ein guter Mensch. Oder es ist ihr scheißegal, so wie mir, es ist vier Uhr morgens, und was macht es für ein Unterschied, ob das Gewehr mit ausgebautem Verschluss fliegt oder nicht ausgebautem. Sie gibt nach. Das Gewehr fliegt mit nicht ausgebautem Verschluss.

Im Flugzeug Enge und drei Stunden. Neben mir schlafen Japaner. Ich schlafe nicht. Über der ersten Schicht tiefer Wolken spitze Berggipfel, dann eine zweite Wolkenschicht, dann nichts. Schließlich versinke ich in einer seltsamen Lethargie, aus der mich erst das Aufschlagen der Reifen auf der Landebahn weckt.

Oslo. Eine Dreiviertelstunde warte ich, bis Gepäck und Waffe aus dem Flugzeug gekommen sind. Ich sitze stumpf auf irgendeiner Bank und starre auf die Gepäckbänder. Ich könnte mich ärgern, da kenn ich mich gut, ich könnte mich ärgern, tue es aber nicht, sondern sitze und warte. Standby. Ich hoffe, mir hängt kein Speichelfaden aus dem Mundwinkel.

Endlich sind sie da. Auf dem Weg zum Parkplatz kaufe ich zwei Baguettes und einen Kaffee, suche lange nach dem Auto, da ist es, packe die Sachen in den Kofferraum, ziehe halbwegs menschliche Klamotten an und fahre. In Oslo ist es kühl, zwölf Grad. Autobahn. Ich verstoße gegen Vorschriften. Erschießt mich, wenn's sein muss. Auf der Fahrt nach Oslo haben zwei norwegische Polizisten mein Auto so gründlich auf den Kopf gestellt, dass sie das Gewehr im Kofferraum übersehen haben, und ich habe absichtlich nichts gesagt, schließlich sind meine Papiere in Ordnung, ich war nur gespannt, ob sie es finden, die Olsen-Bande in Uniform. Nein, da konnten sie die Handschuh- und andere Fächer durchgucken, die Papiere durchwühlen, leere Red-Bull-Dosen schütteln.

Ich fahre. Schweden. Tankstellen. In Schweden Hitze, dreißig Grad. Ich fahre. Die Brücke zwischen Malmö und Kopenhagen, die Ostsee. Dänemark. In Dänemark kühler, zwanzig Grad. Ein miserables Steak in der Raststätte, aber wie sollte ein Steak in der Raststätte sonst sein? Ich fahre. Brücken, Sunds, Buchten, Ostsee, Fähre nach Deutschland.

Auf der Fähre Trolle. Ganze Trollfamilien. Keine Internettrolle, sondern diese normalen, skandinavischen. Hoch aufgeschossen, häufig beleibt, blond, rothaarig oder so wie ich, «Piss-Stroh», wie meine Großmutter meine Haarfarbe irgendwo zwischen Blond, Rot und Aschgrau zu nennen pflegte. Trolle also, riesenhafte Weiber mit Haaren, die Ende der Siebziger, Anfang der Achtziger zu Zöpfen geflochten wurden, dicke, gigantische Männer mit bläulich roten Nasen, große, ungelenke Kinder, irgendwie gezeugt, lieber nicht wissen, wie.

Darunter ein schöner, skandinavischer Playboy mit gelbem Haar und der physischen Erscheinung eines Wikingers, wenngleich glattrasiert. Er hat sein Drakkar-Cabrio gleich neben meinem vertäut. Ich bewundere den Schnitt seines zweireihigen Jacketts, betrachte mich anschließend im Spiegel und verstehe, dass ich heute eher der Welt der Trolle angehöre, nicht der der Wikinger.

Im Duty-free kaufen vier angetrunkene polnische Gastarbeiter Rum und Gläser. Zwei kleine Flaschen erledigen sie professionell und geübt in einer halben Stunde. Die Trolle gucken empört. Der Wikinger amüsiert sich. Die Polen blöken, reiben sich die borstigen Schnurrbärte, zählen ihre Euromünzen.

Ende der Überfahrt. Der Wikinger steigt in sein glänzendes Drakkar-Cabrio, die Trolle in ihren alten Volvo. Die Janusz' steigen in einen zwanzigjährigen Transit, und wir alle fahren in den Rest unseres Lebens. Ich auch.

Fehmarn. Deutschland. Ich überlege, ob ich in einem Hotel übernachten soll, in Lübeck vielleicht, aber nein, ich fahre. Leere Autobahnen ohne Geschwindigkeitsbegrenzung, ich fahre zweihundertdreißig, es fährt sich gut, fast so gut, wie mit dem Boot zwischen Eisschollen auf dem spiegelglatten Wasser der Burgerbucht in Gleitfahrt zu lavieren.

Gewitter, ich fahre hundertdreißig. Im Rückspiegel ein purpurroter Sonnenuntergang unter schwarzen Wolken, ich fahre zweihundert, höre The xx, Badalamenti, die Yeah Yeah Yeahs. Tankstellen. Der x-te Kaffee, das x-te zuckerfreie Red Bull, Fressen von der Tanke, Tanken, Scheibenwischerflüssigkeit, ja, *danke schön, tschüs*, ich fahre, hinter mir schon tausend Kilometer, zehn Uhr, Berlin, irgendwo fahre ich falsch ab, quäle mich wütend durch ausgedehnte Vororte, komme endlich wieder auf die Autobahn, zweihundert, hundertzwanzig, Stau, achtzig, zweihundert.

Die geliebte Heimat heißt mich mit Betonplattenfahrbahn willkommen, hundert Kilometer Quälerei bei siebzig Stundenkilometern wie auf Pflastersteinen, so als wollte die geliebte Heimat mich zur Ordnung rufen, mir das Realitätsprinzip vor Augen führen und sich von ihrer schönsten Seite zeigen. Dann endlich wieder neue Autobahn.

Auf dem Hinweg, Richtung Oslo, las die Cielecka mir *Das große Haus* vor, und ich hörte eigentlich weniger auf die Worte des Buches als auf diese matte, sexy Stimme, die mit mir dahinströmte wie das Lied eines Schutzengels, als wollte sie mich vor der norwegischen Nacht beschirmen: Solche Phantasien hatte ich am Ende. Jetzt lege ich Bykows *Unschuldsbeweis* ein und höre am Anfang interessiert zu, bis es dann so unerträglich dumm und unbegabt wird, so schlecht geschrieben, dass man es nicht länger anhören kann, nicht einmal um zwei Uhr nachts, nach vierundzwanzig Stunden Fahrt, also mache ich wieder Musik an. Ich versuche, mich wach zu halten, mit Rammstein, aber es wirkt nicht. Hundert Kilometer vor Pilchowice fahre ich an einer Tankstelle ab, lege den Sitz um und träume, ich schliefe auf einer Eisscholle mitten im leeren, schwarzen Ozean und wäre glücklich und ruhig. Ganz plötzlich werde ich wach, weil jemand an die Scheibe klopft, doch nein, da ist niemand, niemand hat geklopft, und doch hat jemand geklopft, ich weiß es, da ist doch jemand.

Auftanken, Red Bull, Kaffee, ein Bettler will *fünf Złoty, Chef.* Ich suche in den Taschen, bis mir einfällt, dass ich weder Münzen noch Banknoten bei mir habe. Der Bettler flucht fürchterlich auf mich, zu Recht, *Chef*, ich fahre durch Unwirklichkeit. Auf einmal parke ich schon vor meinem Haus, wann? Gerade eben bin ich doch noch durch die Colesbucht geschwommen, und jetzt steige ich aus. Nacht. Hitze.

Ich setze mich auf den Bordstein. Atme mühevoll. Meine Schultern schmerzen.

Ich frage mich, was mit diesen meinen schmerzenden Schultern wird, wenn ich sterbe.

Ich möchte nicht gern im Grab liegen oder im Krematorium verbrannt werden, ich möchte, dass meine Knochen einst an einem schwarzen Strand bleichen, möchte, von wilden Tieren verschleppt, auf seiner breiten Fläche ruhen, von der Brandung geschliffen, um schließlich, restlos weggeschliffen, mich in einer anderen Erde und einem anderen Wasser aufzulösen, damit es mich hier nicht mehr gibt. Doch ich glaube nicht, dass sich das machen lässt. In anderen unterirdischen Flüssen werde ich fließen als in jenen, die unter den kahlen Bergrücken tosen, wenn man über die Uferhänge von Kolberget geht und der Berg unter den Füßen donnert, als würde er zittern.

Abgesehen davon fehlt den sterblichen Überresten des Menschen die Würde der toten Wale. Man sieht sie manchmal in flachen Walgräbern, die schwarzen Augenhöhlen der Schädel lugen zwischen großen Steinen hervor. Menschliche Überreste erinnern eher an Rentiere.

Letztes Jahr am Strand in Hollendarbukta habe ich ein totes Rentier im Zustand fortgeschrittener Verwesung gesehen. Es lag da wie ein dreckiger Ball, eingefallen, weil die Luft aus ihm entwichen ist. Ringsherum um ihn Möwengefieder, Flaum wie die Blüten, die weiß gekleidete Mädchen zu Fronleichnam verstreuen. Die Vögel hatten drum herum eine leichte Vertiefung ausgetreten, und das Rentieraas sah aus, als sei es in einem Nest abgelegt. Die zum Winter hin schon weiß werdenden Polarfüchse hatten es noch nicht aufgerissen, der Bär noch nicht verschleppt, also pickten die Möwen dort, wo sie konnten; durch das Fell kamen sie nicht, nur die Augen, Nüstern, die Schnauze, der After waren ausgefressen.

Genauso würde ich liegen.

## Weitere Titel von Szczepan Twardoch

Der Boxer

Drach

Morphin

Wale und Nachtfalter

MIX
Papier aus verantwortungsvollen Quellen
FSC® C083411
www.fsc.org

Das für dieses Buch verwendete Papier ist FSC®-zertifiziert.